两宋题画诗词研究

李松石 / 著

新华出版社

图书在版编目 (CIP) 数据

两宋题画诗词研究 / 李松石著 .
— 北京 : 新华出版社 , 2021.6

ISBN 978-7-5166-5867-3

Ⅰ . ①两… Ⅱ . ①李… Ⅲ . ①题画诗 – 诗歌研究 – 中
国 – 宋代②词 (文学) – 诗词研究 – 中国 – 宋代 Ⅳ .
① I222.744 ② I207.23

中国版本图书馆 CIP 数据核字（2021）第 103221 号

两宋题画诗词研究

著　　者：李松石

责任编辑：蒋小云　　　　　　　　　封面设计：马静静

出版发行：新华出版社

地　　址：北京石景山区京原路 8 号　　邮　　编：100040

网　　址：http : //www.xinhuapub.com

经　　销：新华书店

　　　　　新华出版社天猫旗舰店、京东旗舰店及各大网店

购书热线：010-63077122　　　　中国新闻书店购书热线：010-63072012

照　　排：北京亚吉飞数码科技有限公司

印　　刷：三河市德贤弘印务有限公司

成品尺寸：170mm × 240mm

印　　张：11.5　　　　　　　　　　字　　数：193 千字

版　　次：2022 年 3 月第一版　　　　印　　次：2022 年 3 月第一次印刷

书　　号：ISBN 978-7-5166-5867-3

定　　价：68.00 元

前　言

　　题画诗是中国古代诗歌的独特表现形式,画上题诗又是中国古代绘画最能彰显民族风格的重要标志。中国题画诗历史悠久,来源于咏物诗,其起源不晚于战国时期,汉魏接续,唐代进入文人视野,至两宋则蔚然成风,达到题画诗发展的高峰。本文以宋代题画诗为主要研究对象,结合两宋的时代背景、社会状况、文化风尚,借鉴中国古代诗歌创作理论、古代绘画理论进行多角度分析,探讨两宋题画诗的产生、发展、题材分类、审美内涵、传承及地位等问题,以两宋题画诗为主要研究对象,兼论两宋题画词。诗与画相结合,词与画相结合,文本及理论探讨相结合,总论与个案研究相结合,全面系统地对宋代题画诗进行研究。

　　本书通过梳理国内外学界对宋代题画诗的研究现状,从两个维度界定题画诗:第一个维度是诗画关系,本书认为诗画有共同的社会政治与抒情功能;第二个维度是诗歌文本自身的传承关系,本书认为题画诗源于"咏物诗",进而考察雅、俗两种因素对北宋题画诗词发展的影响:一是科举制度对北宋题画诗词发展的影响,二是文人雅集助推北宋题画诗词的发展,三是宫廷风尚促进北宋题画诗词的发展,四是宋朝的"祖宗之法"对题画诗的发展有着间接影响。

　　本书将北宋题画诗按照人物类、山水类、花鸟类、畜兽类进行分题材研究,可以看出"雅化"是北宋山水类题画诗的最大特征,北宋题画诗呈现整体雅化的倾向。北宋的题画词数量不多,作者主要集中在北宋后期特别是两宋之交,"苏门"群体题画词创作数量很少,题画词内容主要集中在山水和墨戏。北宋题画词的题写内容最多的是山水类,其次是题写墨竹、墨梅之词,表现文人墨客的超然尘外的审美情趣,对词体文学在"雅化"方面,起到了一定的推动作用。北宋题画诗的题画对象雅致,风格上体现"沈著痛快",审美上追求"象外之旨"。

　　南宋题画诗词在北宋的基础上,进一步发展,呈现出"雅俗结合"的特征。南宋人物题画词体现"本色当行",作者感性观画,理性题画,充满"生活"气息,既有山河之恋的爱国情怀又有大厦将倾时的避世消愁情绪。

在南宋的题画诗中,山水类题画诗数量下降,人物类题画诗数量上升跃居第一位,同时花鸟类题画诗数量与山水类题画诗数量差距缩小,南宋题画诗在题材选取与观照上与北宋题画诗的状况有很大不同,研究题材分类与北宋相同,人物类题画诗特别是题历史人物类题画诗中体现出强烈的批判精神和爱国精神,山水类题画诗则在抒发爱国情怀的基础上体现出生活情趣,花鸟类题画诗进一步出现生活化倾向,畜兽类出现"天马"等异域特征。

南宋题画诗词在文体上是诗与词雅俗结合,思想上是仕与隐的雅俗结合;内容上是需要与标榜的雅俗结合。两宋题画诗体现在题材的传承、题写群体的传承、审美上的传承,具体来说,两宋题画词既以"雅"为主又体现"本色当行",两宋题画诗与题画词既有同一性传承又有相异性传承。

此外,在当下题画诗词"立"与"废"的争论形势下,两宋题画诗词的研究更有必要。

目　录

绪　论

在中国传统的绘画艺术形式中,诗与画的交互呈现是极为耀眼的现象,它们引起文人士大夫的广泛兴趣,诗人、画家更是在文学创作与绘画领域留下了数量庞大的诗画互文的作品。题画诗词①是中国诗歌艺术的奇葩,是非常珍贵的文化遗产。

诗与画,一有声无形,一有形无声,本属两种不同的艺术形式,但在中国,两者结合加之优美的书法点染,便生发无限美感,正所谓"诗情画意"是也,"诗是无形画,画是有形诗"②"诗画本一律,天工与清新"③"诗画同源"的观点在古人那里有很明确的认知,在中国传统绘画中亦有"三绝"之说,即诗、书、画三者紧密结合。"诗画同源"的问题属于艺术批评领域,我们暂且不去理会,但中国古代特别是宋代以来,题画诗词的兴盛是不争的事实。本书选题以宋代题画诗词为主要研究对象,从《全宋诗》《全宋诗补编》《全宋词》《全宋词补辑》逐一辑录出北宋及南宋的题画诗凡3619首,从总体数量、分题材数量、题画及被题画的作者等方面对两宋题画诗进行量化考察,结合两宋的时代背景、社会状况、文化风尚,并借鉴中国古代诗歌创作理论、古代绘画理论多角度进行分析,探讨两宋题画诗的产生发展、题材分类、审美内涵、传承及地位等问题,以两宋题画诗为主要研究对象,兼论两宋题画词。诗与画相结合,词与画相结合,文本及理论探讨相结合,总论与个案研究相结合,系统研究两宋题画诗词,冀望对宋代文学、文化研究略尽微薄之力。

---

① 因"题画词"晚于"题画诗"产生,故在论述相关内容时,暂不提及"题画词"概念。
② ［宋］张舜民:《跋百之诗画》,北京大学古文献研究所编、傅璇等主编:《全宋诗》,北京:北京大学出版社,1995年12月第一版,卷833,第9669页。因本书所引诗主要为《全宋诗》,为行文方便,以后涉及《全宋诗》注解,只注明某家、某诗、某卷、某页。
③ ［宋］苏轼:《书鄢陵王主簿所画折枝二首》,《全宋诗》卷812,第9395页。

一、国内外研究现状及研究意义

关于题画诗,在南宋以前是"作而不究",虽然早已创作了大量作品,但很少有人注意研究。目前我们能看见的最早一部题画诗选集是南宋孙绍远的《声画集》,《声画集》共8卷,26门,收录唐、宋两代诗人凡94人,诗作770余首。而唐宋以前的题画诗不见专门记载。最有分量的一部题画诗集是清陈邦彦编辑的《御定历代题画诗类》,收录唐、宋、金、元、明五代题画诗近9000首,为后来研究题画诗提供了翔实的文献资料,但其分类录诗的优点也暴露了诸如时间顺序凌乱、分类重复的缺点。

北宋与南宋题画词因为受重视晚、数量少等缘故,没有专门收录结集问世,目前只能从《全宋词》及《全宋词补编》等书和笔记中寻觅。《全宋诗》《全宋诗补编》《全宋词》《全宋词补编》的出版,解决了两宋题画诗词研究的文本资料问题。

古代对于题画诗词的研究主要有三种样式:第一种样式为文献类搜集与整理,如上面所述四部题画诗作品集;第二种样式为富有中国文艺批评特征的感悟、随想式议论,零星散见于历代诗话、笔记等古籍中,如明人胡应麟《诗薮》、沈德潜《说诗晬语》以及王士禛的《池北偶谈》《香祖笔记》等诗、词话及笔记。以上两类研究主要着眼于文学形式的研究,重点关注题画诗词的文学审美功能,主要解决题画诗"如何作""作什么"的问题,关注的重点内容在"诗",即文学特质。第三种研究样式主要研究"如何题""题在哪"的问题,即研究诗词如何使画面更富美感,其着力处在于绘画美感方面,如王振德《中国画款题常识》①、张金鉴的《中国画的题画艺术》②、李方玉与朱绪常的《中国画题款艺术》③、宗白华的《艺境》④、李泽厚的《美的历程》⑤、朱玄的《中国山水画美学研究》⑥等专业绘画和美学书籍中,引用、转述了古人对题画诗词"如何题"这一问题的研究。

---

① 王振德:《中国画款题常识》,太原:山西人民出版社,1986年版。
② 张金鉴编著:《中国画的题画艺术》,福州:福建美术出版社,1987版。
③ 李方玉,朱绪常:《中国画题款艺术》,北京:知识出版社,1991年版。
④ 宗白华:《艺境》,北京:商务印书馆,2011年版。
⑤ 李泽厚:《美的历程》,北京:生活·读书·新知三联书店,2009年版。
⑥ 朱玄:《中国山水画美学研究》,台北:台湾学生书局,1997年版。

就笔者能查阅、获得的资料来看(即参考文献部分列出的主要书目),真正对题画诗词的研究始于20世纪30年代末40年代初,其重要成果如日本青木正儿的《题画文学及其发展》、钱钟书的《中国诗与中国画》等著作。从20世纪40年代开始,由于各种原因,关于题画诗词的研究大约沉寂了40年,直到80年代中后期,首先从中国台湾学术界开始,继而大陆学术界接续,题画诗词的研究才蔚为大观,从20世纪80年代到20世纪末,短短的20年时间,出现了极具学术价值的专著和论文,下文将一一进行介绍,这些专著和论文资料针对题画诗词的论述主要体现在以下几个方面。

第一,从研究成果的形式上看,针对题画诗词研究的专著相对较少。

比较有影响的有孔寿山的《中国题画诗大观》①、李栖的《两宋题画诗论》②、衣若芬的《苏轼题画文学研究》③、衣若芬的《观看·审美·叙述——唐宋题画文学论集》④、刘继才的《中国题画诗发展史》⑤等几部著作。孔寿山先生以美学大家的眼光,洋洋洒洒80余万字论述了中国题画诗的起源、流变并探讨其发展规律和美学意义,为题画诗研究奠定了基础,但此书因是题画诗通论并重点探讨其美学意义、社会意义,除了给人以资料丰富、论述得当的印象外,似乎又让人难以寻得重点。李栖先生本身擅长美术创作,以实践经验及对两宋题画诗的考察,在自己博士论文的基础上写出《两宋题画诗论》一书,读来令人耳目一新。衣若芬女士的《苏轼题画文学研究》则着眼于北宋题画诗大家苏轼的作品,通过对苏诗与题跋等文字对比分析,突显题画文学的独立文类特质。刘继才先生的《中国题画诗发展史》一书约60余万字,在论述题画诗的同时把题画词、题画曲一并论述,给人以启发,对中国题画诗词做了流变式的梳理,帮助读者概览中国古代题画诗词发展的历史。

特别提及的是衣若芬女士的《观看·审美·叙述——唐宋题画文学论集》一书,该书详细论述了唐宋题画诗中"观看"的行为、"叙述"的笔法以及"审美"的意识,回顾了题画文学的研究历程,提出题画文学的研究方法,通过对"人像画""仕女画""诗意图"三类题画诗的精辟解读,

① 孔寿山:《中国题画诗大观》,甘肃:敦煌文艺出版社,1997年版。
② 李栖:《两宋题画诗论》,台北:学生书局,1994年版。
③ 衣若芬:《苏轼题画文学研究》,台北:文津出版公司,1999年。
④ 衣若芬:《观看·审美·叙述——唐宋题画文学论集》,台北:台湾中央研究院中国文哲研究所,2004年版。
⑤ 刘继才:《中国题画诗发展史》,沈阳:辽宁人民出版社,2010年版。

探析唐宋变革的精神。

第二，从内容上看，以题画诗作为研究对象较多，而对题画词研究较少。

究其原因，一方面由于题画词发展较晚，数量与题画诗极不相称，以两宋为例，题画诗有 3600 余首，而题画词不到 200 首[①]。另一方面由于诗画结合的传统早已有之，而词画结合则相对较晚，并且从审美感受来说，由于"词为小道"的观念在有宋一代影响较大，故题画词的创作也相对较少。

第三，从时间上看，研究对象主要集中在北宋时期及文学大家。

就笔者看到的资料（主要以中国知网统计为准），涉及北宋题画诗词论文 400 余篇，南宋题画诗词的论文仅 100 余篇。其中关于苏轼的有 30 余篇、黄庭坚 8 篇，其他如王安石、晁补之等人，多则三四篇，少则一篇。

整体来说，关于题画诗词的研究先是基础资料整理阶段，如各种版本的题画诗词选注、鉴赏辞典等，随后研究论文与专著持续跟进。目前，题画诗词的研究局面正在打开，虽然研究成果也在不断深入，但研究的空间还是相对较大。

上述便是笔者关于题画诗词文献梳理得到的体会，在此对以上提及的诸多专家、学者表示深深的敬意。而由于篇幅所限，亦有诸多成果未能在此评介。题画诗研究具有相当大的空间，本人在吸收借鉴前人学术成果基础上，针对前人研究的薄弱环节，打开两宋题画诗研究的新局面，并将题画词纳入研究范围内，以"两宋题画诗词研究"这一选题进行研究，冀望对宋代文学、宋代文化以及宋代文学史、文化史的研究有所助益。

二、提出问题与解决方法

上文是针对宋代题画诗词的研究内容而言，进而说研究方法，目前就笔者所看到的专著和论文，研究方法大致有两种。

第一，传统的研究视角，按照作家、作品进行分析阐述，进而得出结论。

其研究层面可大，如研究两宋时期的作家作品，与本书题目类似，代表成果为李栖的《两宋题画诗研究》；研究层面亦可小，如针对某一时期

---

① 关于两宋题画诗词的数量是笔者据《全宋诗》和《全宋词》统计所得。

作家群体研究,如苏门群体,还可以研究某一题材、某一位作家。

第二,运用国外较新的图像理论、语图理论,对宋代题画诗词进行研究。代表作如赵宪章先生以"语—图关系"理论观照诗与画的关系。[①]

这两种研究方法,各有利弊,应权衡观之。

论方法一:根据传统研究方法,结论或可令人信服,但有时不免给人一种隔靴搔痒之感。以两宋乃至中国古代题画诗之大成的领军人物苏轼举例,目前关于苏轼题画诗词的论述,得出的结论基本与苏诗研究一致,主要是围绕所表现出的绘画理论、人格精神等问题进行论述,但这些在研究苏轼诗词的诸多论著里早已有了回答。这不免令人疑问:题画诗词的研究与同一作家其他类诗词研究有何不同?题画诗词研究有无独立研究之必要?若不同,何以见之?若必要,成果如何?笔者以为,"题画诗词"虽其本质为诗为词,但既然冠以"题画"二字,理应在"题"与"画"的层面研究"题画诗词",本书从"题"与"画"两个层面观照本书的研究主体——"诗词"。在"题"的方面偏重题写的题材分析、题写的对象分析等;在"画"的层面则结合两宋绘画史、绘画审美对"题画诗词"的内涵、风格等进行阐释、分析。

再论方法二:援西论而入中国传统文学研究之中,此类尝试20世纪80年代已有之,如解构主义、文学接受理论等。以西方的文艺理论来解读甚而解决中国传统文学艺术中的问题,确实给人耳目一新之感觉,然则就笔者所看到的一些专著、论文中有一个稍显一致的现象,即运用西方方法研究题画诗词,最后不是得出结论,而是证明结论。进而申之:以理论解释共识问题而不是提出问题和解决问题。以诗画关系问题为例,其关系无外乎结合、分离两种。无论运用西方文学、文艺学理论还是中国传统文学、文艺学理论,其最终只是解释我们既识、既得之结论。此若2+2=4,加法可得,乘法亦可得。这只能说明"4"是"2+2"的正确结果而已。

对宋代题画诗词的研究内容与研究方法,笔者简略进行介绍,文章尤其是专著,若有一种理论为指导,确可事半功倍,以一条线索、纲领为指导,确可行文如流水,或潺潺或滔滔,终有一种路径。本书写作之初,在理论与线索两处,颇费力气。笔者在想,能否找到一个既符合中国古

---

① 赵宪章:《文本与图像》,北京:人民文学出版社,2014年9月版;赵宪章、顾华明:《文学与图像》,南京:江苏教育出版社,2015年11月版。

典文学研究规律，又不是运用西方理论生搬硬套地去解决题画诗词研究的问题，这是在写作本书之前一直在思考的重要问题。

纲举目张，专著必须有理论或思想作为指导，这是必须也是必然的。考虑到古代文史哲为一体、文史结合的传统研究方法，笔者试图从观照宋代历史的角度切入，以史学作为主要视角，参之文化学、社会学等其他角度去宏观剖析宋代的题画诗词，以"宋代近世观"为纲，以宋代文化"雅俗交叉"为目，去重新整体考察宋代题画诗词。或许这一研究不能有太多学术上的收获，但作为首次尝试，方法上或可与现在诸家不同，其结果或亦不同于当下学人之成果，本书不求标榜、鸡立鹤群，但学术之追求当以求新求异为一定目标。

下面简述这一方法在学理上的可行性与可实践性。笔者拟从史学观点着眼。

关于宋代"近世说"，肇端于日本学者内藤湖南，在其学术著作《中国近代史》[①]、论文《概括的唐宋时代观》[②]《近代支那的文化生活》[③]等内容中，提出了宋代"近世说"这一观点，下面对这一观点进行学理上的考察。在《概括的唐宋时代观》一文中，作者一开始就直接指出："唐宋时期虽然是一段时期的一般用语，但如果从历史特别是文化史的观点考察，这个词其实并没有什么意义，唐代是中世的结束，而宋代则是近世的开始……"[④]作者从多个角度对唐代和宋代进行对比。择其与本书相关的内容如下。

科举上："隋唐的科举依然是贵族的，这个制度到了宋代王安石时代再次一变。唐至宋初的科举亦以帖括和诗赋为主，前者测验背诵经书的能力，后者考验文学创作的能力。这个方法与其说是学科考试，毋宁说是人格测验和书写文章能力考试"[⑤]。诗歌上："从诗来说，……文学

① 刘俊文主编、黄约瑟译：《日本学者研究中国史论著选译》，北京：中华书局，1992年版。
② ［日］内藤湖南(NaitoKonan)，《概括的唐宋时代观》，原文发于日本《历史与地理》杂志第9卷第5号，译文见《日本学者研究中国史论著选译》第一卷，北京：中华书局，1992年版。
③ 载《内藤湖南全集》第八卷《东洋文化史研究》。
④ 黄约瑟译：《日本学者研究中国式论著选译》，北京：中华书局，1992年版，第10页。
⑤ 同上，第14-15页。

曾经属于贵族,自此一变成为庶民之物。"①。绘画上:"六朝隋唐盛行的屏障画,金碧山水衰退,墨绘日益发达,以五代为分界,以前的画大多数强调传统风格,画无非是作为说明事件而有意义的一件物品,新的水墨画则采用表现自己的意志的自由方法。画在以前是贵族的道具,作为宏伟建筑的装饰物之用,卷轴盛行后,画虽然并非因此而大众化,却变为平民出身的官吏在流寓之际也可以携带享乐的一种物品"。②

在内藤湖南论述宋代为近世社会时,我们注意到了一组词汇——贵族与庶民(平民),"贵族"与"平民"可以理解为一组"反义词",考察内藤湖南的"宋代近世说"理论,我们会发现很多这样的"反义词",诸如"宫廷"与"平民"、"皇帝"与"士大夫"……,如果从更大的视角去概括的话,我们也可以用另外一对反义词——"雅"与"俗"。

本书以内藤湖南的"宋代近世说"作为考察两宋题画诗词的切入点进而主要探讨北宋社会环境对题画诗词的影响,以"雅俗"的双重视角去观照两宋的题画诗词。如果我们将目光从传统的文本研究角度转移到社会学、文化学的层面去研究宋代题画诗词的话,我们会得到很多不一样的东西。试举一例,宋代市场的繁荣是唐代不能企及的,交易由实物交换到使用铜钱,促成了收藏的繁荣但也带来的一些问题。如市场之繁荣促成了民间画家与宫廷画家之间的交流、因市场交易甚至引发了苏轼与米芾之间关于收藏的争论,具体内容笔者将在有关章节中具体阐述。

因为北宋时代处于社会转型期,雅俗两种文化交替影响和渗透,这给当时的社会文化的主体——士大夫在心理和思想上造成了一定的困扰,进而表现在北宋士大夫审美的情趣上,即这些困扰反映在艺术领域诸如鉴赏、收藏、艺术品创作与流通方面显得尤其明显,也可看作是"雅俗文化"的一种碰撞。言此,偶想朱自清先生说的一段话:"到宋朝又加上印刷术的发达,学校多起来了,士人也多起来了,士人的地位加强,责任也加重了。这些士人多数是来自民间的新的分子,他们多少保留着民间的生活方式和生活态度。他们一面学习和享受那些雅的,一面却还不能摆脱或蜕变那些俗的。"③ 这也是本书借用"雅俗"观念进行分析两宋

---

① 黄约瑟译:《日本学者研究中国式论著选译》,北京:中华书局,1992 年版,第 17 页。
② 同上,第 17 页。
③ 朱自清:《论雅俗共赏》,北京:三联书店,2008 年 11 月版。

题画诗词的重要原因。

本书以两宋题画诗词文本书献为主要研究资料，以《全宋诗》《全宋诗辑补》《全宋词》《全宋词补辑》为基础文献，按照"题画诗"的界定范围，一一排查出北宋题画诗1468首，南宋题画诗2151首，共计3619首。北宋题画词24首，南宋题画词115首，共计139首。本书以传统绘画分类为依据，以两宋题画诗词题材分类解读为着力点，对两宋题画诗词进行阐释、梳理并提出思考，以问题意识带动全篇，重在解决具体的学术问题。

三、关于题画诗的界定

既然本书的研究对象为"题画诗词"，何为"题画诗词"应该予以界定，又因诗早于词，故只需解决"题画诗"的界定即可。

名不正则言不顺，本书所论为两宋题画诗词研究，其认识基础与学理基础为题画诗，应该有其自身的审美特质，否则便与一般诗词无大区别，从而失去独立探讨之意义。然何为题画诗之特质呢？就目前笔者所查阅的资料看来，学术界对"题画诗"的界定几乎一致，现列举有代表性的界定内容如下。

所谓"题画文学"，向来有广义和狭义两种界定方式，狭义的"题画文学"单指被书写于画幅上的文字；广义的"题画文学"则泛称"凡以画为题、以画为命意或赞赏或寄兴，或议论或讽喻而出之以诗词歌赋及散文等体裁的文学作品。"[1]

题画诗，顾名思义，是一种以画为题而作的诗。其内容或就画赞人，或由画言理，或借画抒怀，或另发议论。但因这些诗都是缘画而作，所以统称题画诗。如果细分一下，题画诗又有广义和狭义之分。从狭义说，只有题写于画上的诗，才称题画诗，这又有题于画的正面与背面之分。如果从题诗者的角度看，又有自题与他题之分。广义的题画诗，除指题于画面上的诗外，还包括一切与绘画相关的诗。[2]

"题画诗"界定如下：第一，文体必须是诗；第二，创作的时间，必须在画之后，可以在画完之后立即作诗，也可诗画相距数十到千百年之

---

① 衣若芬：《郑板桥题画文学研究》，台湾大学中文研究所硕士论文，1990年，1-8页。

② 刘继才：《中国题画诗发展史》，沈阳：辽宁人民出版社，2010年版，1-2页。

遥；第三，创作的动机必须是作者先见到画，由画引发作诗的意愿；第四，创作的过程必须时刻不离画，无论是有形的还是无形的；第五，创作的内容无论是吟咏、是抒情、是记事、是发论，必须或多或少关系到画；第六，创作的结果，则可以与画并存，完成"诗画相生、情景交融"的境界，也可以独立于世，与画无涉。①

上面只是笔者列举出的几例，其实就笔者所查阅的资料来看，诸家对于"题画诗"的界定出奇的"一致"。所谓"一致"无外乎两个原因：第一，大家达成了共识，第二，因因相袭，毫无新意。

题画诗词最稳定的一组关系是诗（词）与画的关系。诗画关系的考察对于界定题画诗（词）很有必要；题画诗本质是诗，诗从三百篇时代开始，一直有着自己的文化与文本的传承。笔者认为，界定"题画诗"主要从两个维度进行探讨：第一个维度是诗画关系，认为诗画有共同的社会政治与抒情功能；第二个维度是诗歌文本自身的传承关系，认为题画诗源于"咏物诗"。

四、第一维度：诗与画的关系

关于诗画关系的论述，古今中外资料繁瀚。以西方来说，如古罗马的贺拉斯、文艺复兴时期的达·芬奇都有所论述，直到18世纪德国莱辛的《拉奥孔》掀起了关于诗画关系讨论的高潮，莱辛在《拉奥孔》一书中观点鲜明地指出："诗与画是异质的，诗歌是表现时间的，绘画是表现空间的，二者存在诸多差异。西方对诗画的关系由'姊妹艺术'转而'分道扬镳'。""物体连同它们的可以眼见的属性是绘画所特有的题材……动作是诗所特有的题材。""时间上的先后承续属于诗人的领域，而空间则属于画家的领域。"② 可见，莱辛认为诗画艺术是不同的艺术表现。

莱辛的观点传到中国后，国内一些大家即有所回应，比较有代表性的有钱钟书先生和宗白华先生。钱钟书在《中国诗与中国画》《读拉奥孔》等文章中，对诗画关系做了探讨，总结起来就是诗与画的艺术评价标准不同，在《读拉奥孔》的字里行间突出表达"画"不如诗的意思，原因是"也许并非诗歌广阔，而是我自己偏狭，偏袒、偏向着它"③。宗白华

---

① 李栖：《两宋题画诗论》，台湾学生书局印行，1994年版。
② ［德］莱辛：《拉奥孔》，北京：人民文学出版社，1979年版，第82-83页。
③ 钱锺书：《七级集》，北京：三联书店，2019年1月第一版，第1-55页。

先生通过《诗和画的分界》①《中国艺术意境之诞生》②《中国诗画中表现的空间意识》③三篇文章回应了莱辛的"诗画异质"观点后指出："诗和画各有它的具体的物质条件,局限着它的表现力和表现范围,不能相代也不必相代。但各自又可以把对方尽量吸进自己的艺术形式里来。诗和画的圆满结合诗不压倒画,画也不压倒诗,而是相互交流交浸,就是情和景的圆满结合,也就是所谓'艺术意境'。④'意境'相同,是所谓诗画的内在基因相似,所以才称其为'姊妹'。诗画关系的内在"基因"相似,这是从艺术的内质角度去考察。"

在谈到诗画关系时,诸家从诗画的诸多关系和维度进行了细致的考察和论述,但有一个显而易见的问题,却被忽略了——诗歌与绘画的政治实用性。笔者认为,"诗"与"画"其外在的表现和承载的社会功能相近。诗歌的政治实用性,自不必多说,所谓"在心为志,发言为诗",历朝历代的重要政治节点,我们都能从诗歌当中找到回应,这是一个无需证明的事实。正所谓"诗以载政""文以载道"也。诗如此,画亦然,概括地说,"画以载政"主要表现在以下两个方面。

第一,存图以明政。

主要是彰明政治意图。俯检史书,以"画"明政者比比皆是:

卫太子废后,未复立太子。而燕王旦上书,愿归国入宿卫。武帝怒,立斩其使者于北阙。上居甘泉宫,召画工图画周公负成王也。于是左右群臣知武帝意欲立少子也。⑤

初,充国以功德与霍光等列,画未央宫。成帝时,西羌尝有警,上思将帅之臣,追美充国,乃召黄门郎杨雄即充国图画而颂之,曰:明灵惟宣,戎有先零。先零昌狂,侵汉西疆。汉命虎臣,惟后将军,整我六师,是讨是震。既临其域,谕以威德,有守矜功,谓之弗克。请奋其旅,于罕之羌,天子命我,从之鲜阳。营

① 宗白华:《美学散步》,上海:上海人民出版社,2005年12月第一版,第3-22页。
② 宗白华:《美学散步》,上海:上海人民出版社,2005年12月第一版,第117-150页。
③ 宗白华:《美学散步》,上海:上海人民出版社,2005年12月第一版,第162-199页。
④ 宗白华:《美学散步》,上海:上海人民出版社,2005年12月第一版,第22页。
⑤ 司马迁:《史记》卷四十九,《外戚世家》第十九,北京:中华书局,1982年11月第2版,第六册,第1985页。

平守节,娄奏封章,料敌制胜,威谋靡亢。遂克西戎,还师于京,鬼方宾服,罔有不庭。昔周之宣,有方有虎,诗人歌功,乃列于雅。在汉中兴,充国作武,赳赳桓桓,亦绍厥后。①

永平中,显宗追感前世功臣,乃图画二十八将于南宫云台,其外又有王常、李通、窦融、卓茂,合三十二人。故依其本弟系之篇末,以志功臣之次云尔。赞曰:帝绩思义,庸功是存。有来群后,捷我戎轩。婉娈龙姿,俪景同翻。②

汉代绘古之圣贤、当时名臣之像而入阁并为之赞,彰显朝廷政治倾向、表明朝廷倡导之态度,是当时绘画的主要功能。有画有赞这一形式延绵不绝直至隋唐而不衰。

戊申,诏图画司徒、赵国公无忌等勋臣二十四人于凌烟阁。③

时无忌位当元舅,数进谋议,高宗无不优纳之。明年,以旱上疏辞职,宗频降手诏敦喻,不许。五年,亲幸无忌第,见其三子,并擢授朝散大夫。又命图无忌形像,亲为画赞以赐之。④

以上资料只是笔者选取的一小部分,比较肯定地说,几乎每部史书中,都有类似的记载。古代"图以载政"的传统一直存在,绵延不绝。

第二,存图以明志。

和朝廷"以图明政"层面相对应的个人层面便是"存图以明志",在形式上,一般亦置古之、当时名流之像并做赞。与朝廷的"存图明政"相比,个人的"存图明志"在选取绘像对象上相对自由,但也与时代潮流相联系,如魏晋以清远、淡泊、远离尘嚣的当时名流为主。

宋纤,字令艾,敦煌效谷人也。少有远操,沈靖不与世交,隐居于酒泉南山。明究经纬,弟子受业三千余人,不应州郡辟命,惟与阴颙、齐好友善。张祚时,太守杨宣画其象于合上,出入视之,作颂曰:"为枕何石?为漱何流?身不可见,名不可求。"⑤

① 班固:《汉书》卷六十九,《赵充国、辛庆忌传第三十九》,北京:中华书局,2007 年 10 月第 13 版,第 2994—2995 页。
② 范晔:《后汉书》卷二十二,《朱景王杜马刘傅坚马列传第十二》,北京:中华书局,2009 年 3 月第 11 版,第 789—790 页。
③ 《旧唐书》卷三《本纪》第三,《太宗下·贞观十七年》。
④ 《旧唐书》卷六十五《列传》第十五《长孙无忌》。
⑤ 《晋书》卷九十四。

以上说明的两个方面,是"画以载政"的突出表现,其实,中国的早期绘画大多与国家政治相关,这种"以图明政"与早期诗歌所承载的功能十分吻合,所以说,中国的诗画从早期便没有什么隔阂感。这里有一个比喻或许能更好地说明:"图以载政"相当于《诗经》当中的"雅""颂"篇什。当然,《诗经》当中也有具有强烈民间色彩、反映普通人民生活愿望及思想的"风"篇,在绘画中也与其对应。如:

> 桓康,北兰陵承人也。勇果骁悍。宋大明中,随太祖为军容。从世祖在赣县。泰始初,世祖起义,为郡所絷,众皆散。康装檐,一头贮穆后,一头贮文惠太子及竟陵王子良,自负置山中。与门客萧欣祖、杨璆之、皋分喜、潜三奴、向思奴四十余人相结,破郡狱出世祖。郡追兵急,康等死战破之。随世祖起义,摧坚陷阵,膂力绝人,所经村邑,恣行暴害。江南人畏之,以其名怖小儿,画其形以辟疟,无不立愈。(《旧唐书》卷三《本纪》第三,《太宗下·贞观十七年》)①

> 徐孝肃,汲郡人也。宗族数千家,多以豪侈相尚,唯孝肃性俭约,事亲以孝闻。虽在幼齿,宗党间每有争讼,皆至孝肃所平论之,为孝肃所短者,无不引咎而退。孝肃早孤,不识父,及长,问其母父状。因求画工,图其形像,构庙置之而定省焉,朔望享祭。②

诗画在一开始便有了趋同的功能,而且这一功能一直在延续,并表现在历朝历代的人物画像当中。

"图以载政"侧重社会政治层面,"图以明志"则侧重个人抒情方面,"图以载政"与"图以明志"分别代表绘画的政治与抒情两个功能,使诗与画在最重要的社会功能——政治抒情功能上表现趋同。古人直至当下学人,亦研究诗画之关系,其溯源诗画关系源流往往也追溯到"图赞""画赞",但恨未能进一步阐述,笔者认为"画赞"等是诗画关系的结合形式,而非诗画结合关系的本质原因。诗画关系中最稳固的关系基础为政治与个人两个方面:政治上,"画以载道""诗以载道",个人上,"画以明志""诗以言志",这是诗画关系的基础。正是有这两层基本关系才衍生出"画赞""诗意画"与"画意诗"等。

---

① 《旧唐书》卷三《本纪》第三,《太宗下·贞观十七年》。
② 《隋书》卷七十二。

五、第二维度：诗歌文本自身的传承

题画诗的前提是"有画可题"，"画"亦为"物"也。"题画诗"或为"题物诗"之分支可也。古代的"题"与"咏"且可互换，由此，题画诗即"咏物"诗之分支也。下面的引文也间接证明了笔者的观点。

昔屈原颂橘，荀况赋蚕，咏物之作，萌芽于是，然特赋家流耳。汉武之《天马》，班固之《白雉》《宝鼎》，亦皆因事抒文，非主于刻画一物。其托物寄怀，见于诗篇者，蔡邕咏庭前石榴，其始见也。沿及六朝，此风渐盛。王融、谢朓，至以唱和相高，而大致多主于隶事。唐宋两朝，则作者蔚起，不可以屈指计矣。其特出者，杜甫之比兴深微，苏轼、黄庭坚之譬喻奇巧，皆挺出众流。其余则唐尚形容，宋参议论，而寄情寓讽，旁见侧出于其中，其大较也。中闲如"雍鹭鸶""崔鸳鸯""郑鹧鸪"，各以摹写之工得名当世，而宋代"谢蝴蝶"等，遂一题衍至百首，但以得句相夸，不必缘情而作，于是别岐为诗家小品，而咏物之变极矣。①

披览之余，觉名物典故有资考证，鸿篇巨制有益文章。即山川景物，开卷如逢，鱼鸟留连，烟云供养，亦足以悦性怡情。及恭读御制序文，则谓不逾几席，而得流观山川险易之形；近在目前，而可考镜往代留遗之迹。以至农耕蚕织，纤悉必具；鸡犬桑麻，宛然如睹。庶几与昔人《豳风》《无逸》之图有互相发明者焉。益知圣人之心即物寓道，所见者大，又不徒作艺事观焉。②

四库馆臣认为："宋代'谢蝴蝶'等，遂一题衍至百首，但以得句相夸，不必缘情而作，于是别岐为诗家小品，而咏物之变极矣。"③"题画诗"发展到宋以后，渐为文人画士所重，在诗书画、诗书画印的"三绝""四绝"的呼声中，渐趋走向衰落。

"题画诗"在文本上起源于咏物诗。题画诗带有咏物诗的因子，既然屈原《橘颂》为咏物滥觞，则笔者认为，题画诗不晚于屈原时代。既

---

① 《四库全书总目》，北京：中华书局，2003 年 8 月版，第 1053 页。
② 《四库全书总目》，北京：中华书局，2003 年 8 月版，第 1726 页。
③ 《四库全书总目》，北京：中华书局，2003 年 8 月版，第 1053 页。

然咏物诗的本质是"寓情于物",那么题画诗就是"寓情于画",其情可大至家国,小至个人情感。结合诗画关系的基础为政治与抒情两大内容,笔者对题画诗进行界定如下:时间上,题画诗之起源不晚于战国屈原时代;作者上,为贵族(包括"士"阶层)所为;内容上,以"咏画"为主。发展脉络上,几与"咏物诗"一致:战国滥觞,汉魏接续,唐宋则蔚然成风,宋后沦为诗家"小品"。

或有学者认为笔者关于题画诗起源纯属臆断之说,兹作推测,题画诗因素有二:一为有"画"可题;一为能创作题画之诗。有"画"可题应为题画诗基础,中国传统绘画的形式起源于何时,根据目前的考古等发现,比较一致的说法是起源于战国晚期。战国晚期楚国墓葬出土了最早的帛画、缯书,咸阳秦六国宫殿遗址出现了大规模的壁画残迹。中国传统绘画样式于此现出端倪。①1942年出土的战国时期"帛画"《人物御龙帛画》人物形象生动,随之出土的还有图文结合的"帛书"②,从时间上看,绘画形式至少在战国晚期已经定型,或进一步说战国晚期的是中国先秦绘画的繁盛时期。而此时作为写作"咏物诗"滥觞的屈原也是楚国人,且年代相近。进而说,楚国是目前已得知的先秦时期"最好""最像"后来中国绘画的国家,楚国又有当时最为杰出的"咏物诗人"——屈原,可否大胆断定:屈原可为题画诗之第一人?汉循"楚风",其"砖像"配以"类诗"等文字是否受楚国之影响?这些问题都值得思考,论文讲求证据但亦不妨作以逻辑上的大胆推测,是有此一段文字,期以考古有更大发现,以佐笔者之"臆断"。

最后,阐释一下本书的考察范围,本书题目定为"两宋",该"两宋"实是规定考察题画诗词作家的范围,即为两宋作家诗词作品,主要以《全宋诗》《全宋词》为主要考察对象,不包括与两宋对峙的辽、金两朝,故辽、金的作家作品并不在本书的考察范围内。

全书由总论和分论构成。总论为绪论,分论为四章。

绪论部分:梳理国内外学界对两宋题画诗词的研究现状,两宋题画诗词具有很大的研究空间。从两个维度界定题画诗:其中第一个维度是诗画关系,第二个维度是诗歌文本自身的传承关系,本书认为题画诗

---

① 李松:《中国美术史》(先秦两汉卷),北京:中国人民大学,2014年1月第一版,第236页。

② 李松:《中国美术史》(先秦两汉卷),北京:中国人民大学,2014年1月第一版,第251-253页。

源于"咏物诗",时间为战国中晚期。

第一章北宋社会因素与北宋题画诗词的发展：主要从科举制度、文人雅集、宫廷风尚、世俗文化四个方面论述社会环境对题画诗词的发展的影响。

第二章雅俗视角下的北宋题画诗词研究,在对北宋题画1468诗、24首词的量化分析的基础上,考查作家作品数量及时间分布,从题画诗数量、题写题材范围认定,北宋的题画诗发展历经梅尧臣、苏轼二人而成,从被题咏画作的量化分析来看,北宋题画诗词之被题咏画家身份从平民到士大夫,从民间到宫廷画院,亦含释家弟子、道家处士等。根据量化分析,结合北宋绘画发展史,将北宋题画诗按题材分为物、山水、花鸟、畜兽四大类并进行文本分析,得出"雅化"而非"隐逸"为北宋山水类题画诗之特征。对北宋题画词的研究主要侧重在题写内容的雅致及词体文学的"雅化"方面的分析。在此基础上,得出"以雅为主"的北宋题画诗的审美内涵：宏观上,北宋题画诗的题画对象雅致,风格上体现出"沈著痛快"的特点,审美上追求象外之旨。

第三章雅俗结合——南宋题画诗词研究,在对南宋2151首题画诗、115首题画词进行量化分析的基础上,按照人物、山水、花鸟、畜兽四类对南宋题画诗词进行探究。从社会政治与生活、雅与俗两个角度观照南宋题画诗词,得出其"雅俗结合"的审美内涵特征：诗与词——文体上的雅俗结合;仕与隐——思想上的雅俗结合;需要与标榜——内容上的雅俗结合。

第四章两宋题画诗词的传承与地位。主要从题材、题写群体、审美上分析两宋题画诗的传承;从"立"与"异"两个方面分析两宋题画词的传承;从同一性与相异性两方面分析两宋题画诗与题画词的传承。论述两宋题画诗词在文学史上的地位和两宋题画诗词在绘画史上的地位;两宋题画诗词"自然"而非"自然"的审美,以雅为主、雅俗结合的审美内涵对后世的影响深远。在绘画史上以提出并实践绘画创作理论对后世绘画特别是文人画产生深远影响,最终促成独特中国画审美形式形成。

余论部分分析了在当下题画诗词"立"与"废"的争论形势下,两宋题画诗词的研究更有必要。

第一章　北宋社会因素与北宋题画诗词的发展

　　社会发展对于文学之影响可谓巨大,社会因素对于题画诗词之影响是重点考察对象。南宋社会虽与北宋社会有诸多不同,但毕竟同大于异,故本章讨论社会因素对题画诗词的影响,主要探讨时间范围是北宋,南宋不作具体考察。对于该问题,很多学术论文都已有论述,探讨视角涵盖社会、历史和诗词内部因素等,其中两篇论文可以作为代表:祝振玉《略论宋代题画诗兴盛的几个原因》[1]、刘继才《论宋代题画诗词勃兴的原因及特征》[2]。之所以选择这两篇文章,一是因为发表时间比较早(祝文发表于1988年),一是论述相对来说比较全面。

　　二文分而述之:祝振玉《略论题画诗兴盛的几个原因》一文,大致从绘画地位提高、诗画结合、宋继承唐题画诗发展这三个角度去分析,论述相对全面,遗憾之处是每个部分没有深入探讨。刘继才《论宋代题画诗词勃兴的原因及特征》一文,作者因为长期研究题画诗词的发展,著作颇丰,论述精到。文章从宋代文化的高度发展、绘画艺术的发展等诸多角度进行论证,因写就时间较晚,能够对很多资料进行整合和挖掘,是难得的一篇好文,如吹毛求疵,该文有些内容论述略显隔靴搔痒,给人一种蜻蜓点水、意犹未尽之感觉。如在论述"科举"对题画诗词的影响时,作者说:"宋代的科举考试为题画诗词的发展提供了制度保证,宋代科举的内容,除了传统科目试帖诗外,又增加了书、画,这样就把题画诗词三要素——诗、书、画都纳入了必考科目"。[3]把科举制度纳入考察影响"题画诗词"的因素之一,难能可贵,但作者论述不精细,难免会

---

[1]　祝振玉:《略论宋代题画诗兴盛的几个原因》,《文学遗产》,1988年2期。
[2]　刘继才:《论宋代题画诗词勃兴的原因及特征》,《沈阳市师范大学学报》,2008年1期。
[3]　刘继才:《论宋代题画诗词勃兴的原因及特征》,《沈阳市师范大学学报》,2008年1期。

出现一些常识性的错误：首先，科举考试①并不是简单的"试帖诗"，自"熙宁变法"后，省试废除诗赋，转而试以经义、策论，殿试废诗、赋、论，转而试时务策一道。关于宋代科举的详细论述，下文将有具体论述，也可参看祝尚书《宋代科举与文学考论》②一书。此处不再详解。其次，将"书、画两科纳入考试范围"的说法也不够确当，这将在下文中进行详细论述，此不赘述。

　　孟子强调"知人论世"，对待文学作品的解读，考察社会环境是非常重要的一环。有人认为南宋的特殊社会环境对文学作品——题画诗的主题及题材影响更明显。笔者认为，南宋社会是北宋的延续，追根溯源，虽然表面上看，南宋社会对文学的主题影响更加直接和明显，但考察北宋时期一直延续的制度、现象，如科举、雅集、宫廷风尚等因素，对更好地理解题画诗词的发展，一定大有裨益。

　　在本书的绪论部分，笔者已经明确提出，本书的理论基础之一是"宋代近世说"，线索是"近世社会"雅俗两种文化相互排斥相互转换。我们经常说"唐宋变革"，实际上真的变革发生在宋朝，准确地说，发生在北宋的150余年间，北宋是社会变革的重要时期，从文化史角度考察，这150年的时间，完成了雅俗两种文化的交替发展直至最后以雅为主。由此线索，我们考察雅俗两种因素对题画诗的影响。

　　本章主要从四方面进行论述：科举制度、宫廷风尚、文人雅集、世俗文化。从雅俗的角度来说，"科举制度"与"宫廷风尚"是"雅"的部分，"文人雅集"与"世俗文化"是"俗"因素。整体来看，北宋的社会文化是以"雅正"为主的。

第一节　科举制度对北宋题画诗词发展的影响

　　宋代的科举制度对题画诗词的影响主要体现在三个方面：读书人

---

① 　本章所讨论的科举考试，主要是指北宋时期的科举考试制度及内容，因为南宋科举考试制度较以前或增或减，有所变动，但从根本性质上来看，南宋的科举制度及内容，是北宋科举考试的继承和延续，其本身与北宋科举开始相比，无论在制度上还是在内容上，继承、延续得多，质变少，这是本章讨论科举制度对题画诗词影响时，主要考察"北宋"时期的科举制度的最主要原因。

② 　祝尚书：《宋代科举与文化考论》，郑州：大象出版社，2006年3月版。

增多、"画学"的兴盛、品评之风盛行。

论说科举必举唐,但唐宋科举有本质的差别,科举考试在唐代发展尚不完备,"行卷"之风流行,决定成绩的往往不是科场表现优良与否,而是是否得到权臣贵要的"公举",是否有可"嘱托"、为之"延誉"之人,这样才能让自己的名字或试卷被相关人员看到并提拔。很显然,唐代的科举其实还是一种贵族间的势力博弈,对于一般寒门子弟,能够在科举考试中崭露头角,那是非常困难的事情。唐代的科举制本质可以说还有"察举制"的影子或遗留。进入宋代则不然,科举考试有了飞速的发展和质的改变。首先,宋代的科举考试打破了贵族垄断的局面。如真宗朝曾下诏:"如工商、杂类人有奇才异行,卓然不群者,亦许解送……"①,"工商"一类人在唐朝基本不允许参加科举考试,②但这种情况到了宋代发生了完全的改观。如此一来,参加科举考试的人数数倍、百倍于唐代,据有关学者考证,真宗朝参加解试的有近10万人,到了仁宗朝,全国参加解试的人员近42万人。③北宋时期,几乎家家有书声,户户为功名,在科举这面大旗的感召下,许多读书人参与其中,这大大提高了北宋士人的文化水平,为北宋渐渐兴起的"文人画"奠定了重要的基础。科举考试自宋以后,实乃家乃国之大事,犹如今日之高考对家庭和个人之影响,甚至更有过之。笔者在进行两宋题画诗词统计时,通过考察诗题及诗序时发现两宋有很多画家早年都为士人,具体请参看本书第二、三章有关论述,在两宋或因科举落榜而转意为画者,或因科举无门而醉心于画者,实大有人在,尤其以肖像画为主,这也算是科举对绘画的间接影响。

如果说读书人的增多与题画诗词的发展之间的联系并不那么紧密,那么依据科举制度,进行"画学"考试,则是科举对题画诗最直接的影响。看《宋史》关于画学的一条记载:

> 画学之业,曰佛道,曰人物,曰山水,曰鸟兽,曰花竹,曰屋木,以说文、尔雅、方言、释名教授。说文则令书篆字,着音训,余书皆设问答,以所解义观其能通画意与否。仍分士流、杂流,别其斋以居之,士流兼习一大经或一小经,杂流则诵小经或读

---

① 《宋会要辑稿·选举》,卷一四一六。
② 唐代对工商开始规定,不得进入科举,唐中期后,"工商"一类改行三年方可应举。
③ 何忠礼:《科举与宋代社会》,北京:商务印书馆,2006年12月版,第76-77页。

律。考画之等,以不仿前人而物之情态形色俱若自然,笔韵高
简为工。三舍试补、升降以及推恩如前法。惟杂流授官,止自
三班借职以下三等。①

"画学"是徽宗崇宁三年(1104)年设立的一个专门培养绘画人才的
机构,被称为中国最早的美术学院。由上面所引的《宋史·选举志》史料,
我们可知:"画学"有其专业的课程和考试制度,需要说明的是,"画学"
的考试是"如科举"但并不是真正的"科举考试",如:

> "……自此以后,益兴画学,教育众工,如进士科,下题取
> 士,复立博士,考其艺能。"②

邓椿已经很明确地说,"画学"考试"如进士科",由此,如前文所提
刘继才先生说诗书画三者并入"科举",显然是不周之辞。当然,"如科
举""试大经、小经"等类似于今天艺考生的"文化课"考试,此举的确
是受到了当时科举的影响。虽然"画学"在设立的六年之后并入了"翰
林书画院",但其考试制度几乎持续"徽宗一朝"的时间。科举考试的形
式和内容影响了"画学"的发展,使"院体"画家的创作在文化蕴含方面
相应提高,"绘画""画人"的地位亦随之提高,同时客观上增强了"绘画"
与"士大夫"之间的联系,士大夫关注"院体"画时进行题写,进而促进
了题画诗词的发展。

科举考试对题画诗词影响的第三点就是由于科举之风引起北宋社
会的品评鉴赏之风盛行。宋代的科举考试可以说经历了两次重大改革,
实现了质的飞跃,第一次改革在开国之初,由于实行"糊名""誊录"制
度,基本上等于废除了"行卷""温卷"之制③。第二次改革发生在神宗熙
宁变法时期,"熙宁变法"废除明经科而留进士科,进士科初沿唐旧制,

---

① 何忠礼:《科举与宋代社会》,北京:商务印书馆,2006年12月版,第76-77页。
② [宋]邓椿:《画继》,长沙:湖北美术出版社,2000年4月第一版,第269页。
③ 注释一下"废除"一说,因为"行卷"之风在唐代科举中,被时人认为是正常的,
虽然有人批评其有作弊嫌疑,但有唐一代并未对"行卷"之行为有重大批评,"行
卷"在唐代士人眼中,是合情合理的,像"制度"一样存在,所以,唐代参加科
举考试的士人,没有不进行"行卷""温卷"的。这种风气与行为在北宋初期太祖、
太宗乃至仁宗朝都有存在,但后来科举制度进行改革,实行"糊名""誊录"之后,
"行卷"便失去了科举上的意义,犹如一项制度消失一样,故本书用"废除"一词。
关于北宋初期"行卷"事详可参见[元]脱脱等:《宋史》卷一百五十五,《志》
第一百一十,《选举》一,北京:中华书局,1977年11月上海第一版,第11册,
第3611-3620页。亦可参见《宋代科举与文学考论》一书。祝尚书:《宋代科举
与文学考论》,郑州:大象出版社,2006年3月版。

以诗赋取士,熙宁变法殿试废诗、赋论改为时务策一道,省试亦废诗赋转以经义、策、论为题①。试题的改变,促使文风的改变,原来专注辞藻、华而不实、追艰求涩的文风慢慢改变进而转向阐发、议论时务。科举内容的改变,促成了贴近现实、观点鲜明的议论之风。加之科举的繁荣促成各地学校的兴建、类书等刊刻的兴起,以最高学府太学为例,熙宁四年十月(1071)王安石首创"太学三舍"法,不到8年时间,元丰二年(1079),太学已置"八十斋",从神宗朝到徽宗朝,太学生人数一直在2000—3000人之间,太学教授课程中的一项重要内容是对试题与学生作品进行品鉴,在太学,学生之间或对同学之间作品进行品评,或对时人科举榜首之卷进行鉴赏,加之太学严格的考试制度,"三舍"的设置等品阶因素,促使在太学中形成了一种品评鉴赏之风,而这些太学生又是科举人员的主力、未来士大夫的主要构成人员,这种品评之风自然而然地变为士大夫之间交际的一个侧面反映,也自然地会融入学习和生活中,题画诗词本身便含有品鉴的因素,两种因素一结合,自然而然地,在题画诗词当中,有品、有评占据了很重要的方面。

此外,由于科举考试的需要,考试用书刊刻大肆流行,除了物美价廉的国子监刻印书籍,还有其他很多地方官刻及私刻书籍流行。比如为考试而刊刻的类书,这种类书涵盖范围甚广,帝王事迹、花鸟识知可谓无所不包,而且选篇的本身就包含鉴赏在内。同时,考试用书一般都带有明显的品评色彩。宋诗本好议论,加之科举带了品评之风盛行,"品评"与题画诗词"咏"的内容相联系,进而影响到题画诗词的创作。

第二节　文人雅集对北宋题画诗词的助推

文人雅集是古代文人之间的聚会,如果从雅俗这一角度出发,我们会发现,相对于宫廷君臣聚会的"雅",相对较为随便的宫廷之外的文人聚会则略显"俗"。但是,相对于非士大夫的燕集、聚会来说,士大夫之间的文人集会就相对雅了。从雅俗这一概念出发,我们将北宋的文人聚会或"雅集"分为宫廷层面的雅集和文人私下的雅集。因下节专门论

① [元]脱脱等:《宋史》卷一百五十七,《志》第一百一十,《选举》三,北京:中华书局,1977年11月上海第一版,第11册,第3616页、3622页。

述宫廷风尚与题画诗词的影响,故本节所说的雅集单指文人间的私人集会。

文人间的集会古来有之。《诗经》之"鹿鸣"等篇什已经为我们描绘了一些集会的场景。但那时的集会还称不上"雅",到了汉末魏晋时期,文人雅集已经变得十分常见,如我们熟知的"邺下雅集",当时围绕在曹氏集团周围的一批文人,闲暇之余,饮酒赋诗,叙情骋怀,令后人效仿。"昔日游处,行则连舆,止则接席,何曾须臾相失,丝竹并奏,酒酣耳热,仰而成诗,当此之时,忽然不自知己乐也。"① 再如为后人称道的"兰亭雅集",其"曲水流觞"的故事妇孺皆知。从"竟陵八友"到"滕王阁"盛会,再到白居易的"香山九老会"……宋之前,文人雅集的例子不一而举。到了宋代,文人私下的雅集更是流行,"吏归雅集定,门锁月华新",宋人的雅集较之唐或之前比,似乎有些不一样的地方。

首先聚会更"雅"。这些人或因赋诗而聚或因书画而来,甚至单为一口茶前往。在赋诗之际、鉴赏书画之时,自得雅趣。如:梅尧臣《乙酉六月二十一日予应辟许昌京师内外之亲则有刁氏昆弟蔡氏子予之二季友人则胥平叔宋中道裴如晦各携肴酒送我于王氏之园尽欢而去明日予作诗以寄焉》② 云:

> 性僻交游寡,所从天下才。今朝谁出祖,亲戚持樽罍。晚节相知人,唯有胥宋裴。所欠谢夫子,归穰尚未回。岸傍逢名园,系舟共徘徊。嘉莲如笑迎,照水呈丹颜。南庭葡萄架,万乳累将磓。群卉竞琐细,紫红相低偎。寻常固邂逅,孰辨落与开。酒阑各分散,白日将西颓。城隅遂有隔,北首望吹台。

这只是一次简单的邀酒相聚,酒阑各自相归的场景。下面是梅尧臣和蔡襄的两首诗:

> 君谟善书能别书,宣献家藏天下无。宣献既殁二子立,漆匣甲乙收盈厨。钟王真迹尚可睹,欧褚遗墨非因模。开元大历名流伙,一一手泽存有余。行草楷正大小异,点画劲宛精神殊。坐中邻几素近视,最辨纤悉时惊吁。逡巡蔡侯得所得,索研铺纸缠须臾。一扫一幅太快健,檀溪跃过瘦的颅。观书已毕复观

---

① 曹丕:《又与吴质书》,魏宏灿:《曹丕文集校注》,合肥:安徽大学出版社,2009 年版,第 258 页。
② 傅璇等主编:《全宋诗》,北京:北京大学出版社,1995 年 12 月第一版,卷 246,第 28666 页。

画，数轴江吴种稻图。稻苗秧秧水拍拍，群鹭矫翼人荷锄。陂塍高下石笼密，竹树参倚荆篱疏。大车立轮转流急，小犊欺愿稚子驱。令人频有故乡念，春事况及蚕桑初。虎头将军画列女，二十余子拖裙裾。许穆夫人尤窈窕，因诵载驰诚起予。余无书性无田区，美人虽见身老癯。举头事事不称意，不如倒尽君酒壶。①

宣献业文学，尝作调羹盐。藏书百千帙，传世惟清廉。东堂得春和，花卉晨露沾。之君延宾从，当昼褰珠帘。朱函青锦囊，宝轴红牙签。大令至欧褚，屈玉联钩铃。草行战骑合，楷正中军严。水墨固昏淡，骨气犹深潜。江田亦名手，农野兴鉏镰。桑麻妇女喜，馌饷儿童觇。列女自幽闲，明眸咽颈纤。昔人何遥遥，意会相披瞻。南曹古貌醒，博士新诗炎。持杯屡属我，谓我毫锥铦。煤姬浮醉钿，烟柳泣秋蟾。放洒云雷起，取余风良恬。鄙艺岂足多，诧语谁能兼。因思左宣献，载橇陪车幨。辱公知遇厚，表里曾无嫌。间复请笔法，指病如投砭。今朝观故物，惜已悲惭兼。层丘恩德重，素发年华添。不能枉尺寻，况乃事飞箝。壮心久已衰，奇尚顾未厌。幸公有令子，辞源横江灊。剧饮以自慰，后庆其人占。②

上面的两首诗，限于篇幅，不作具体赏析，但从字里行间可以看出，以"书画"而宴集，成为当时流行的聚会方式。在北宋时期，最著名的雅集当为"西园雅集"。"西园"是北宋驸马都尉王诜的宅第花园，当时诸多名望都曾在园中雅集。

冠盖郁相依，名园花未稀。游丝萦复展，狂絮堕还飞。积弩遗风陋，兰亭旧俗微。何如咏沂水，春服舞雩归。③

宋神宗元丰初年，王诜曾邀苏轼、苏辙、黄庭坚、米芾、秦观、李公麟以及日本圆通大师等当时16位文人名士在此游园聚会，会后李公麟作《西园雅集图》，米芾书写了《西园雅集图记》。

---

① ［宋］梅尧臣：《同蔡君谟江邻几观宋中道书画》，《全宋诗》卷253，第3026页。
② ［宋］蔡襄：《观宋中道家藏书画》，《全宋诗》卷386，第4766页。
③ ［宋］司马光：《上巳日与太学诸同舍饮王都尉园》，《全宋诗》卷503，第6114页。

图1-1　西园雅集图及《西园雅集图记》

图1-2　西园雅集图及《西园雅集图记》

由于苏轼、苏辙、黄鲁直、李公麟、米芾等都是千年难遇的奇才,后人景仰之余,纷纷摹绘《西园雅集图》。历代著名画家马远、刘松年、赵孟頫、钱舜举、唐寅、尤求、李士达、原济、丁观鹏等都曾画过《西园雅集图》。《西园雅集图》成了人物画家的一个常见画题。

在北宋的"雅集"中,有因书画而起的,如前文提到的梅尧臣等人的"雅集",又如:

　　禅方寿丘山,平昔宋公宅。好风吹雨来,暑气一荡涤。我
　　与二三友,欢言同几席。神清轶埃壒,趣合尽肝膈。岭竹翠尚
　　新,水花红可摘。以此侑樽酒,隤然岸巾帻。建邺旧丹青,金銮

余翰墨。绰约桃李颜,超遥龙虎迹。缅矣霸王业,信哉文章伯。感古巳踌躇,慕奇复叹息。泊无势利心,自觉衿虑适。起坐相扳牵,迟留日将夕。[①]

三五好友只是因为纳凉而同会一起,从"我与二三友,欢言同几席",直到"起坐相扳牵,迟留日将夕"。北宋的文人雅集有这样一个趋势:北宋前期雅集以友朋饮茶、喝酒间以诗社唱和为主,苏轼之后,文人雅集以观看鉴赏书画居多,文人雅集对题画诗词的发展起到了一个推波助澜的作用。

因"书画"而起兴,继而有赋咏,这是文人雅集对"题画诗词"的直接影响。宋人模晋范唐,在雅集之中,追求图而存焉。如在北宋庆历年间模仿白居易"香山九老会"而雅集的"睢阳五老会",直接促成了"睢阳五老图"的诞生,进而引发诸多关于此图的题诗。[②]

图1-3 高39.9厘米、宽32.1厘米。绢本,设色。此选为五老之一,名王涣。现藏地:弗利尔美术馆。五幅画像分别藏于弗利尔美术馆、美国耶鲁大学艺术陈列馆和纽约大都会博物馆。

---

① [宋]曾巩:《延庆寺会景纯正仲希道介夫明叟纳凉同观建邺官中翰林墨迹,延庆寺者,刘裕故宅中有寿丘山》,《全宋诗》卷458,第5562页。
② 关于"睢阳五老"的聚会时间及其他问题,详参衣若芬:《观看、叙述、审美——唐宋题画文学论集》一书,台北"中央"研究院、中国文哲研究所发行,久忠实业有限公司排版印刷,2004年6月版,第157-173页。

前文提及,无论在形式还是在内容上,北宋文人的雅集有对前代的模仿,但更多的是自我的创造。无论是某时相聚某地还是以诗词唱和的形式进行心灵上的"雅集",都对题画诗有非常重要的影响。

第三节　宫廷风尚对北宋题画诗词的促进

"上行下效",宫廷风尚对于题画诗的影响也十分重要,虽然以前有学者把宫廷因素对题画诗词的影响纳入了考察范围,但多是从皇帝、皇室的个人喜好层面去研究。这显然略显单薄,本节笔者拟从三个方面对宫廷风尚与题画诗词之间的关系进行阐述。这三个方面分别为:宫廷崇"雅"的政治需求与题画诗词发展的关系、宫廷"绘画"政治功能与题画诗词发展的关系、皇家绘画喜好与题画诗词发展的关系。

一、宫廷崇"雅"的政治需求与题画诗词的发展

宫廷文化历来被认为是"雅"文化的代表,宋室肇兴,虽与其他朝代的更替仿佛是马上得来,但"兵变"一词,上至皇室、大臣,下到普通百姓都是心里明白但嘴上曲解。太祖、太宗、真宗等北宋的皇帝们都有意无意地去遮掩或不愿提及"兵变"二字,转而去修礼饰仪。这些我们从史料里也能得到确证:

> 五季乱极,宋太祖起介胄之中,践九五之位,原其得国,视晋、汉、周亦岂甚相绝哉?及其发号施令,名藩大将,俯首听命,四方列国,次第削平,此非人力所易致也。建隆以来,释藩镇兵权,绳赃吏重法,以塞浊乱之源;州郡司牧,下至令录、幕职,躬自引对;务农兴学,慎罚薄敛,与世休息,迄于丕平;治定功成,制礼作乐。在位十有七年之间,而三百余载之基,传之子孙,世有典则。遂使三代而降,考论声明文物之治,道德仁义之风,宋于汉、唐,盖无让焉。呜呼,创业垂统之君,规模若是,亦可谓远也已矣![1]

---

① ［元］脱脱等:《宋史》卷三,《本纪》三,北京:中华书局,1977 年 11月上海第一版,第 1 册,第 50—51 页。

五代之衰乱甚矣，其礼文仪注往往多草创，不能备一代之典。宋太祖兴兵间，受周禅，收揽权纲，一以法度振起故弊。即位之明年，因太常博士聂崇义上重集三礼图，诏太子詹事尹拙集儒学之士详定之。开宝中，四方渐平，民稍休息，乃命御史中丞刘温叟、中书舍人李昉、兵部员外郎知制诰卢多逊、左司员外郎知制诰扈蒙、太子詹事杨昭俭、左补阙贾黄中、司勋员外郎和岘、太子中舍陈鄂撰开宝通礼二百卷，本唐开元礼而损益之。既又定通礼义纂一百卷。太宗尚儒雅，勤于治政，修明典章，大抵旷废举矣。真宗承重熙之后，契丹既通好，天下无事，于是封泰山，祀汾阴，天书、圣祖崇奉迭兴，专置详定所，命执政、翰林、礼官参领之。寻改为礼仪院，仍岁增修，纤微委曲，缘情称宜，盖一时弥文之制也。①

太祖起于"介胄"身份，官方的解释是"非人力所致"，但"制作礼乐"的文雅风范却是人为使然，当然，这种"礼"的束缚有时候不免让开国的皇帝有"尔谓天子容易耶"的感叹：

帝一日罢朝，坐便殿，不乐者久之。左右请其故，帝曰："尔谓天子容易邪？属乘快指挥一事而误，故不乐耳。"尝弹雀于后苑，或称有急事请见，帝亟见之，其所奏乃常事耳。帝怒，诘之，对曰："臣以为尚急于弹雀。"帝愈怒，举斧柄撞其口，堕两齿。其人徐拾齿置怀中，帝骂曰："汝怀齿，欲讼我乎？"对曰："臣不能讼陛下，自当有史官书之。"帝悦，赐金帛慰劳之。②

打个巴掌给个甜枣的事情毕竟不能总做，宋室宫廷随着政治根基越来越稳固，崇礼崇文的"祖宗家法"为历代所秉持，在北宋乃至南宋，"崇文"的"雅致"已经深入普通百姓中。而作为题画诗词的主体——士大夫们，深受宫廷这种"雅"文化的影响。士大夫们，上朝则与皇帝共谋国是，退朝则或琴棋书画或为雅集，正是因为这种"崇文"的宫廷风尚，使士大夫自许甚高，对各种艺术有了前所未有的热情。"题画诗词"的主体受到了这种"雅"的风尚的影响，进而促进了题画诗词的发展。

---

① ［元］脱脱等：《宋史》卷九十八，《志》第五十一，北京：中华书局，1977年11月上海第一版，第8册，第2421页。

② ［宋］李焘：《续资治通鉴长编》卷一，建隆元年第91条，北京：中华书局，2004年版。

二、绘画的政治功能与题画诗词的发展

绘画的政治功能可谓古而有之，关于这方面的论述，笔者在绪论部分已经阐述，这里在补充几点。

首先，绘画继承了以往政治宣教的目的。

> 仁宗即位方十岁，章献明肃太后临朝。章献素多知谋，分命儒臣冯章靖元、孙宣公奭、宋宣献绶等，采摭历代君臣事迹为《观文览古》一书，祖宗故事为《三朝宝训》十卷，每卷十事。又纂郊祀仪仗为《卤簿书》三十卷，诏翰林待诏高克明等绘画之，极为精妙。叙事于左。令傅母辈日夕侍上展玩之，解释诱进。镂板于禁中。元丰末，哲宗以九岁登极，或有以其事启于宣仁圣烈皇后者，亦命取板摹印，仿此为帝学之权舆，分锡近臣及馆殿。时大父亦预其赐，明清家因有之。绍兴中为秦伯阳所取。[1]

又，《三朝训鉴图》十卷条载：

> 陈氏曰：学士李淑、杨伟等修纂。庆历八年，伟初奉旨检讨三朝事迹，乞与淑共编，且乞制序。皇祐元年书成。顷在莆日，有售此书者，亟求观之，则已为好事者所得，盖当时御府刻本也。卷为一册，凡十事，事为一图，饰以青赤。亟命工传录，凡字大小、行广狭、设色规模，一切从其旧。敛衽铺观，如生庆历、皇祐间，目睹圣作明述之盛也。按《馆阁书目》载此书云绘彩皆阙，至《续书目》乃云得其全。未知果当时刻本乎，抑亦摹传也？[2]

从上述两条记载可知，在宫廷，绘画的宣教功能被发挥得恰到好处，翰林待诏"高克明"，《圣朝名画录》将其列入"妙品"，认为其铺陈物象，自成一家，当代少有。高克明是大中祥符年间入的画院，仁宗朝迁待诏，宋代的画院大致相当于皇室的服务机构，属于"内侍省"，宋代的画院除了承担粉饰宫廷、根据皇室喜好创作一些作品外，其很重要的一个职责便是创作一些政教类的绘画（壁画），供皇室或大臣欣赏。

其次，优待前朝画家，突显国家政策。

开国之初，为了能够在舆论上得到支持，优待前朝人物变成了笼络

---

① ［宋］王明清：《挥麈录》卷一，北京：中华书局，1964 年 9 月第 3 版，第 53 页。
② ［元］马瑞临：《文献通考》卷二百一《经籍考》二十八。

人心的最常用的手段,有宋一朝甫一开国,对绘画之人的优待便已开始。笔者根据《圣朝名画评》[①]《图画见闻志》[②]二书记载,粗略列表,统计一下前朝入宋画家如表1-1。

表1-1 前朝入宋画家

姓名	入宋前	入宋后	画业	典籍记载
王霭	京师人,翰林院待诏	图画院祗候、待诏	画佛道人物,长于写貌,五代间以画闻	图画见闻志
勾龙爽	蜀人,不详	翰林院待诏	工画佛道人物,善为古体衣冠,精裁密致	图画见闻志
石恪	蜀人,不详	不就	工画佛道人物。始师张南本,后笔墨纵逸,不专规矩	图画见闻志
赵长元	蜀人,不详	匠人迁图画院祗候	工画佛道人物,兼工翎毛	图画见闻志
厉昭庆	建康丰城人,翰林院待诏	图画院祗候	工画人物	图画见闻志
高文进	蜀人,不详	翰林院待诏	工画佛道	图画见闻志
王道真	蜀人,不详	图画院祗候	工画佛道人物,兼长屋木	图画见闻志
巨然	钟陵人,不详	居开宝寺	工画山水,笔墨秀润。善为烟岚气象、山川高旷之景,但林木非其所长	图画见闻志
黄居寀	蜀人,翰林院待诏	朝请大夫寺丞上柱国,翰林待诏,光禄丞	工画花竹、翎毛。默契天真,冥周物理	图画见闻志
夏侯延祐	蜀郡人,蜀翰林待诏	画院艺学	工画花竹、翎毛。师黄筌,粗得其要	图画见闻志
徐熙	钟陵人,江南士族	未就	善画花木、禽鱼、蝉蝶、蔬果。学穷造化,意出古今	图画见闻志

---

① [宋]刘道醇著,徐声校注:《圣朝名画评》,太原:山西教育出版社,2017年11月版。

② [宋]郭若虚:《图画见闻志》,长沙:湖南美术出版社,2004年4月第一版。

姓名	入宋前	入宋后	画业	典籍记载
董羽	毗陵人、江南翰林院待诏	图画院祗候	善画龙水、海鱼	图画见闻志
蔡润	钟陵人，隶八作司彩画匠人	画院入职	工画船水	图画见闻志圣朝名画评
赵元长	蜀人，蜀灵台官	文思院匠人迁图画院艺学	天文，善丹青	圣朝名画评

从太祖、太宗朝来看，宋室十分优待画人，一方面为皇室生活需要，但更重要的方面恐怕是为了彰显其立国后的"文治"色彩，因画人等从事艺术的群体对新立之国无任何威胁，纳入朝廷既可以满足粉饰宫廷之需，又可以向社会表明招贤纳士之虚怀，可谓一举两得。当然，其中的政治彰显因素或许更加明显，如《圣朝名画评》载：

> 蔡润，建康人。善画舟船及江河水势。随李煜赴朝，籍为八作司赤白匠。太宗尝览润舟车图，因问画者名氏。左右进曰：实八作匠人蔡润笔也。上亦悟曰：首江南归命者耶？遽诏入图画院为待诏。敕画楚襄王游江图，尤为精备，上嗟异久之。①

三、皇家绘画喜好与题画诗词的发展

宫廷风尚表现最为直接的一点就是皇室对于绘画的喜好，在中国历史上，恐怕没有哪个朝代的君主像宋室皇帝这样喜欢深研绘画。

> 画之源流，诸家备载。爰自唐季兵难，五朝乱离，图画之好，乍存乍失。逮我宋上符天命，下顺人心，肇建皇基，肃清六合。沃野讴歌之际，复见尧风；坐客闲宴之余，兼穷绘事。太宗皇帝，钦明浚哲，富艺多才。时方诸伪归真，四荒重译，万机丰暇，屡购珍奇。太平兴国间，诏天下郡县搜访前哲墨迹图画。先是荆湖转运使得汉张芝草书、唐韩干马二本以献之，韶州得张九龄画像并文集九卷表进。后之继者，难可胜纪。又敕待诏高文进、黄居寀，搜访民间图画。端拱元年，以崇文院之中堂置秘阁，命吏部侍郎李至兼秘书监，点检供御图书。选三馆正本书万卷，

---

① ［宋］刘道醇著，徐声校注：《圣朝名画评》，太原：山西教育出版社，2017年11月版，第87页。

实之秘监以进御。退余藏于阁内，又从中降图画并前贤墨迹数千轴以藏之。淳化中阁成，上飞白书额，亲幸，召近臣纵观图籍，赐宴。又以供奉僧元霭所写御容二轴，藏于阁。又有天章、龙图、宝文三阁。后苑有图书库，皆藏贮图书之府。秘阁每岁因暑伏曝聊劚，近侍暨馆阁诸公张筵纵观。图典之盛，无替天禄、石渠、妙楷、宝迹矣。①

宋朝的皇帝可以说雅好书画，这在《圣朝名画评》《图画见闻志》等书中都有记载，当然这种记载或有溢美之词。除了搜罗民间名家名画外，还有沿前朝而设的翰林图（书）画院。宋初皇室设立的翰林书画院，延续近三百余年，尤其以北宋徽宗朝最甚。相对于太祖、太宗、仁宗等皇帝，徽宗皇帝完成了对于绘画的需求，渐渐地由标榜"崇文崇雅"而变为自觉的艺术审美追求的过程。徽宗时期，大力发展画院，画院设祗候、艺学、画学正、学生、供奉等职位，对画人也特别优待，陈师曾说，"政、宣间，书画院之官职独许佩鱼，有待诏之班列，以画院为首，书院次之，琴棋在下。"②皇帝本人亲力亲为，促成了当时相对衰落的"花鸟"画的繁荣，促成了"宣和体"的"院体画"的形成。在古代，皇帝的个人喜好与时代的风气有着十分重要的联系。史料记载，徽宗多次将画院考题敕令公布，招试天下画人，如："踏花归去马蹄香""嫩绿枝头红一点，恼人春色不须多"等类似命题的"诗意画"，一时画院诸人与天下画人争相应试，这不仅大大提高了画人的文化水平，也间接地促进了"文人画"的繁荣。其实，徽宗本人也是诗书画"三绝"，皇帝的喜好，自然对身边的一些大臣有重要的影响。如王安石、司马光等人也非常喜欢"形似"的"院体画"，在设色、造型等方面赞赏有加，而画院里的画家也有很多崇尚李成、范宽、李公麟这样的士大夫画家。宫廷画师与士大夫之间的交流有助于题画诗词的发展。

总而言之，宫廷皇室的喜好，直接影响的是为其服务的"画院"绘画风格，而皇帝的喜好也间接地影响了身边的士大夫们。士大夫们绘画、

---

① ［宋］郭若虚：《图画见闻志·叙国朝求访》，转引自俞剑华：《中国历代画论大观》，南京：江苏凤凰美术出版社，2016 年 9 月版，第 3 页。
② 陈说见其著作《中国绘画史》第 41 页有关论述，中华书局，2014 年 11 月版。关于画人到徽宗时待遇、地位等方面的确比之前好很多，但陈氏的论述显然有不符合史实的部分，这一问题具体可参见令狐彪《宋代画院研究》一书中"宋代画院画家政治地位和待遇"一节，北京：人民美术出版社，2011 年 8 月版，第 34—45 页。

赏画之风也随之流行。

图 1-4　宋徽宗《芙蓉锦鸡图》，纵 81.5 厘米，横 53.6 厘米，北京故宫博物院藏

第四节　北宋世俗文化对题画诗词的影响

　　北宋时期与前代相比，最大的社会特征是社会阶层由唐及前代的固化变为阶层的上下流动。庶民可为士大夫，士大夫后代亦可为庶民。北宋社会阶层流动带来的一个现象便是庶民（市民）力量的兴起，庶民的力量兴起主要表现为两种方式，一是科举，北宋的科举打破了唐时贵族群体的垄断地位，使贫寒子弟得以跻身社会政治管理，成为士大夫阶层，这可以理解为庶民在政治上获得了相应的权力；另外一种方式是庶民在田地自由交易、商品市场逐步发达的北宋社会中，慢慢形成了经济上的相对自由。庶民在政治、经济上获得相应的权力，进而在整个社会中自然也就拥有了一定的社会话语权。正是庶民阶层的兴起，原来的"俗"文化也慢慢上升为一种"雅"文化。当然，在这种阶层流动的过程中，雅俗两种文化交替影响甚至有所互变。北宋的世俗文化与题画诗词发生关系主要体现在两个方面。

一、绘画交易市场的繁荣促进士大夫收藏绘画

北宋的绘画市场交易主要分为两类,一类是民间的绘画交易市场,一类是士大夫之间的交易。民间的绘画交易主要体现在民间画工创作一些风俗画、纸画。孟元老的《东京梦华录》记载当时北宋首都汴京的绘画交易的片段。

> 相国寺每月五次开放万姓交易,大三门上皆是飞禽猫犬之类,珍禽奇兽,无所不有。第二、三门皆动用什物,诞中设彩幕露屋义铺,卖铺合、篸席、屏帏、洗漱、鞍辔、弓剑、时果、腊脯之类。近佛殿,孟家道院王道人蜜煎,赵文秀笔,及潘谷墨,占定两廊,皆诸寺师姑卖绣作、领抹、花朵、珠翠头面、生色销金花样、幞头、帽子、特髻冠子、绦线之类。殿后资圣门前,皆书籍、玩好图、画及诸路罢任官员土物香药之类。①

《东京梦华录》还记载"寺东门街巷""潘楼东街巷""东角楼街巷"等地的绘画交易场所和景象,不同时间、不同地点都提到了售卖绘画的信息,可见北宋人们对于绘画的喜爱、药铺"铺中两壁,皆李成所画山水"②,一方面不论其画真假,都反映了北宋绘画的普遍性,绘画不再是宫廷或者个别人的专利,相反,绘画的最大需求者是普通的老百姓,另一方面也反映出北宋市民阶层的审美不仅仅停留在年画及风俗画上,也有较高的审美要求。可见,绘画与鉴赏已然成为北宋社会文化的一个重要特征。绘画市场交易除了平民间市场上的交易,在士大夫之间也流行绘画交易。通过交易,士大夫可以进行收藏鉴赏,从而进行题画创作。在北宋初期,士大夫对于绘画的收藏不惜一掷千金。梅尧臣《观黄介夫寺丞所收丘潜画牛》③一诗描写了当时士大夫买画之风:

> 丘画吴牛希戴嵩,吴牛角偃弯如弓。老牯望犊犊望母,母下平坡离牧童。牧童吹笛坡头坐,古树萧骚叶战风。黄君买画都城中,不惜满贯穿青铜。卖从谁家不肖子,传自几世贤卿翁。今时贵人所尚同,竞借观玩题纸穷。纸穷磊落见墨妙,东府西枢三四公。应识古人丹青迹,又辨古人于物通。一毛一尾不取

---

① 孟元老:《东京梦华录》,北京:中华书局,1982年1月第一版,第88页。
② 孟元老:《东京梦华录》,北京:中华书局,1982年1月第一版,第101页。
③ 《全宋诗》卷259,第3288页。

次,岂以后代为盲聋。愿推此意佐国论,况乃圣德同尧聪。

本诗中,梅尧臣表面是讥讽鬻传世之画之人为"不肖子",却从侧面为我们传递了两层信息,其一,"黄君买画都城中,不惜满贯穿青铜"。这说明当时买画之资所花不菲,诗中提到的"丘潜"即丘文晓,五代蜀人,据《宣和画谱》记载,此人善画佛道,喜画牛,五代去梅尧臣时代不算过于久远,而其画价格已然很高。而价高的原因正是本诗侧面道出的第二个意思:"今时贵人所尚同,竞借观玩题纸穷。纸穷磊落见墨妙,东府西枢三四公。"梅尧臣在这里不仅对卖画之人予以批评,更重要的是对买画之人——当然也指居高位的士大夫的买画行为,予以谴责。

绘画交易这一"俗"事与"收藏"字画这一"雅"事,相互影响,相互纠缠,没有绘画交易便没有更好的收藏,没有收藏便没有如此繁荣的绘画交易。交易之"俗""收藏"之雅这组概念有时候在北宋人眼里也是有其变化的。收藏书画与拓本这样的雅事,在当时却也被看作是玩物丧志的表现。所以,像欧阳修、苏轼、米芾这样的大家,对待收藏以及书画等问题也有不同甚至截然相反的看法。最先注意这一现象的是美国学者爱朗诺,他在《美的焦虑——北宋士大夫的审美思想与追求》①一书中用《对古迹的再思考——欧阳修论石刻》《苏轼、王诜、米芾的艺术品收藏及其困扰》两节的篇幅来说明这个问题。观点可谓新颖,但在书中有关苏轼与王诜之关系的论述值得商榷,诸如:"苏轼对王诜总是保持着礼节性上的尊重,并且经常直接或间接地提及他在上流社会的社交关系和他拥有的巨额财富。"②令作者生发这样的想法源于王诜托苏轼写的一篇文章《绘宝堂记》,在该篇文章苏轼开明宗义:"子可以寓意于物,而不可以留意于物。寓意于物,虽微物足以为乐,虽尤物不足以为病。留意于物,虽微物足以为病,虽尤物不足以为乐。"③结尾说"驸马都尉王君晋卿虽在戚里,而其被服礼义,学问诗书,常与寒士角。平居攘去膏粱,屏远声色,而从事于书画,作宝绘堂于私第之东,以蓄其所有,而求文以为记。恐其不幸而类吾少时之所好,故以是告之,庶几全其乐而远其病也。"④,笔者在这篇文章或苏轼其他文字中,看不到苏轼哪里有"出于礼

---

① [美]爱朗诺:《美的焦虑——北宋士大夫的审美思想与焦虑》,杜斐然等译,上海古籍出版社,2013年4月版。
② [美]爱朗诺:《美的焦虑——北宋士大夫的审美思想与焦虑》,杜斐然等译,上海:上海古籍出版社,2013年4月版,第163页。
③ 孔凡礼点校:《苏轼文集》,北京:中华书局,1986年版,第356-357页。
④ 孔凡礼点校:《苏轼文集》,北京:中华书局,1986年版,第356-357页。

节"地对待王诜，更遑论苏轼对王诜"财富"有鄙意。

这篇文字创作于"熙宁十年"即1077年，此时的苏轼与王诜朋交甚密，往来和诗不断，以至于后来发生的"乌台诗案"亦与二人唱和根结不少，后苏轼贬谪，王诜亦因此遭祸，倘若二人关系一般，凭王诜其"上流社会"地位，断然不会遭此祸端，其一也；苏、王二人相识，源于苏轼与王氏家族渊源，王氏世代习武至诜从文，苏与其诜父过往甚密，此文章若年龄相仿但若长辈的谆谆教导，无可厚非，此其二也。

我们再从几首题画诗里去寻找一下答案。苏轼题画诗中，《烟江叠嶂图》《书王定国所藏烟江叠嶂图》两首颇有意思：

> 江上愁心千叠山，浮空积翠如云烟。山耶云耶远莫知，烟空云散山依然。但见两崖苍苍暗绝谷，中有百道飞来泉。萦林络石隐复见，下赴谷口为奔川。川平山开林麓断，小桥野店依山前。行人稍度乔木外，渔舟一叶江吞天。使君何从得此本，点缀毫末分清妍。不知人间何处有此境，径欲往买二顷田。君不见武昌樊口幽绝处，东坡先生留五年。春风摇江天漠漠，暮云卷雨山娟娟。丹枫翻鸦伴水宿，长松落雪惊醉眠。桃花流水在人世，武陵岂必皆神仙。江山清空我尘土，虽有去路寻无缘。还君此画三叹息，山中故人应有招我归来篇。[①]

正因苏轼的"还君此画三叹息，山中故人应有招我归来篇"的"叹息"之辞，王诜和了一首《奉和子瞻内翰见赠长韵》并给苏轼亲自画了一幅水墨本《烟江叠嶂图》，苏轼后又赶和一篇。王诜随后又《再和前韵》。两幅画四首诗，这在文坛可谓一谈资雅事。

苏轼在《烟江叠嶂图》序说："王晋卿作烟江叠嶂图，仆赋诗十四韵，晋卿和之，语特奇丽，因复次韵，不独纪其诗画之美，亦为道其出处契阔之故，而终之以不忘在莒之戒，亦朋友忠爱之义也。"[②] 这篇序文道出了以下几点。

第一，关于《烟江叠嶂图》二人有和诗，上文苏轼的《烟江叠嶂图》是题画诗，且苏轼关于王诜的画作了两首诗，第一首诗是看到了好友王定国处的《烟江叠嶂图》，遂作《书王定国所藏烟江叠嶂图》，上举较长序文的是苏轼见到王诜和诗之后写的第二首诗，王诜的和诗题目是《奉和

---

① 《全宋诗》卷813，第9411页。
② 《全宋诗》卷813，第9411页。

子瞻内翰见赠长韵》,第二次和诗的题目是《再和前韵》[①],一图四诗,可谓文坛佳话。

第二,"不忘营祸",这是经历过患难才发出的慨叹,苏、王二人因意气相投而聚、因"乌台诗案"而友情更深,此后的"西园雅集"就更能体会到二人的深刻朋友关系了。以上赘说,算是对苏王二人友情的一处交代。

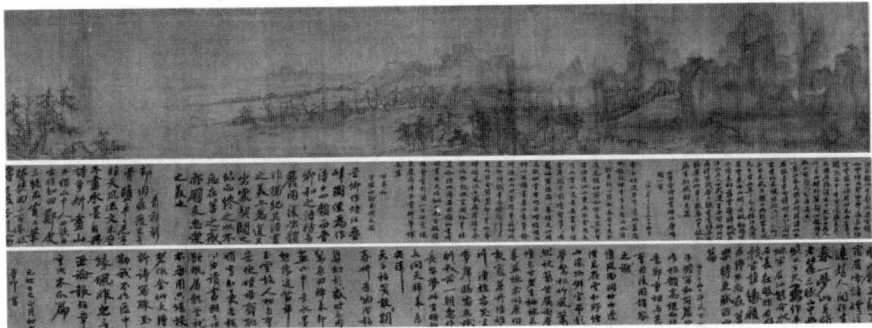

图1-5　《烟江叠嶂图》,水墨本,上海博物馆藏[②]

二、雅与俗的碰撞——士大夫之"收藏"的态度

苏轼对于收藏一事,一贯豁达,超然尘外,概括之就四字——"不役于物"。这一点和米芾有所不同。笔者曾在前文多次提及,北宋社会文化以雅俗交替发展为表征。以绘画交易为例,以士大夫之心观之,商业买卖似为俗事,而赏画则为雅事,赏画的前提是有画可赏,于是买画便成了这雅事当中的"俗事"。这里笔者发现一个很有意趣的事情。在北宋若论对画的理解、痴迷之深,当推苏轼、米芾二人,米芾善写痴绘,曾撰《画史》,可见专业之深广。苏轼偶然为之"墨戏"便开启向上一路,有画有论,语论启人,真正开启了文人画之创作。姑且不论画技,二人或可都为能画能评之人,米芾善写痴画,"昭回于天垂英光,跨颉历籀化大荒"(《王略帖赞》),对字痴迷,对画更甚是。如他在自己的著作《画史》序里直言:

　　杜甫诗谓薛少保:"惜哉功名迕,但见书画传"。甫老儒,汲

---

① 　《全宋诗》卷874,第10169页。
② 　《烟江叠嶂图》有设色和水墨两本,上海博物馆所藏的是水墨本,即王诜给苏轼专门画的,但上博所藏是否为真本仍有争议。

汲于功名，岂不知固有时命，殆是平生寂寥所慕。嗟乎！五王之功业，寻为女子笑；而少保之笔精墨妙，摹印亦广，石泐则重刻，绢破则重补，又假以行者，何可数也？然则才子鉴士宝钿瑞锦缫袭数十，以为珍玩。回视五王之炜炜，皆糠秕埃壒，奚足道哉！虽孺子，知其不逮少保远甚明白。余故题所得苏氏薛稷《二鹤》云："辽海未稀顾蝼蚁，仰霄孤唳留清耳。从俗雅步在庭除，浩荡闲心存万里。乘轩未失入佳谈，写真不妄传诗史。好事心灵自不凡，臭秽功名皆一戏。武功中令应天人，束发寮阳侍帝晨。连城照乘不保宝，黄图孔浩悉珍真。百龄生我欲公起，九原萧萧松蘽蘽。得公遗物非不多，赏物怀贤心不已。"其后以帖易与蒋长源，字仲永，吾书画友也。余平生嗜此，老矣，此外无足为者。尝作诗云："棐几延毛子，明窗馆墨卿。功名皆一戏，未觉负平生。"九原不可作，漫呼杜老曰："杜二，酹汝一卮酒，愧汝在不能从我游也。"故叙平生所睹，以示子孙，题曰《画史》，识者为余增广耳目也①

米芾为人猖狂，做事往往不合于常理、常人，此序文便可作此说之注解。杜甫于米芾时代，虽未有"一祖"之称，然也是各读书人之楷模，儒人儒业之典范。米芾直呼其名且曰"老儒"，轻薄之意明显。轻薄之由皆因杜甫一首诗：

少保有古风，得之陕郊篇。惜哉功名忤，但见书画传。我游梓州东，遗迹涪江边。画藏青莲界，书入金榜悬。仰看垂露姿，不崩亦不骞。郁郁三大字，蛟龙岌相缠。又挥西方变，发地扶屋椽。惨澹壁飞动，到今色未填。此行叠壮观，郭薛俱才贤。不知百载后，谁复来通泉。②

该诗三四句"惜哉功名忤，但见书画传"，触发了米芾的神经，米芾认为杜甫是汲汲于功名之人，全眼不见书画之价值。米芾认为书画之价值远远超越功名："五王之功业，寻为女子笑；而少保之笔精墨妙，摹印亦广，石泐则重刻，绢破则重补，又假以行者，何可数也？然则才子鉴士宝钿瑞锦缫袭数十，以为珍玩。回视五王之炜炜，皆糠秕埃壒，奚足道哉！"这里，米芾将功名的"时效性"与书画流传的"时效性"做以对比，

---

① ［宋］米芾：《画史·序》，转引自俞剑华编著：《中国历代画论大观》第二编，南京：江苏凤凰美术出版社，2016年9月版，第170页。
② 《全唐诗》卷220，第七册。

实是在偷换概念,对"功名皆一戏"的米芾看待"致君尧舜上,再使风俗淳"的杜甫,实在风马牛不相及,故字里行间对书画之痴迷立等可见。米芾的这种态度却也对后世影响深远,特别是对于政治失去信心之人。如元明清一些对社会或仕途失意之士。米芾之对于书画痴狂可参见刘泾诗《元章好古过人书画惊世起余作歌》①,对于这点,持"高人岂学画,学笔乃在天"态度的苏轼对于收藏画显得十分超然。在其题画诗《仆囊于长安陈汉卿家见吴道子画佛碎烂可惜其后十余年复见之于鲜于子骏家则已装背完好子骏以见遗作诗谢之》诗中说:

> 贵人金多身复闲,争买书画不计钱。已将铁石充逸少,(殷铁石,梁武帝时人。今法帖大王书中有铁石字。)更补朱繇为道玄。(世所收吴画,多朱繇笔也。)烟薰屋漏装玉轴,鹿皮苍璧知谁贤。②

苏轼的文字显然与米芾多忤,二人成为好友,实属不易,纯属同气相求耳。苏门中黄庭坚、张耒等似乎受了苏轼的影响,赏画、玩画都不滞于画,既不滞于画之世俗收藏又不滞于画面之上,似乎赏画于漫不经心之间而出赏画、论画之惊人天语。这对后世影响极为深远,所谓上合"不粘滞于画"的老杜,下开文人赏画、绘画之宗风。正如俞剑华老先生所言:"书画之好,本位清玩,若与守财虏(确为虏字)之视仅限相似,则安在其为雅人哉!岁尾看久即厌,时易新玩,真为鉴藏家当头棒喝。"③

俞老此段文字或可为苏轼对于收藏之绝好注解。一方面认为收藏本为雅事,但为收藏所累,却稍失雅致更或可失雅态。一方面认为,收藏即呕心沥血,所得之物当以生命待之护之,如我国遭外辱之时,一些藏家不惜生命而守藏国宝。看来,这收藏之事也是雅俗各有认定,两说都有道理,莫衷一是。无论雅俗,收藏之于题画诗词对贡献极大,考察《全宋诗》中的北宋题画诗,北宋时期,人们对于绘画之收藏似乎受了欧阳修、苏轼等人的影响,于前代、当代之画作都多有鉴赏收藏,且以诗志画即所谓"题画诗"者多,可以说没有北宋时的收藏,便没有南宋乃至后来我国绘画、题画之丰富。

总结本节,笔者以北宋社会商品经济发展、绘画交易为着眼点,通过

---

① 《全宋诗》卷949,第11144页。
② 《全宋诗》卷799,第9256页
③ 俞剑华编著:《中国历代画论大观》第二编,南京:江苏凤凰美术出版社,2016年9月版,第185页。

对北宋时期绘画交易市场之繁荣、由交易之繁荣又促生士大夫收藏的热情，在对收藏品的态度上，北宋的题画诗词的主力军——士大夫们群体，似乎也有矛盾的看法。本节重点分析了苏轼和米芾对于收藏品的态度。苏轼对于米芾收藏之"雅事"视为"役于物"之俗事，看来在北宋人的心理，这雅与俗或许本身就不是对立，而是一个矛盾的统一体了。

三、"祖宗之法"对"题画诗词"的影响

本章说的几个方面，或为老生常谈，但又不可不谈。社会之于文学，实乃根基，文学受社会之影响，社会之于文学，更是土壤，文学生发于社会、反映社会。或说，以上论述，学人论述甚多，但有一点，往往为其所忽视，即北宋"祖宗之法"，这是以上方面的根基中的根基。

为何说这"祖宗之法"对"题画诗词"有影响呢？首先我们看一下"祖宗之法"的内容：宋太宗在即位诏书中说："先皇帝创业垂二十年，事为之防，曲之为制，纪律已定，物有其常，谨当遵承，不敢逾越。"①

邓小南先生将"祖宗之法"总结为："他们把太祖开国致治十七年间多一以贯之的核心精神浓缩为'事为之防，曲为之制'八个字。而这一后世统治者'谨当遵承，不敢逾越'的法度所体现的预设防范、周密制约精神，就是宋人常说的'祖宗之法'。它不仅是对太祖一代统治立法原则的总结，也不仅是太宗恪谨奉行并加以扩充的安邦之术，而且是两宋三百年间历代帝王尊崇不辍的治国原则。"②绘画与政治、诗歌与政治有着密切的关系，本书在绪论关于绘画与诗歌在"政治"领域的关系已经有所阐发。宋代的最大政治无外乎两端——对外的守正与对内的守成。所谓守正，即坚持宋为中华文化之嫡系传承者，辽金乃旁支夷部。所谓"守成"即保持国内的政治稳定。宋朝的江山并非"天授"，"陈桥兵变"任凭史书如何曲解，也改变不了宋朝开国的这段历史。"防变"思想成了宋朝特别是北宋政治的一个重要组成部分。而"守成""防变"的最大结果，就是北宋政治上一贯坚持"祖宗之法"，宋儒在坚守这祖宗之法时，却也有与时俱进的思想。"庆历新政""熙宁变法"都反映了一个重要事实：北宋的士大夫们在"守成"的同时，也在寻求的"变"，北宋的"祖

① ［宋］李焘：《续资治通鉴长编》卷十七，北京：中华书局，2004 年版。
② 邓小南：《"祖宗之法"与宋代的官僚政治制度》，载《宋代历史探求》，北京：首都师范大学出版社，2015 年版 8 月版，第 67 页。

宗之法"也并非是太祖、太宗的行为垂范,相反,却是宋朝的文臣史官不懈努力"改造""宣扬"出的。关于这一点,邓小南先生有详细的论述:"所谓祖宗之法,由历代的举措决策积淀而成,但这当然并不意味着列祖的所有举措都被不加甄别地包容在内,而是根据现实需要,择取祖宗故事可行者予以认定。"[1]"祖宗之法"在北宋士大夫的心里,既有"恪守"的红线又有"变革"的希望与勇气。这一矛盾在北宋士大夫心里始终存在着。这一问题交由历史学家对解释,此处不敢造次多言。

"祖宗之法",常为人提及的就是对武官的压制和对文官的优待,这一条,北南两宋视为圭臬,不能造次,连朱熹都说,宋朝的皇子皇孙守古制或可不可,但守"家法"却极其严谨。这就使得有宋一代对"士大夫"恩遇有加,使宋朝特别是北宋的士大夫群体自我期许高,敢于言论。可以说,没有哪个时代的士大夫(知识分子)像宋代特别是北宋士大夫那样自视甚高(当然,后来历史证明,北宋士大夫的"自视"是符合实际的),在"祖宗之法"的"守成"方面,他们对昂扬的唐代社会文化羡慕的同时,敢于发展发挥,阎立本耻于作画与苏轼潇洒挥毫,就是一个明显的例子,反映到题画诗词上,就是宋代对自我的文化也视为临高点,不与古人争高低,但与前人论新奇。在诗歌、绘画上,宋人走了一条自己的艺术之路。这一点也反映为题画诗词上与其相关的因素如题咏本朝绘画增多,题咏山水增多,词体文学兴起,等等。

"祖宗之法"之一个大视域,不仅仅限于政治、历史门类,"祖宗之法"之于文学也影响甚大,此问题过于宏大,且不是本书中心,暂行文至此。

---

① 邓小南:《祖宗之法　北宋前期政治述略》,北京:三联书店,2006 年版,第 530 页。

第二章 "以雅为主"视角下的
北宋题画诗词研究

　　根据绘画史来看,北宋的绘画在北宋中期、熙宁年间以后,发生了重要改变,如山水画、花鸟画超越人物画,位居主流,人物画不再以"吴道子"作为膜拜对象,山水画也渐渐由"米家云山"发展成熟,墨竹、梅的真正定型,体现了绘画雅化的倾向,因为绘画的对象为宫廷和士大夫群体,这一群体本身就具有雅化的趋势,士大夫审美倾向主要通过文学作品展示,这样一来,绘画本身的雅化倾向影响着题画诗词的雅化,同时,题画诗词的雅化也影响着绘画雅化的进程,这在墨梅、竹的绘画上表现最为明显。

　　笔者用一章的篇幅、用"以雅为主"这一北宋社会文化去分析科举考试、文人雅集、宫廷风尚、祖宗之法等方面与题画诗词的关系。我们抛开传统的文学史纲似的研究方法,不去针对某一时期某个作家进行所谓的"重点分析",抛开一些运用西方文艺理论、图像理论、语图关系等看似新颖的方法,重新回到作品原点,观照作品本身,对题画诗词作品进行微观的量化分析,在量化分析的基础上,再进行宏观的总结。或认为此方法略显笨拙,粗略看来,又好似作细碎的无用功,所谓将题画诗词的"七宝楼台"拆解,恐有"不成片段"之虞。诚言,笔者在撰写本书之初,也有过这样的忧虑,事情总要试试,看似笨拙的方法或许是最为可靠的方法。是之,笔者先期进行了一个小范围写作实验。选取北宋初期与元祐时期两个时间段,对北宋初期以梅尧臣为代表、元祐时期以苏门文人集团为代表,按照笔者量化分析的方法进行量化分析的微观与宏观的解读,得出了与以往研究该两段题画诗词不同的结论。

　　北宋题画诗词的雅正原因主要有以下两点。

　　第一,北宋诗歌以雅正为主,以文学之角度,诗歌发展至北宋,不同于"唐风"的"宋调"真正形成,诗歌历经宋初的诗风变革,到了北宋中期后,议论"以文为诗"的追求典雅、平淡诗风正式形成。自有宋诗,便与有"唐诗"优劣的争论,"议论为诗""才学为诗",宋人在唐诗的基础上开辟道路,从立意、布局、用典等方面力求另辟蹊径,形成了所谓的"宋调","宋调"的形成一方面使宋诗雅化,但另一方面又使宋诗做得狭小,做得"掉书袋儿"。宋诗对于儿女情长是不屑于写的,这一情感都转移到了词里。词体文学经柳永等人的努力,形成与诗同步发展的文学地位,并在苏轼及门人的习作下,渐趋高雅。但因题画诗词面对的是"绘画",面对"美人""梅、竹"等题材,词体文学的描写似乎更加风姿绰约。我们目前能看到北宋题画词,几乎都是北宋后期的,此时词体文学已经离柳永的"俗"词渐行渐远而体现一种"雅"的倾向了。

第二,宫廷画风使然,方勺的《泊宅编》"徽宗兴画学,尝自试诸生,以'万年枝上太平雀'为题,无中程者。或密扣中贵,答曰:'万年枝,冬青木也;太平雀,频伽鸟也。'是时,殿试策题,亦隐其事以探学者。"[1]徽宗时期,画院有一套自己的选人、考察标准,并引用儒家经典、诗歌等作为考察内容。这在绪论部分已经有所论述。绘画内容的雅正也要求其题写的内容趋于雅正。

本章的研究框架为微观与宏观两部分。宏观上,雅与俗两种文化观照,全面剖析北宋题画诗词的审美特征。微观上则是量化分析,从作家作品数量、时间分布、题咏对象等方面探讨北宋题画诗词。

第一节 北宋题画诗词的量化

本章笔者将对北宋的题画诗词进行量化的分析。笔者以《全宋诗》[2]为据,查阅《全宋诗》1—34册,以《全宋词》1—2册[3]为据,对题画诗词进行量化分析。需要说明的是,本书两宋题画诗词的量化分析为本人手工检阅,虽说《全宋诗》已有电子检索,方便学人进行检索研究,但因"关键词"设置等原因,盖不如手工准确,如洪适《赠传神秀才》、韩元吉《亚之出示其祖岐公墨迹及惠崇小景且和前韵复次答之》、程叔达《进敬天

---

① 方勺:《泊宅编》,北京:中华书局,2007年5月第3版,第4—5页。
② 傅璇琮等主编:《全宋诗》,北京:北京大学出版社,1995年12月第2版。
③ 唐圭璋编:《全宋词》,北京:中华书局,2013年第10版。本书所引"词"几乎都为该版本,后文注释不再注释版本信息。

图》等诗,虽题目含有"传神""图""惠崇小景"等字样,然究其内容,或为赠答诗或为和诗,兹以韩元吉《亚之出示其祖岐公墨迹及惠崇小景且和前韵复次答之》①一诗为例:

> 壁上春江万顷宽,锦囊遗墨幸重看。功名世咱真多畏,贫贱交盟敢自寒。新有诗声见侯喜,尽摅怀抱得苏端。极知鼎食君家旧,未厌堆盘首蓿餐。

该诗题与题画诗无疑很相似,但全篇除首句"壁上春江万顷宽"外,其他都无涉画,因此不能算题画诗,当然,题画诗词中无涉画的现象在苏轼、黄庭坚的题画诗中很是常见,但苏、黄的"无涉"并非完全脱离画,有的是脱画而涉"画论",有的是无涉画面而转向画面背后的哲思,所以并非真的"无涉"。因客观因素,手工亦不免有误,或不影响量化全局。这是笔者坚持手工翻阅的根本原因。由于北宋题画词数量仅为24首,故有些分析方面与题画诗同步进行。

一、作家作品数量及时间分布

本节量化分析,笔者根据《全宋诗》《全宋词》作家小传特别是登第时间、大致社会政治活动时间为主要参考,根据文学史分期惯例和通识,将北宋题画诗词分为前、中、后三个时期,前期为从太祖开国(960)到真宗朝结束,40余年时间,中期为仁宗朝(1023)到英宗朝结束,40余年时间,后期为神宗熙宁(1068)到北宋亡君(1127),60余年时间。文学发展亦如社会之发展,若是将分期到具体某年某段,略显机械,本书划分时期,是为了更鲜明、更具体地对题画诗词进行微观上的梳理。所查诗人,如表所示,北宋时期,以由南唐入宋僧人释通惠《自述写真》开始,以北南宋之交葛立方《韩干画马》为结,从《全宋诗》卷1至卷1955,题画诗人共计182人,题画诗1468首。

表 2-1 北宋题画诗分期

时间	代表人物	题画诗作者数量	题画诗作品数量
北宋前期太祖、太宗、真宗(960-1022)	林逋	13	16

---

① 《全宋诗》卷 2097,第 23676 页。

续表

时间	代表人物	题画诗作者数量	题画诗作品数量
北宋中期(仁宗、英宗 1023–1067)	梅尧臣	48	260
北宋后期(神宗、哲宗、徽宗 1068–1127)	苏轼及苏门群体	121	1192

对上面进行一下文字补充,北宋时期,包括北南宋之交,政坛、文坛著名作家或题画诗数量为:宋祁5首,文彦博7首,韩琦6首,梅尧臣42首,欧阳修6首,邵雍7首,文同25首,刘敞15首,司马光10首,苏颂8首,王安石17首,刘颁23首,郭祥正11首,苏轼83首,苏辙23首,张顺民10首,释道潜(寂寥)13首,孔武仲(孔子四十七代孙)7首,黄庭坚97首,米芾12首,贺铸6首,陈师道6首,晁补之13首,张耒25首,秦观4首,李公麟2首,晁说之17首,邹浩13首,吴则礼17首,释德洪61首,许景衡15首,谢薖13首,徐俯11首,李澎29首,王安中16首,程俱19首,周紫芝41首,汪藻8首,李纲33首,韩驹22首,王庭珪17首,吕本中21首,陈克17首,曾几10首,宋徽宗17首,释正觉42首,陈与义21说,张元干15首,释慧空27首,朱翌10说,胡寅8首,曹勋15首,胡铨6首。①

由对题画诗的量化分析,结合具体,我们可获得如下认识。

首先,在北宋早期和中前期,绘画在士大夫的眼里,还是属于"小技",可以近观而不可亵玩更遑论习作。在士大夫的心里,喜画、爱画但不应以画显名。如张方平,有诗为证:

> 有儒落落何为者,策驴晓到吾门下。风标高古气深淳,询之乃是陶唐民。并汾形胜太行麓,西距潼关大河曲。春秋战国汉晋史,所书义勇雄侠士。多出三晋与秦燕,古云气俗禀之然。我颅儒冠腰博带,躯干不如脑腑大。曾游两河望王屋,不到并州心不足。喜君历历说其乡,引我心飞过太行。因爱其乡爱其人,已重其人重其文。文比玉溪既高爽,诗比玉川仍清新。胡君不但歌诗好,又工画笔名精妙。画牛百年鼻不乾,浙东独有戴巡官。胡君不肯居戴后,自署名为画牛叟。忽携两幅教余看,

---

① 笔者统计的作家题画诗数量时,即使如题……二首,亦以一首计。故所统计数量或许其他学人有所不同,如苏轼《历代题画诗类》等,统计有题画是150余首,在此说明。

回首故园心恋恋。我家一廛寄淮汭，往曾亲把枯犁尾。月下歌
商叩牛角，雨里寻春坐牛背。长来提剑事羁游，虚名役我荒西
畴。见君画得牛如活，却忆烟蓑淮汭秋。胡君胡君君贤者，画
得信奇宜少画。勿令画价闻于人，掩君诗价兼文价。①

"一日之知，便为忘年之契"，作为苏轼伯乐的张方平，在北宋初期有
公望，言论有分量，故选取此诗。诗的开头"有儒落落何为者，策驴晓到
吾门下。风标高古气深淳，询之乃是陶唐民"，交代了胡生"落落儒者"
的身份，接下来又说胡生绘声绘色地介绍家乡，令作者也"喜君历历说
其乡，引我心飞过太行"，心生向往。但接下来对自署"画牛叟"的胡生
"不肯居戴"的行为与心理，张方平直言不讳："胡君胡君君贤者，画得信
奇宜少画。勿令画价闻于人，掩君诗价兼文价"，以张方平观之，绘画远
远不及"诗文"，应该观玩而远之。诗文应乎艺而根植于政，表现为功名，
书画应乎技，归于末流，这是古代的一贯看法，直至宋后亦无大改观。持
这种观点除了张方平还有欧阳修、梅尧臣等人，即便是开文人画之先河
的苏轼，即便称绘画为"诗余"，提高了绘画的地位，亦不能改变其状况。

北宋尤其北宋初期的题画诗作者，面对一个矛盾的现象，一方面文
人欣赏绘画，甚至废寝忘食，梅尧臣"野性好书画"，与好友观画，临别仍
依依不舍，期待再来。绘画之于北宋前期文人，在感情与审美上一直存
在着矛盾心理。欣赏书画本事高雅之事，却有"玩物丧志"之嫌，而作诗
谋文以求功名当是人生之大"雅事"。当然，谋求功名，有时候在林逋、
梅尧臣等人的眼里却也是"俗"事一桩，经纶世务的"雅"在他们看来不
如"鸢飞戾天"高尚，不如梅妻鹤子潇洒。这种形式到了北宋中后期，苏
轼及苏门文人的崛起，才慢慢地化解北宋士大夫审美上的矛盾。

其次，从题画诗数量、题写题材范围来看，北宋的题画诗发展经历两
人而风气形成，一为北宋中前期的重镇人物梅尧臣，一为北宋中后期的
重镇人物苏轼。梅尧臣在诗歌上由"唐风"而开"宋调"，苏轼开启真正
文人画创作，典型文人画理论。二人在题画诗的创作上也反映了该情
况，梅、苏允称宋诗大家，信然。

北宋的题画词以卷一第一位题画词作者俞紫芝《临江仙》（题清溪
图）开始，杨无咎《水龙吟》（赵祖文画西湖图，名曰总相宜）为结，时间
涵盖北南宋之交，共计 24 首。

---

① 《全宋诗》卷 308，第 3885 页。

表 2-2 北宋题画词分期

时间	代表人物	题画词作者数量	题画词作品数量
北宋前期太祖、太宗、真宗(960—1022)	无	0	0
北宋中期(仁宗、英宗 1023—1067)	无	0	0
北宋后期(神宗、哲宗、徽宗 1068—1127)		17 人	24 首

北宋时期,包括北南宋之交,题画词作者共计 17 人,题画词 24 首,分别如下:

表 2-3 北宋题画词作者及作品

作者	词牌及词序题目	页数/册	题咏对象
俞紫芝	《临江仙》(题清溪图)	209/1	山水
苏轼	《定风波》(题墨竹)	289/1	墨竹
苏轼	《苏幕遮》(选仙图)	301/1	风俗
秦观	《南乡子》(妙手写微真)	461/1	写真
秦观	《蝶恋花》(题二乔观书图)	477/1	人物
释仲殊	《惜双双》(墨梅)	551/1	墨梅
释仲殊	《减字木兰花》(李公麟山阴图)	551/1	山水
晁补之	《满庭芳》(用东坡韵题自画莲社图)	564/1	山水
周纯	《蓦山溪》(江南春信)	699/2	墨梅
周纯	《满庭霜》(墨梅)	699/2	墨梅
周纯	《菩萨蛮》(题梅扇)	700/2	墨梅
释惠洪	《浣溪沙》(妙高墨梅)	2/710	墨梅
米有仁	《白雪》(与画相关)	731/2	山水
梅窗	《菩萨蛮》(题锦机小轴)	791/2	风俗画
陈克	《虞美人》(越罗巧画春山叠)	832/2	著色山水小景
周紫芝	《浣溪沙》(和陈相之题烟波图)	871/2	山水
李纲	《水调歌头》(李太白画像)	905/2	人物
吕本中	《宣州竹》(墨梅)	939/2	墨梅

作者	词牌及词序题目	页数/册	题咏对象
蔡伸	《好事近》(题扇)	1017/2	人物
蔡伸	《好事近》(题团扇)	1019/2	山水
蔡伸	《鹧鸪天》	1026/2	人物
张元干	《念奴娇》(题徐明叔海月吟笛图)	1075/2	风景
朱翌	《生查子》(咏折叠扇)	1171/2	山水
杨无咎	《水龙吟》(赵祖文画西湖图曰总相宜)	1177/2	山水

上表是关于北宋题画词的量化分析。北宋包括北南宋之际的题画词数量,笔者统计作者为:词的数量为 24 首,北宋前期的题画词为 0,显而易见,北宋初期,词这一新兴的文体,还未被纳入题画领域。

二、被题咏画作的量化

在笔者所统计的北宋(含北南宋之交)1468 首题画诗、24 首题画词中,遴选出被题咏画家前十名的画家为:李公麟 66 次,王维 18 次,苏轼 17 次,郭熙 11 次,文与可 10 次,吴道子 9 次,阎立本 7 次,许道宁 7 次,王诜 6 次,燕文贵 4 次,胡九龄 4 次。在北宋的题画诗词中,所题画家历史跨度大,如苏轼的《书刘景文所藏宗少文一笔画》[1],宗少文即南朝宋宗炳,开启山水画一派。展子虔、马都为后代楷模。近则为作者自题画如苏轼、晁补之等人。其他如在北宋的题咏对象中,画家大部分为晚唐五代、南唐入宋或当世画家。其中既有黄筌[2]、徐熙[3]、李成[4]、范宽[5]的这样的大家,也有董羽[6]、崔白[7]、巨然[8]专长之画家。也有民间画工,

---

[1] 《全宋诗》卷 815,第 9426 页。
[2] [宋]崔鷗:《观黄筌画花二首》,《全宋诗》卷 1192,第 13480 页。
[3] [宋]程俱:《叶翰林有徐熙桃竹方尺许索诗辄赋一首》卷 1412 页,第 16271 页。
[4] [宋]米芾:《题李成画》,《全宋诗卷》卷 1075,第 12254 页。
[5] [宋]文彦博:《雪中枢密蔡谏议借示范宽雪景图》,《全宋诗》卷 275,第 3510 页。
[6] [宋]宋祁:《北墙董羽水》,《全宋诗》卷 222,第 2565 页。
[7] [宋]文同:《崔白败荷折苇寒鹭》,《全宋诗》卷 449,第 5451 页。
[8] [宋]米芾:《题巨然海野图》,《全宋诗》卷 1075,第 12246 页。

如一些写真画家。在北宋,很多僧人、道士充当了写真、绘像的工作。概言之,北宋题画诗词之被题咏画家身份从平民到士大夫,从民间到宫廷画院,亦含释家弟子道家处士等。

本节笔者主要从题画诗词之题咏对象即画家与作品两处着眼,通过量化分析,很多情况一目了然。

首先,不慕前贤立本朝——从绘画群体上看,立于本朝。

北宋题画诗词之题咏对象涵盖前代及当世,且当代画家成为重要被题咏对象。特别是北宋中后期,以苏轼为主的文人群体,相互题咏现象尤为突出。究其因,恪守"祖宗之法"的宋代,涵养文人,加之相对稳定的社会政治经济发展,给予北宋文人发展的空间。在考察北宋的题画诗词时,被题咏作家前十位的画家除了唐阎立本、吴道子、王维以外,北宋的画家占了7位。这一数字对比,足以说明北宋文人的文化自信。北宋文人的自信根源于其旷达的人生态度,根源于坚定的政治理想和崇高的人生品质。熙宁变法司马光离朝为民作《资治通鉴》,苏轼黄州、惠州、儋州而自"赞"为"平生功业",当然也有苏轼、王安石"试求三亩宅"的一笑泯恩仇,凡此等事,都在后世传为美谈,令人心生渴慕。宋人在唐诗上开创了不同于"唐风"的"宋调",这些都是文化上自信的标志,反映到题画诗词上自然是"不薄今人爱古人",进一步说是爱今人胜过爱古人。

其次,文人山水两相欢——从题咏作品上看,山水题材列为重点题咏对象。

观之北宋题画诗词被题写的画家位于首座的是李公麟,其好古博学,作诗为时人称赞,尤擅古文,善辨古物款识,绘画以人物为佳,人以为顾恺之、张僧繇之亚。黄庭坚曾惋惜其诗名为画名所掩(与前文张方平观点略同)。李公麟的《阳关图》《山庄图》《归去来兮图》等佳作如鲜花引蜂,题其画作者数以百计,仅北宋就有60多次。

此外,阎立本、吴道子等亦跻身题咏前十,可说明一情况,即人物画(还未包括题咏佛道圣像、写真)在北宋一直是被人重视的,这也是吴道子在北宋地位不可撼动的原因。当然苏轼就对其进行了一定程度的批评,但这无伤大雅,并不能撼动吴道子在宋代绘画领域的地位。这一点,恰恰也和北宋的一些画评等相一致。兹举两部书,分别为郭若虚的《图画见闻志》和刘道醇的《圣朝名画评》。

《图画见闻志》六卷,郭若虚撰,该书论画透彻,可为画史中《史》

《汉》亦可为画论中《论》《孟》①。可见该书之地位。《图画见闻志》一书序中所说该书为承接唐张彦远《历代名画记》而著，"续自永昌元年，后历五代，通至本朝熙宁七年"。②书中"论制作规模"部分将人物画放在第一位："大率图画风力气韵，固在当人，其如种种之要，不可不察矣"。③且该书中论及吴称："吴道子画，今古一人而已"。可知，郭若虚将"人物画"列为画中第一，地位伯仲的为"山水画"。

图 2-1 李公麟《五马图》局部 ④

《圣朝名画评》三卷，仁宗朝刘道醇撰，全书将画分为六类，每类按"神""妙""能"三品又分之，其中"人物门第一"，居六类绘画之首。紧随其后为"山水门第二"。⑤

以宋代本朝画评来看，北宋人物画包括佛教圣像一直居于榜首，推论之，在北宋绘画理论认知中，人物画在山水画之前。标明重申之，人物画重于山水画只见其绘画领域，这当然和人物画在绘画史上的"明政"

---

① 俞剑华：《中国历代画论大观》第二编，《宋代画论》，南京：江苏凤凰美术出版社，2016 年版，第 29 页。

② 郭若虚著，米田水注：《图画见闻志》，长沙：湖南美术出版社，2000 年 4 月第 1 版，第 2 页。

③ 俞剑华：《中国历代画论大观》第二编，《宋代画论》，南京：江苏凤凰美术出版社，2016 年版，第 9 页。

④ 《五马图》纸本墨笔，纵 29.3cm，横 225cm。二战以前藏于私家，战后失踪，珂罗版藏于故宫博物院图书馆。

⑤ 俞剑华：《中国历代画论大观》第二编，《宋代画论》，南京：江苏凤凰美术出版社，2016 年版，第 9 页。

传统有关,宋代画论将"人物"放在第一位,只是接续前代而已。若考虑其时代因素、与苏轼文人群体交游等因素,李公麟似不是因为"传写人物尤精"而得题咏,似与苏轼等人的题咏推广分不开。笔者此论不是想当然尔,我们看下面郭若虚在《图画见闻志》中"评古今优劣"的一段文字:

> 或文近代至艺与古人何如?答曰:近方古多不及,而过亦有之。若论佛道、人物、仕女、牛马,则近不及古;若论山水、林石、花灯、禽鱼,则古不及近。至如李与关、范之迹,徐暨二黄之踪,前不藉师资,后无复继踵,借使'二李'(李思训、李昭道),'三王'(王维、王熊、王宰)之辈复起,边鸾、陈庶之伦再生,亦将何以措手其间哉。故曰:古不及近。①

上段文字中,郭若虚信言"山水"画"古不及近",这反映了北宋时期,确切地说,在北宋熙宁间,山水画的创作已经让评论理论颇深的郭若虚感到"古不及近"了。即到了北宋中期,宋诗完成自我定型之时,北宋之绘画也渐渐凸显了自我的绘画地位和标识。其中最重要的标识是——山水画。这一点恰恰验证了笔者先前之于李公麟被题咏情况之猜测。至此,笔者可确言,从北宋题画诗词题咏的对象来看,山水画是题咏中的重要对象。其山水之幸乎?士大夫之幸乎?具体山水类题画诗词笔者将在下节详论。

最后,雅俗不悖亦融合——北宋风俗画题咏与题画词之肇始。

在北宋的题咏中,韩滉的《村田歌舞图》为文彦博、韩琦两位诗人题咏。韩滉(723—787),唐宰相韩休子,字太冲,官至金紫光禄大夫,左仆射同平章事,封晋国公。张彦远《历代名画记》载:"工隶属章草杂画,颇得形似,牛羊最佳。"②看来韩滉的绘画主要以"牛羊"显名。米芾《画史》曾曰:"世俗见马即命曹、韩、韦,见牛即命为韩滉、戴嵩,甚可笑,又金陵有韩滉画牛,今人皆命为戴,盖差瘦也"③,可见,韩滉在北宋时期已是士大夫和绘画收藏家关注的重点对象,但因其亦善画"牛",常与戴嵩混淆。韩滉也善画人物及牛马图,有《田家移居图》《村童蚁戏图》《醉

---

① [宋]郭若虚著,米田水注:《图画见闻志》,长沙:湖南美术出版社,2000年4月第一版,第50页。
② [唐]张彦远著,俞剑华注释:《历代名画记》,上海:上海人民美术出版社,1964年一月第一版,第201页。
③ [宋]米芾:《画史》,转引自俞剑华,《中国历代画论大观第二编·宋代画论》,南京:江苏凤凰美术出版社,2016年9月版,第172页。

客图》《鼓腹图》《醉学士图》等。文彦博、韩琦二人所题咏为韩滉之《韩晋公村田歌舞图》，按向之绘画分类，此画属于"风俗画"之类。此类"民间风俗画"亦为韩滉善为者。《唐代名画录》载："韩滉天资聪明，尝以公退之外，雅爱丹青，词格高逸……能图田家风俗人物水牛曲尽其妙"。由以上的记载，更可见韩滉之《村田歌舞图》为风俗画。可以推论，"田间歌舞"与《诗经》里《国风》类似，应该是"饥者歌其食、劳者歌其事"之类的民间直白的喜乐景象。当然其绘画的政治层面原因是标榜政通人和而已。文彦博《题韩晋公村田歌舞图后》①：

治世舒长日，田家事力苏。干戈久不识，箫鼓共为娱。浊
酒行无算，酡颜倒更扶。将求太平象，此是太平图。

从文彦博题诗中，我们可以看到以下几个元素：田家、箫鼓、浊酒、酡颜。田家百姓农忙告一段落，团聚相娱，浊酒不为恶，酡颜散倒，文彦博由图而诗，由诗而情，此情是"治世舒长日""此是太平图"。作者好像也在"乘醉听箫鼓、吟赏烟霞"。但田家的浊酒与酡颜在一般士大夫看来，本是俗事，经过身为宰相的韩滉摹写，经文彦博等权重大臣的张目，本事平常俗事的田家宴饮却在文氏眼里变成了政治层面的"太平景象"，这样的题画诗化俗为雅，实在高明。该诗有姊妹篇，诗题为《寄相州侍中韩魏公》，诗题下有文彦博自序，其序及诗云：

向在三城，退公多暇，日玩法书名画以为娱乐。内韩晋公
《村田歌舞图》及颜鲁公跋尾，虽得蒲中摹本，其实颇类真迹。
今再来大名，屋壁间觌公之书，正与颜类。觊得公之数字跋尾，
以光前迹，是所愿也，非敢望也。兼成小诗，藉以干泽。

晋公名画鲁公书，高出张吴与柳虞。幸得魏公挥宝墨，缘公楷法亦
颜徒。②

由以上二诗可以看出，韩琦以《村田歌舞图》为凭借，祝望文彦博在宰相之位，能上辅佐皇帝下达到国泰民安、四海咸乐的目的。

再看韩琦之和诗《次韵和文潞公题韩晋公村田歌舞图》：

升平胡可状，歌舞入樵苏。岁美人皆乐，朝和野共娱。心
休无事扰，本固绝颠扶。我愿明时治，长如此画图。③

此诗与文之题画诗和得珠联璧合，"朝和野共娱"一句，透露了雅俗

---

① 《全宋诗》卷276，第3518页。
② 《全宋诗》卷276，第3518页。
③ 《全宋诗》卷337，第4112页。

共赏的信息。当然,此诗除了一般士大夫间的奉承以外,还有其重要的社会历史含义,容下节在题画诗词题材分类中进行详细谈论。

在北宋的题画诗词中,类似的题咏还有郭祥正的《夏公酉家藏老高村田乐教学图》①,这类反映民间生活俗事的图画纳入题咏对象当中,展现了北宋题咏雅俗共赏的一面。类似的雅俗共赏的例子还有很多。当然同样是题咏农村题材,北宋和南宋在政治史的视角观照下,其创作的意图是迥然有异的。此内容笔者将在北宋与南宋题材分类研究中分别论述。

以上是从题画诗之题材进行雅俗之论述。转回到词体而论,这一时期,我们不能忘却词体文学这一样式,与诗之"雅"相比而言,词体之"俗"不言而喻,苏轼作为宋词转掉之人物于黄州远诗祸而近小词,用词题画必然为之。查《全宋词》及《东坡词编年笺证》,只得题画词两首:《定风波·题墨竹图》《苏幕遮·选仙图》。这里举《定风波·题墨竹图》,该词有序:元丰五年六月七日,王文甫家饮酿白酒,大醉,集古句,作墨竹词。

观其词序,元丰五年为苏轼流寓黄州时期,在黄州的七八年时间,是苏词成熟的一个重要时期,甚或说也是苏轼诗、文、赋、画等发展的重要时期。苏轼道明其义,本次为"集古句而得",或初到黄州的苏轼还惮于"乌台诗案",与平生可堪知己的王氏兄弟交往时,大醉后作词,作词亦集古句,其中意思,颇堪玩味。其词曰:

> 雨洗娟娟嫩叶光。风吹细细绿筠香。秀色乱侵书帙晚。帘卷。清阴微过酒尊凉。人画竹身肥拥肿。何用。先生落笔胜萧郎。记得小轩岑寂夜。廊下。月和疏影上东墙。②

该词具体内容,留待下文题画词题材一节论,此处笔者只说词体文学用来题咏画作。北宋题画词不过20余首且以小令为之,题咏之对象以梅、竹为主,次之人物。关于这一现象,当下学人无人细究,词体文学与诗、文相比,在北宋列为"小道",苏轼等人却将小词运用到相对高雅的"梅""竹"之中,正可谓雅俗之融合也。

---

① 《全宋诗》卷752,第8768页。
② 《全宋词》第一册,第289页。

第二节　北宋题画诗词的题材分类

根据量化分析,结合北宋绘画发展史,拙文将北宋题画诗词分为人物、山水、花鸟、畜兽四大类。诚然,该分类有粗枝大叶之嫌,为更好反映问题,每一门类下适当分若干小类,如将佛道人物像、写真归为人物类等。因北宋至南渡时期,题画词的数量不多,故在分类时仅将题画诗进行题材分类,北宋题画词整体作为一部分进行论述。

一、北宋人物类题画诗

前文所引郭若虚在《图画见闻志》云"人物仕女牛马,近不及古"[①],人物类绘画在宋前一直繁荣发展,如我们所熟知的顾恺之、阎立本、吴道子等著名画家,都以绘画人物见长。细言之,人物画在宋代特别是北宋亦有较大发展,然发展之势不似山水画猛烈。如宫廷画家石恪、士大夫画家李公麟等,都以人物画见长。写真人物画古已有之,汉、唐两代将大臣像置麒麟阁、凌烟阁彰显其功便是实例。另外汉末佛教传至中国,释教善于图教,写真佛菩萨像供说法、膜拜之用,加之道教亦列诸仙画像,于是写真类绘画到魏晋时已成绘画中主要门类。总言之,写真类绘画,重在"真",在真的基础上重在"传神",即在刻肖人物的形似上,进而能够突出人物的特点。

写真类绘画主要为两种表现方式:佛道人物像与世人写真。反映到题画诗上,题画诗主要集中在佛道像和世人写真像两类。其中佛道像题画诗多为赞体,作者以僧人居多,士大夫次之。世人写真类作者主要分为两类,一类是题先贤人物画像,一类是自题本人写真。此外人物画中传统的"仕女、美人"题材在北宋人物类题写中也占有一席之地,下面分别讨论之。

---

① 郭若虚著,米田水注:《图画见闻志》,长沙:湖南美术出版社,2000 年 4 月第一版,第 50 页。

（一）佛道类人物题写

北宋佛道像类题画诗对象多为诸佛菩萨像,作者以僧人居多,如著名的诗僧释德洪、释慧空,此类题画诗多是援佛教用语于诗中,如《六世祖画像赞·二祖》:

>顶峰朝露,神光夜生。堪任单传,荷担上乘。自寻其心,不见归宿。如视环轮,求其断续。用狱除间,履瘦知肥。淫坊酒肆,尽其尘机。雪中斫臂,愿续佛寿。儿孙闻之,竖毛呵手。

二祖慧可立雪断臂的故事,在诗中一目了然。可以说,作佛家语、用佛家典,其诗歌的目的在于弘法与布道。其题画对象多为佛祖、菩萨大德高僧的画像,其画像一般为民间画工所为。值得一提的是,在佛教绘画中,也有诸多士大夫的参与,代表人物如李公麟、苏轼等人,如《东坡画应身弥勒赞》[①]《李伯时画弥勒像赞》[②]。兹举《李伯时画弥勒像赞》一首:

>以慈为室,以忍为衣。法空为座,示同体悲。四十八愿,为世所归。如日没时,乌接翅飞。大哉甘露,妙法总持。令我观门,洞开坦夷。谛见自心,妙绝知思。是皈依处,真不思议。律我意马,使不妄驰。光明现前,见白莲池。不假中阴,屈伸顷时。欣然化生,如八岁儿。何以至此,请审思之。皆我精进,想力所持。稽首妙湛,不动巍巍。令一切众,绝痴暗疑。有同愿者,但瞻导师。脱然蝉蜕,出五浊泥。

可以看出,该类诗无涉画法,作者多为释家弟子,专引释典、专用释语,专注于画像,是本类诗之一大特色。相比之下,士大夫对于佛道像类题画诗却颇显题画诗之精神,其中宋庠的《正月望夕供养大阿罗汉画像作》[③]、苏轼的《记所见开元寺吴道子画佛灭度以答子由题画文殊普贤》[④]是这一类题画诗的典型代表:

>西方真人谁所见,衣被七宝从双狨。当时修道颇辛苦,柏生两肘乌巢肩。初如濛濛隐山玉,渐如濯濯出水莲。翔禽哀响动林谷,兽鬼蹢躅泪迸泉。庞眉深目彼谁子,绕床弹指性自圆。

---

① 《全宋诗》卷 1345,第 15361 页。
② 《全宋诗》卷 1344,第 14349 页。
③ 《全宋诗》卷 188,第 2145 页。
④ 《全宋诗》卷 787,第 9121 页。

隐如寒月堕清昼,空有孤光留故躔。春游古寺拂尘壁,遗像久
此霾香烟。画师不复写名姓,皆云道子口所传。纵横固已蔑孙
邓,有如巨鳄吞小鲜。来诗所夸孰与此,安得携挂其旁观。

苏轼以文殊、普贤灭度入,以诗人丰富之想象描绘灭度情景,且在最
后八句交代了观画的时间、地点及画像的整体情况并提出自己对该画像
绘画技法的看法,进而模糊提出作者认为该像悬挂的位置等态度,这首
诗体现了成熟以后的题画诗的写作方法,不似释子所作的全然粘在佛像
本身。

(二)世人写真类题画诗

以上略说虽为佛教人物类题画诗,然道教者亦然,不赘举例说明。
人物类题画诗的第二类为世人写真题画诗。所谓世人写真,或谓"传
神","世人"非指怪力乱神,实乃真有其人,写真即描摹肖像,上至帝王
将相、个人先祖、个人本身,传神写照,或为纪述功德,或为家族纪念,类
似于今天的照相留影功能。在关于这类题画诗当中,笔者主要分两个方
面探讨:形似与神似问题在题画诗中的体现、题写他人写真与自我写真
的情感异同。

1.神似与形似的探讨

以人物见长的东晋名家顾恺之对此有论述:"人有长短、今既定远
近以瞩其对,则不可改易阔促,错置高下也。凡生人亡(无)有手揖眼视
而前亡所对者,以形写神而空其实对,荃生之用乖,传神之失矣"。① 此
论虽论人物画之位置与实对,但对写真、传神来说同样适用——"以形
写神",这是人物画或写真的最基本要求。刘道醇的《圣朝名画评》卷一
载"王端"条:"单丹青,长于传写,真宗晏驾时,召端与画工写其遗像。
端举笔立就,无有及者,燕公肃王见其肖似,更益号恸"。可见,肖像写真
首要的还是要追求"形似"。"写真""传神"不同于其他人物绘画,"形似"
是其基础,在"形似"的基础上能够突出对象的精神风貌,达到"形神合
一",这是北宋士大夫们的追求。以写真而论,形似与神似的关系更尤为
重要。若不形似,则失其之"写真"本意,若不神似,则又有"谨毛而失貌"
之论。模写传神,在古代绘画中虽属末流,但确是画者之根本。人们在

---

① [晋]顾恺之:《魏晋胜流画赞》,引自王世襄《中国画论研究》,北京:
三联出版社,2013年7月版,第14页。

形似的基础上,更关心的是是否能"传神",从而达到"神似",在这一点上,表现尤为突出的是诗人梅尧臣。梅尧臣《传神悦躬上人》①诗云:

> 握中一寸毫,宝匣百链金。监貌不监道,写形宁写心。古人固不识,今人或所钦。依然见其质,俨尔恨无音。子诚丹青妙,巧夺造化深。妍媸必尽得,幻妄恐交侵。

"貌"与"道"、"心"与"形",是梅尧臣告诫写真者要注意的问题,但"监貌"与"写形"这一"今人所钦"的普遍现象,令梅尧臣感慨不已。世俗是论"写真",首推"形似"无疑。"形似"是"写真"的基础,这从其他一些画论、画记对画家的记载或评语当中,也可以窥见。"意态由来画不成",而北宋对写真所追求的恰恰是要写出"意态"、写出"神"来。所以梅尧臣在《画真来嵩》②中说:

> 广陵太守欧阳公,令尔画我憔悴容。便传仿佛在缣素,只欠劲直藏心胸。与我货布不肯受,此之医卜曾非庸。公今许尔此一节,尔只丹青其亦逢。

从诗的内容可以看出,来嵩是欧阳修派过来给梅尧臣画像的。"只欠劲直藏心胸"一句,表明梅尧臣对来嵩似乎有一点不满。此外,梅尧臣在《观永叔画真》③中强调:

> 良金美玉不可画,可画惟应色与形。除却坚明尽非宝,世人何得重丹青。

这看似与王安石"意态由来画不成"观点相悖,但梅尧臣的"神似"要求,也是北宋乃至整个北南两宋士大夫们追求的统一思想。至于为何王安石与梅尧臣的"神似"追求相悖,笔者认为从王安石《传神自赞》④和僧释慧圆《嘲写真》⑤的两首题画诗对比阅读中可以看出端倪。

> 我与丹青两幻身,世间流转会成尘。但知此物非他物,莫问今人犹昔人。(王安石)

> 泡纪吾身元是妄,丹青汝影岂为真。吾身汝影俱无实,相伴茆堂作两人。(释慧圆)

王安石笃信佛教,自是公论,从上面两首题画诗看,王安石要表达的

---

① 《全宋诗》卷244,第2825页。
② 《全宋诗》卷249,第2957页。
③ 《全宋诗》卷249,第2957页。
④ 《全宋诗》卷562,第6676页。
⑤ 《全宋诗》卷137,第1541页。

意义不在"神似"与"形似"的关系上，而在于"实"与"虚"的对比上，属哲学范畴。关于"形似"的问题，笔者将在本书第三章第三节"南宋花鸟类题画词"中有进一步的阐述。

2.题他人写真与自我写真的情感异同

写真类题画诗可分为两种，一为题他人写真，题他人画像，一为自题写真。通过对比阅读分析，两种题写的内容和诗中所蕴含的情感却大为不同。这是二者区别的重点。

题写他人写真，往往抓住题写人物的主要精神和生平实践，寓作者褒扬于其中，如王安石题写《杜甫画像》[①]：

> 吾观少陵诗，为与元气侔。力能排天斡九地，壮颜毅色不可求。浩荡八极中，生物岂不稠。丑妍巨细千万殊，竟莫见以何雕镂。惜哉命之穷，颠倒不见收。青衫老更斥，饿走半九州。瘦妻僵前子仆后，攘攘盗贼森戈矛。吟哦当此时，不废朝廷忧。常愿天子圣，大臣各伊周。宁令吾庐独破受冻死，不忍四海寒飕飕。伤屯悼屈止一身，嗟时之人死所羞。所以见公像，再拜涕泗流。惟公之心古亦少，愿起公死从之游。

观看杜甫画像，对杜甫的生平作以概括，王安石对杜甫一生汲汲于为天下苍生谋的精神大加赞赏，末句"愿起公死从之游"成了后来题写先贤像的惯常写法。

再如欧阳修的《书王元之画像侧》[②]：

> 偶然来继前贤迹，信矣皆如昔日言。诸县丰登少公事，一家饱暖荷君恩。想公风采常如在，顾我文章不足论。名姓已光青史上，壁间谷貌任尘昏。

该诗也是表达一种崇敬之情。可见，此类题画诗主要是歌颂、褒扬，在此情感基础上，蕴含个人政治理想于其中。在北宋前期，画像被题写得较多的主要集中在陶渊明、嵇康(竹林七贤)、李白、杜甫等人身上。

在题他人写真类题画诗当中，有一组题咏，不得不提，那就是众人题写的《睢阳五老图》，所谓"五老"，是指杜衍、王涣、毕世长、冯平、朱贯，皆大宋朝中重臣，辞官后寓居南京睢阳(今河南省商丘市睢阳区)颐养天年，经常晏集赋诗，时称"睢阳五老会"。这5位长寿老人均是"退休

---

① 《全宋诗》卷546，第6538页。
② 《全宋诗》卷292，第3685页。

高官"且年至耄耋：丞相祁国公杜衍 80 岁，驾部郎中冯平 87 岁、兵部郎中朱贯 88 岁、礼部侍郎王涣 90 岁，年纪最长的司农卿毕世长，时年已经 94 岁。出于对他们的敬重，睢阳当地一位丹青高手为五人各绘制了一幅全身像，题名《睢阳五老图》①，并让五人在图上赋诗。

图 2-2　北宋，佚名，《睢阳五老图》

钱明逸于北宋至和三年（1056 年）为之作序。此画绘制精美，尤其是人物脸部描绘细腻生动，栩栩如生。欧阳修、晏殊、范仲淹、文彦博、司马光、程颢、程颐、苏轼、苏辙、黄庭坚等 18 位北宋重量级人物纷纷在画上题诗题跋。南宋至清末，上百位名人为之题赞，堪称一部国宝级画作。我们举苏轼《次韵借观〈睢阳五老图〉》②、黄庭坚《次韵谢借观五老图赞》③二诗：

> 国老安荣心自闲，紫袍金带旧簪冠。星骑箕簸扬糠秕，斗掌权衡表汉桓。冬有愆阳嫌薄热，夏多沴气畏轻寒。赖得五贤清雅出，俾人敬慕肃容看。（苏）

> 五老天然一会闲，太平时节振儒冠。相君于理回天诏，辅国驱夷立寒桓。

> 妖术图奸梁木坏，党碑雷震雹冰寒。丹心忠厚来安泰，惠泽垂流仰止看。（黄）

黄诗"妖术""党碑"等语，和作诗时贬谪心情有关，苏黄两诗包括其他《睢阳五老图》的题画诗，基本都是对"五老"的歌功颂德及对子孙后代的恩荫福泽的祝愿。此国宝级图画目前仍在国外，读其题诗不免感伤，希冀他日能重回中国。

---

①　《睢阳五老图》为绢本设色，原为手卷现分为五幅，每幅纵 39.9 厘米，横 32.7 厘米，分别藏于美国三家博物馆：冯平像和王涣像藏华盛顿佛利尔博物馆，朱贯像和杜衍像藏耶鲁大学博物馆，毕世长像藏纽约大都会博物馆。其中纽约大都会博物馆还藏有此图宋人钱明逸《五老图序》，有明、清人等人题跋、观识鉴藏印。

②　《全宋诗》卷 831，第 9624 页。

③　《全宋诗》卷 1026，第 11741 页。

如果说题他写真、像类题画诗是表现褒扬情感画的，自题写真类的题画诗则更能反映诗人的丰富的内心世界。北宋的文人，自我写真也是其文雅生活的一部分。笔者在阅读全宋诗的过程中，赠写真画师的诗歌非常多，我们熟知的李公麟、米芾都是写真的能手，道士李德柔曾为苏轼画过写真①，欧阳修、梅尧臣、司马光、韩琦、王安石、苏轼兄弟、黄庭坚……几乎我们熟知的作家都有过被写真的经历。

我们在北宋的自题写真诗中似乎寻觅不到建功立业的影子，看不到积极入世的态度，与此相反，我们看到最多的却是一种追求山林之乐、人生旷达等情感的表述。如体现山林之乐的，司马光在《自题写真》②中说：

> 黄面霜须细瘦身，从来未识漫相亲。居然不可市朝往，骨相天生林野人。

不可住于"市朝"的"林野人"是司马光观察自我写真时的感受。

> 君不见景灵六殿图功臣，进贤大羽东西陈。能令将相长在世，自古独有曹将军。嵩高李师掉头笑，自言弄笔通前身。百年遗像谁复识，满朝冠剑多传人。据鞍一见心有得，临窗相对疑通神。十年江海须半脱，归来俯仰惭簪绅。一挥七尺倚墙立，客来顾我诚似君。金章紫绶本非有，绿蓑黄箬甘长贫。如何画作白衣老，置之茅屋全吾真。③

"白衣老""茅屋"等语，看出了苏辙向往的山林之乐。体现人生豁达的，当首推苏轼，他在《自题金山画像》④一诗中说：

> 心似已灰之木，身如不系之舟。问汝平生功业，黄州惠州儋州。

其豁达的人生态度，跃然纸上，直接影响了后世自题画像的情感表达。题写自我写真类题画诗所抒发的情感，是一个非常值得探讨的命题，通常一幅写真的完成，反映的是人物的当时的状态，具有一定的时间概念。因此，当作者见到当年写真时，未免不有一番感叹，苏辙《予昔在京师画工韩若拙为予写真今十三年矣，容貌日衰，展卷茫然，叶县杨

---

① 《全宋诗》卷812卷，第9396页。
② ［宋］司马光：《自题写真》，《全宋诗》卷670，第6198页。
③ ［宋］苏辙：《赠写真李道士》，《全宋诗》卷863，第10032页。
④ 《全宋诗》卷831，第9624页。

生画不减韩,复令作之以记其变偶作》①:

> 白发苍颜日日新,丹青犹是旧来身。百年迅速何曾住,
> 方寸空虚老更真。一幅萧条寄衰朽,异时仿佛见精神。近存
> 八十一章注,从道老聃门下人。

"写真"本是存一时之"形",岁月忽过,再看时,难免有岁月峥嵘之
感。这令题写自我写真之人,心中难免五味杂陈,中唐诗人白居易有
几首自题写真诗很值得玩味:

其一,《自题写真》②:

> 我貌不自识,李放写我真。静观神与骨,合是山中人。蒲
> 柳质易朽,麋鹿心难驯。何事赤墀上,五年为侍臣?况多刚狷
> 性,难与世同尘。不惟非贵相,但恐生祸因。宜当早罢去,收取
> 云泉身。

其二,《题旧写真图》③:

> 我昔三十六,写貌在丹青。我今四十六,衰悴卧江城。岂
> 比十年老,曾与众苦并。一照旧图画,无复昔仪形。形影默相
> 顾,如弟对老兄。况使他人见,能不昧平生。羲和鞭日走,不为
> 我少停。形骸属日月,老去何足惊。所恨凌烟阁,不得画功名。

其三《感旧写真》④:

> 李放写我真,写来二十载。莫问真何如,画亦销光彩。朱
> 颜与玄鬓,日夜改复改。无嗟貌遽非,且喜身犹在。

上面三首诗中,对于时光的流逝,有不能图画凌烟阁的遗憾,也有
二十年后"身犹在"的欢喜。可以说,白居易非常直白浅切地记录了自
己真实的内心世界。在他那个时代,功名外求是人之常情。但到了宋代,
这种现象有了转变。宋人崇尚内敛、凡事强调内求,白居易所倡导的"达
则兼济天下,穷则独善其身"的思想,在宋人特别是北宋人的身体得到
了淋漓尽致的体现。时间更替,变的是自我的容颜,不变的是"精神",
即一贯的人生追求与人生态度。画尤其是西洋画论囿于时间空间限制,

---

① 《全宋诗》卷818,第10110页。
② 白居易著,顾学颉点校:《白居易集》,北京:中华书局,1999年11月第6版,
第109页。
③ 白居易著,顾学颉点校:《白居易集》,北京:中华书局,1999年11月第6版,
第144页。
④ 白居易著,顾学颉点校:《白居易集》,北京:中华书局,1999年11月第6版,
第488页。

从画面出、从画面入,于画外之意探讨不多,中国画以"意境"取胜,心思驰骋,年轻青年之模样。加之中国画之写真注重"神似"而不取"形似",这一点和宋人所追求的"内求"精神十分吻合。在写真类题画诗中,将自身置身山水或希冀山水时思壮年、老年之场景,老年亦可为的诗人很多,从该类题画诗中,我们能推论,到了北宋时期,士大夫们关注的重点已不是画中人的"功名"问题,而且自我肯定、自我设定的人生态度问题了。

北宋的人物写真类"画像"也在延续汉唐以来的"画以载政"的传统,《泊宅编》云:"范文正公知睦州,奏以唐处士方干配食严光。谓干为御史方蒙远祖,下鸬鹚源(御史所居)取画像,本家无以塞命,乡人但塑一幅巾道服者,置之祠中。元祐间,有旨下诸郡,取前贤画像,睦守以严、方应诏"①。在题写他人"写真"时,题画诗内容关注的重点是人物的"社会政治"属性,而在自题"写真"中虽也有对"社会政治"身份的评骘但更多是倾向"个人精神"的阐释,这是题他人写真与自我写真的情感异同。

(三)与衣若芬先生商榷几点

以上重点分析了人物写真类题画诗,在人物类题画诗中,题咏古代人物和仕女也是该类诗的重要内容。此两种内容,题画文学研究大家衣若芬先生在《观看、叙述、审美——唐宋题画文学论集》②一书中已有详尽的论述,笔者深感难以超越,仅就其中一些小问题作以补充。

衣先生谈到北宋题咏古人像时,列举了关于阮籍、嵇康、谢灵运、陶渊明、孟浩、王维、李白、杜甫、李贺、韩愈、李贺、颜真卿等人的北宋题画诗,在详细论述后,先生最后总结时说:"北宋题古人像诗以歌咏前辈文学家为主,陶潜、李白和杜甫最受瞩目,陶潜归隐的动机、李白有志于世的器识、杜诗受到的冷落的不平,都借着题画文字恣意舒展,一首题画诗往往总结了前辈文学家的毕生成就,并且宣示了'哲人日已远,典型在夙昔'的文学使命。'③

① 方勺:《泊宅编》,北京:中华书局,2007年第3版,第21-22页。
② 衣若芬:《观看、叙述、审美——唐宋题画文学论集》,台北:台湾中央研究院,中国文哲研究所,2004年版。
③ 衣若芬:《观看、叙述、审美——唐宋题画文学论集》,台北:台湾中央研究院,中国文哲研究所,2004年版,第189页。

诚然,在题咏上述人物时,作者充满渴慕之情,也提出了用功当下的信心,这非常符合北宋人所表现出的意气风发之气。除此而外,笔者想续貂补充几点。

第一,关于题咏古人。北宋题咏的对象主要集中在两个时代,魏晋与唐。对于魏晋的诸位大家,北宋在题咏过程中,所表现的不能简单用文学成就来概括而或可用其潇洒独立于世之精神概括。如宋祁的《嵇中散画像》①:

> 彼美云章子,翛然天外情。凝眉逐层箸,俯手散馀清。霄迥心逾远,徽迁曲暗成。千秋想萧散,方觉绘毫精。

梅尧臣《咏王右丞所画阮步兵醉图》②:

> 右丞笔通妙,阮籍思玄虚。独画来东平,倒冠醉乘驴。力顽不肯进,俛首耳前驱。一人牵且顾,一士旁挟扶。捉鞍举双足,闭目忘穷途。想像得风度,纤悉古衣裾。玉骨化为土,丹青终不渝。而今几百岁,乃有胡公疏。买石遂留刻,渍墨许传模。白黑就仿佛,毫芒辨精麤。千古畜深意,终朝悬座隅。谁谓盈尺纸,不惭云雾图。

宋祁诗中"千秋想萧散"一句,既在画里,又出画外,读来想见魏晋风度。梅诗更有意思,把阮籍描写成"倒冠醉乘驴"的形象,当然该诗是题画诗,自然是画上所见。该画是否为王维所画,可以存疑,但阮籍骑驴之东平,《晋书》却有记载。李白就欣赏阮籍在东平的潇洒态度。"阮籍为太守,乘驴上东平。剖竹十日间,一朝风化清。"(李白《全唐诗》卷一百七十《赠闾丘宿松》)杜甫、孟浩然、韩愈、李贺等都有"骑驴"的经历,"驴"这一动物形象,经唐诗而宋画,慢慢形成了一个特定的意象,有时候表达潇洒,有时表现困顿。观宋、梅二诗,显示了二人对魏晋风度的向往。阅读《宋史》和《长编》,可知宋祁和梅尧臣人格独立,敢于言论,二人渴慕魏晋人物是有原因的。宋人对于李白、杜甫、李贺等人物像的题写,除了追慕文学成就外,其人格魅力也是歌咏的重点原因之一。

第二,关于北宋对于韩愈的题咏。刘敞《韩文公画像分题》③、黄庶《赋得退之画像》④,刘敞博文涉经,是一全才,黄庶为庭坚父,诗文倡导

---

① 《全宋诗》卷211,第2422页。
② 《全宋诗》卷237,第2757页。
③ 《全宋诗》卷473,第5728页。
④ 《全宋诗》卷453,第5490页。

学韩愈,黄庭坚学习韩愈,多受其父影响。因黄与韩如此关联,兹举《赋得退之画像》:

> 功名已写后世耳,身入人间图画看。叹息浮图满天下,犹疑怒发上冲冠。

衣若芬先生列举了孙复、石介二人的资料,以证韩愈在宋朝为圣人,韩愈在北宋的名气的确很大,但举孙复、石介二人,似不太恰当,孙、石二人在宋初以排佛教著称,孙复有《儒辱》一文,立陈佛教之弊,石介排佛更甚,有《上刘兵部书》一文,且利用职务之便对佛老像一律拆除。和韩愈"人其人,火其书,庐其居"相似,孙、石二人在"排佛"角度上与韩愈观点一致,由此才有二人对韩的敬慕之情,但这并不能完全说明韩愈在宋代是以"圣人"作为"接受"对象的。

第三,关于仕女图、美人图。若是追溯"美人的"传统,我们可以从《诗经》《离骚》中去寻觅其源头,笔者归纳,中国古代文学作品描写"女子"形成了两种范式。

第一种范式:直接以男性视角或旁观视角描写女性之美。《诗经》中直接描绘女子形体的作品主要集中在《国风》部分,如《卫风·硕人》:

> 硕人其颀,衣锦褧衣。齐侯之子,卫侯之妻。东宫之妹,邢侯之姨,谭公维私。手如柔荑,肤如凝脂,领如蝤蛴,齿如瓠犀,螓首蛾眉,巧笑倩兮,美目盼兮。硕人敖敖,说于农郊。四牡有骄,朱幩镳镳。翟茀以朝。大夫夙退,无使君劳。河水洋洋,北流活活。施罛濊濊,鳣鲔发发。葭菼揭揭,庶姜孽孽,庶士有朅。[①]

该诗对"庄姜"的美貌和雍容华贵的描写,开启了中国诗歌描写"美女"的先河。"巧笑倩兮,美目盼兮"两句,更是极尽传神之妙。正面描写女子的形体及身体各个部位,读来人物形象如在眼前。这种范式的描写在南朝时期达到了顶峰——宫体诗,刘师培在总结齐梁文学时曾说:"梁代宫体,别为新变也。宫体之名,随始于梁,然侧艳之词,起源自昔。晋宋乐府,如《桃叶歌》《碧玉歌》《白贮歌》《白铜鞮歌》均以淫艳哀音,披于江左,迄于萧齐,流风亦甚……至特于梁代,其体尤昌。"[②]

---

① 《诗经·卫风·硕人》引自朱熹:《诗经集传》,长春:吉林人民出版社,1999年1月版,第47-48页。
② 刘师培:《中国中古文学史讲义》,上海:上海古籍出版社,2003年3月第2版,第97页。

上段文字,说明两层意思,一是宫体是"侧艳之词",就是诗中描写女性、描写情色为主要内容;二是"宫体诗"中多为"哀音",或以男性求女而不得但更多的是女性伤情的哀婉之音。此种风气自南朝至初唐而不衰,直至《春江花月夜》的出现,才有了"宫体诗的自赎"。

第二种范式:将政治与女子相联系。如《大雅·瞻卬》:

> 瞻卬昊天,则不我惠。孔填不宁,降此大厉;邦靡有定,士民有瘵。蟊贼蟊疾,靡有夷届。罪罟不收,靡有夷瘳。人有土田,女反有之。人有民人,女覆夺之。此宜无罪,女反收之。彼宜有罪,女覆说之。哲夫成城,哲妇倾城。懿厥哲妇,为枭为鸱。妇有长舌,维厉之阶。乱匪降自天,生自妇人。匪教匪诲,时维妇寺。鞠人忮忒,谮始竟背。岂曰不极?伊胡为慝!如贾三倍,君子是识。妇无公事,休其蚕织。天何以刺?何神不富?舍尔介狄,维予胥忌。不吊不祥,威仪不类。人之云亡,邦国殄瘁。天之降罔,维其优矣。人之云亡,心之忧矣!天之降罔,维其几矣。人之云亡,心之悲矣。觱沸槛泉,维其深矣。心之忧矣,宁自今矣?不自我先,不自我后。藐藐昊天,无不克巩。无忝皇祖,式救尔后。

整首诗共分七章,从第三章到第五章,便开始了对女子的批评,言祸不是来自上天,而是来自身边的女子!朱熹在《集传》中说该诗:"此刺幽王嬖褒姒、任阉人以致乱之诗"[1]。

我们看朱熹在《集传》中该诗三至五章的解读:

第三章:

> 言男子正位乎外,为国家之主,故有智则能立国;妇人以无非无仪为善,无所事哲,则适以覆国而已。故此懿美之哲妇,而反为枭鸱,盖以其多言,而能为祸乱之梯也。若是,则乱岂真自天降,如首章之说哉?特由此妇人而已。盖其言虽多,而非有教诲之益者,是惟妇人与奄人耳,岂可近哉?上文但言妇人之祸,末句兼以奄人为言,盖二者常相倚而为奸,不可不并以为戒也。欧阳公尝言:宦者之祸,甚于女宠。其言尤为深切,有国家者可不戒哉?"[2]

---

① 朱熹:《诗经集传》,长春:吉林人民出版社,1999年1月版,第282页。
② 朱熹:《诗经集传》,长春:吉林人民出版社,1999年1月版,第282页。

第四章：

> 言妇寺能以其智辩穷人之言,其心忮害,而变诈无常。既以谮妄倡始于前,而终或不验于后。则亦不复自谓其言之放瓷无所极已,而反曰是何足为愿乎?夫商贾之利,非君子之所宜识,如朝廷之事,非妇人之所宜与也。今贾三倍,而君子识其所以然,妇人无朝廷之事,而舍其蚕织以图之。则岂不为愿哉?"①

第五章：

> 言天何用责王?神何用不富王哉?凡以王信用妇人之故也。是必将有夷狄之大患。今王舍之不忌,而反以我之正言不讳为忌,何哉?夫天之降不祥,庶几王惧而自修。今王遇灾而不恤,又不谨其威仪,又无善人以辅之,则国之殄瘁宜矣。②

　　笔者对该诗毫发不遗地征录及对朱熹评价进行引用,想说明的是《大雅·瞻卬》篇章可以说开启了后世描写"美人"诗的一个范式,特别是古代诗人描写"美女"的范式:极尽描写女子之貌美进而与"亡国"相联系,夏桀之有妹喜、商纣之有妲己、西周之有褒姒、汉之有赵飞燕、唐之有杨玉环……帝王、君子近女色则危亡矣,这种范式在诗歌当中表现得尤为明显。白居易的长恨歌,对"杨李"爱情的描写缠绵悱恻,但很多人解读《长恨歌》的主题却是"讽喻"或"多样性"。这不能不说是该范式带来的结果。

　　由第二种范式而引出的托"美人"以言志,代表作品为屈原的《离骚》,"香草美人以配君子",以女子的哀怨比喻仕途的遭际,中国古典诗歌中的"美人"意象往往和失意之人联系到一起。白居易的《琵琶行》便是代表。

　　可以看出,从《诗经》《楚辞》两大文学源头溯之,中国古典诗歌一直有歌咏"美人"的传统,我们可以大致描绘下"美人"形象的两个范式的发展。第一种范式,单纯地描写形体之美,到了南朝发展至顶峰,可谓俗之至也;第二种范式后来者居上,慢慢成了描写女性"美人"的主流,两种范式到了唐代合流为一。从唐代开始,我们很难再看到诗歌对女性身体的直接描写。但描写女性形体却没有销声匿迹,一方面从魏晋开始,人物画盛行,女性形体的单纯描绘由诗转移到了画,人物画也是我

---

① 朱熹:《诗经集传》,长春:吉林人民出版社,1999年1月版,第283页。
② 朱熹:《诗经集传》,长春:吉林人民出版社,1999年1月版,第283页。

国画论关注最早的对象。东晋顾恺之有《论画》一篇,专论人物画,其中提到"美人画"——《小列女》作品时评价:

> 面如银,刻削为容仪,不画生气。又插置丈夫支体,不似自然。然服章与众物既甚奇,作女子尤丽,衣髻俯仰中,一点一画皆相与成其艳姿。且尊卑贵贱之形,觉然易了,难可远过之也。①

虎头擅长人物画,传神精美,为后世称绝,由上面评价可以看出,顾虎头对该作品评价不高,因为其没有"生气"以"不自然",认为画女子要追求"艳姿"且要明确"尊卑贵贱之形"。在人物画的开山人物——顾恺之的眼里,包含了"美人"画中两个重要因素:艳姿与尊卑。时代易序,唐宋时代的画论中论及"美人"部分,"颜姿"的追求往往避而不谈,但"尊卑"的说法却日渐加强。如张彦远的《历代名画记》中说同意曹植的观点:

> 观画者见三皇五帝,莫不仰戴,见三季异主,莫不悲婉……见淫夫妒妇,莫不侧目,见令妃顺后,莫不嘉贵。②

张彦远在此段话中导出了观看美人画的内容及观看者的反应。侧目也好,嘉贵也罢,没有丝毫轻薄之气。逮至于宋,"美人画"之论述较多:

> 大率图画风力气韵,固在当人,其如种种之要,不可不察矣,画人物者,……士女宜富婗(乌果切)婧(奴坐切)之态。③

> 历观古名士画金童玉女及神仙星宫中有妇人形相者,貌虽端严,神必清古,自有威重俨然之色,使人见则肃恭有归仰之心。今之画者,但贵其丽之容,是取悦于众目,不达画之理趣也。④

> 昔人论人物,则曰白皙如瓠,其为张苍;眉目若画,其为马

---

① 顾恺之:《论画》,转引自王世襄:《中国画论研究》,北京:三联书店,2013年7月版,第11页。
② 张彦远:《历代名画记》,转引自王世襄:《中国画论研究》,北京:三联书店,2013年7月版,第38页。
③ 郭若虚:《图画见闻志·论制作楷模》,转引自俞剑华:《中国历代画论大观第二编·宋代画论》,南京:江苏凤凰美术出版社,2016年9月版,第9页。
④ [宋]郭若虚:《图画见闻志·论制作楷模》,转引自俞剑华:《中国历代画论大观第二编·宋代画论》,南京:江苏凤凰美术出版社,2016年9月版,第17页

援；神姿高彻之如王衍；闲雅甚都之如相如；容仪俊爽之如裴
楷；体貌闲丽之如宋玉。至于论美女，则蛾眉皓齿如东邻之女；
瑰姿艳逸如洛浦之神；至有善为妖态，作愁眉啼妆、堕马髻、折
腰步、龋齿笑者，皆是形容见于议论之际而然也。若夫殷仲堪
之眸子，裴楷之颊毛，精神有取于阿堵中，高逸可置之丘壑间
者，又非议论之所能及，此画者有以造不言之妙也。①

关于"女子""美人"的绘画评论甚多，不一一列举，专就北宋而论，
画评、画论表述非常清晰，"女子""美女"画笔要"秀润"，人物要有"婑
媠"之态，画中女子要有美貌，这是对此类画的一个要求。在美貌的基
础上要"神必清古，自有威重俨然之色，使人见则肃恭有归仰之心。""今
之画者，但贵其丽之容，是取悦于众目，不达画之理趣也"，郭若虚似乎
对彼时的画风有所不满。上引的《宣和画谱》说得较为隐晦，认为时人
（观察者）在观画的时候在意的、议论的、注重的女子大到形体、面容、神
态小到牙齿、发型等都是人们观察"美人图"时的表面意思。若是画家
将"女子"置于诸如山水等境界中，可达到"造不言之妙"的境界。

可见，关于"女子"形象的绘画，单一"女子形象"绘画似乎不如将
"女子"置身诸如山水等环境当中。这是北宋人对于"美女""女子"形
象绘画的认识，既要女子颜好，更不能以颜色、形容作为最终目的。我们
看梅尧臣的《得孙仲方画美人一轴》②：

> 骏驹少驯良，美女少贤德。尝闻败君驾，亦以倾人国。因
> 观壁间画，笔妙仍奇色。持归非夺好，来者恐为惑。

关于此诗，衣若芬教授评曰："和以往我们所熟稔的题画诗写作者
重赏画赞画的习惯不同，梅尧臣的诗里非但看不出画面的布局形式，也
无由得知画家的艺术构思，只有'笔妙仍奇色'一句，笼统地看过了这一
幅设色仕女画的精丽华美。至于诗人在审美过程中的视觉愉悦更是付
诸阙如，强烈的道德意识充盈于字里行间，'美女少贤德'的'反美色'
倾向，使得读者也感染了一股'反写'或'否想'仕女画的肃然，为之正
襟敛容"。③

---

① 无名氏：《宣和画谱·人物叙论》，转引自俞剑华：《中国历代画论大观第二编·宋
代画论》，南京：江苏凤凰美术出版社，2016年9月版，第110页。
② 《全宋诗》卷245，第2833页。
③ 衣若芬：《观看、叙述、审美——唐宋题画文学论集》，台北：台湾中央研究院，
中国文哲研究所，2004年6月版，第211页。

关于该诗,笔者想和前辈衣若芬先生进行一下探讨。首先,诗题为"得孙中芳画美人一轴",可知,梅尧臣若是对该画极尽鄙夷,似乎不该用"得"。其次,再看诗的内容,诗的前四句读完,虽不是海风天立但也觉得言辞激烈,但如果继续来看后四句,不免令人捧腹,诗的五六句正如衣教授所言,并无对画本身有多少评论,但我们如果联系前四句,"骏驹""美女""倾人国"加之"奇色",一幅设色的美人图形象就出现了,虽然我们不能说出美在具体什么地方,但能感受到孙仲方的这幅美人图是很美的。最后两句,梅尧臣道出了此画如何得来的,"持归"应该是梅尧臣从孙仲方或其他人家里所拿到这幅画的,又因诗中第五句有"壁间"和诗题"一轴"字样,我们就更能推断出梅尧臣得到这幅画应该是直接卷轴而"持归"的,梅尧臣"得画"之形象我们亦可想象。最后,"夺好"一词更加看出梅尧臣认为画是"好"的,得到的手段是"夺"的,"夺"的原因是"来者恐为惑",看来梅尧臣有地藏王之精神,为防止"来者惑"而勇敢地自己"夺"了。

上面简单的分析,再联想《宋史》说梅尧臣"善谈笑""诙嘲"等语来看,笔者认为,该诗不是梅尧臣的"道德"文章,没有对"美人画"进行批评,所谓的"批评"是梅尧臣的戏谑之辞,或者说是梅尧臣"得画"迫切心情的一个戏谑式写照,这是笔者不同于衣若芬先生的地方之一。

衣若芬先生在分析北宋"仕女画"时,认为北宋题画诗里没有对所题之"仕女"身体具体的描写,往往都采取模糊的处理方式,先生认为北宋的此类题画诗:"在写作时,往往在潜意识中带着刻板的性别角色印象,并且由于性别的芥蒂,造成不涉身体、类化情感的书写方式……"[1]

不可否认,在观看"美人图"的时候,士大夫是不能如南朝"宫体诗"那样细致地描写女性身体,如黄庭坚的《题李亮工家周昉画美人琴阮图》[2]:

> 周昉富贵女,衣饰新旧兼。鬓重发根急,妆薄无意添。琴
> 阮相与娱,听弦不观手。敷腴竹马郎,跨马欲折柳。

黄庭坚对画中的女子观察不可谓不细致,但又有所取舍,确如衣若芬教授所说。不过这里笔者不同意衣教授对"听弦不观手"这一句的解读,衣教授认为这是观察者黄庭坚不敢或者不想去看女子的"手",以此

---

① 衣若芬:《观看、叙述、审美——唐宋题画文学论集》,台北:台湾中央研究院,中国文哲研究所,2004 年 6 月版,第 258 页。

② 《全宋诗》卷 1017,第 11602 页。

证明男女有别。笔者认为该句不是在描写观者——黄庭坚自己,相反,是在描写画中人物,"琴阮相娱"与"不观手"之间,存在一个逻辑关系,以此画面中我们可知,女子的眼神与关注点在于自我倾听、自我演奏出的音乐,没有去顾及技术——"手的动作",这在弦乐表演当中,是一个较为普遍的现象,只有初学者才去注意"指法"等问题,所以该诗只能说明黄庭坚的观察视角问题而已。该诗有一首高荷的和诗:

> 丹青有神艺,周郎独能兼。图画绝世人,真态不可添。却怜如画者,相与落谁手。想象犹可言,雨重烟笼柳。①

"和诗"除了表面韵脚一致外,更主要的是内容相联系,黄、高两诗都提到在图中占主要位置的"美人"外,也兼顾其他画面,如门前折柳的小儿等,此外高的"和诗"还涉及诗画的流传问题。这样的内容,吴曾的《能改斋漫录》卷十一《记诗》条有明确记载:"龙眠李亮工家藏周昉画《美人琴阮图》,兼有宫禁富贵气象,旁有竹马小儿,欲折槛前柳者。亮工官长沙,而黄鲁直谪宣州,过见之,欢爱弥日。大书一诗于黄素上曰:'周富贵女,衣饰新旧兼。髻重发根急,薄装无意添。琴阮相与娱,听弦不观手。敷腴竹马郎,跨马要折柳。'此画后归禁中。铁马惊尘,流落何许,而诗亦不传。独子勉旧见之,位置犹可想象也。因追和其诗,又使善工图之。诗云:'丹青有神艺,周郎独能兼。图画绝世人,真态不可添。却怜如画者,相与落谁手。想象犹可言,雨重烟笼柳'。"②

这则笔记的记载,让我们知道了围绕"美人琴阮"这幅图画背后的故事,笔者斗胆提出不同于先生的两个小细节只能算是狗尾续貂。正如衣教授所言,北宋的"仕女图"或"美人图"相对于唐代同类题画诗而言,"瘦身"了很多,无论谋篇布局还是表现的情感都发生了重要的变化。唐注重细节描写,宋注重画外之意。笔者前文已经阐述了古代描写"女子"的诗从《诗经》《楚辞》开始,就有了细致如实的描写与"寓意"描写两种,对于女性的写实描写,在南朝"宫体诗"中达到顶峰并随之衰落,美女写实由诗而转到了"画"当中,所以唐代的"人物画"特别是描绘贵族气、闲散慵懒似的"仕女画"在周昉等人手中被发挥得淋漓尽致,而文学上的描绘相对来说已经衰落。直到晚唐五代时期,"词体"文学的出现,周昉式的女子形象才又一次出现在文学作品当中。我们看温庭筠等人

---

① [宋]高荷:《和山谷题李亮功家周昉画美人琴阮图》,《全宋诗》卷1264,第12443页。

② [宋]吴曾:《能改斋漫录》,北京:中华书局,1979年11月版。第317页。

的《花间集》作品,这种情况便会一目了然。在艺术上,内容轮换到不到载体,这是一个很值得玩味的事情。"词体文学"堪当了"美人"如实描绘的载体,如秦观的《南乡子》[①]:

> 妙手写徽真,水剪双眸点绛唇。疑是昔年窥宋玉,东邻,只露墙头一半身。往事已酸辛,谁记当年翠黛颦?尽道有些堪恨处,无情,任是无情也动人。

少游词以婉约见长,这首词若用画法之譬喻,可以说是画法上之"工笔",词中描绘了女子的"眸子""嘴唇""翠黛",甚至眼神等细节,也有"一半身"这样的整体描绘。一个清纯但略有心事的女子半身像跃然纸上。面对画上的美女,作者是动了情的,可惜堪恨的是,画上的女子却是无情的,即使这样,作者最后还是说,无情也是动人的!这是对画中女子难掩爱慕之情。

同样是"题画"。诗词文体不同,描写的方式、内容也有所不同。同一题材,不同文体所表达的思想感情迥然不同。在北宋人物画当中,"仕女画"相对于"山水画"相当于俗与雅的对应。正如《宣和画谱》所说,将"仕女"置于"丘壑间"变得高逸,这也说明北宋的人物画慢慢降为山水画地位之下。

以上是笔者对北宋题"人物类"题画词的分析。因部分内容当下学者已经做了比较完备的阐释,特只针对"佛教人物类""世人写真类""仕女画"三方面进行了阐释和探讨,尤其对"自我写真类""仕女类"题画诗与衣若芬教授进行了细微不同的商榷。

二、北宋山水类题画诗

笔者据《全宋诗》统计,北宋得山水题画诗计120人297首,在北宋题画诗中位居第一。根据文学史的常识,北宋前期诗歌以梅尧臣为主要代表人物,后期以苏轼为代表人物。观梅苏二人题画诗,二人相似之处在于都钟意山水画,梅的48首题画诗中有10首山水题画诗,苏轼的83首题画诗当中有29首题画诗。或言曰,题画诗词乃见其画而后诗之,梅苏二人是以眼见山水画多使然,答曰,非也!诚如所言,以眼见多推之,梅苏二人之交游,多为士大夫,则士大夫乐山乐水已有风气矣。为何独

---

① [宋]秦观:《南乡子·妙手写徽真》,《全宋词》第一册,第461页。

梅、苏二人最多？再者，审美的本质是主客观之统一，若视为美，则众人毁之我亦美之，反之亦然。某等无在梅苏左右，不可推断梅苏二人只是看见山水的绘画多推论为题画诗中的山水题画诗多，这是皮毛之论。吾之观点：梅苏二人于绘画，进行主观能动之审美，一言之，不是山水类绘画影响了苏、梅，而是苏、梅二人选择了山水类绘画，确切说是山水画之所以能在中国绘画史上大行其道，与北宋士大夫的审美推动是分不开的。也即中国的士大夫是中国绘画发展推动之中坚力量。中国绘画在北宋时期，渐渐出现了雅俗的变革。所谓雅的阶层指的是士大夫的审美阶层，所谓俗的是市民审美阶层。士大夫之绘画审美，雅者有三：群体之雅、内容之雅、变俗为雅。群体之雅，容易理解，北宋的士大夫除少数为恩荫之外，大部分由科举登第，掌握较高层次的道德与文化，故说群体之雅。内容之雅，北宋的士大夫们会选择带有文化因子较重的绘画题材——山水诗，关于山水诗的起源，我们较为确切的一个证据是与佛教有关。山水诗历经魏晋到唐，"山水"二字已积淀了浓厚的文化因子，已经有了"旷达""自然""朴实""隐逸"等审美内涵。这就无怪追求诗风平淡的梅尧臣与旷达人生审美的苏轼选择山水画了。变俗为雅，关于这一点，简单说即为士大夫对通俗题材绘画的雅化——变俗为雅。再论市民阶层，市民阶层之绘画审美，俗者亦有三：群体之俗、内容之俗、变雅为俗。群体之俗，不必多言，内容之俗可解释为民间对于绘画审美的实用性。实用性是民间绘画的首要目的。笔者是信奉艺术最直接的起源原因是实用的推动，观之上古岩刻壁画，无不与实用相关。实用可简单概括有二，一曰直接使用，二曰借助神灵。这便是民间绘画审美之特点——使用与祈求。关于民间绘画的使用，则以界画、样式图为代表，另外像经人伦、美教化的一些风俗画，也在北宋时期开始流行起来。关于民间绘画的祈求，以人物画论，民间人物画的代表为神灵。由于土生土长的道教与外域传来但被中国化的佛教影响，宋代间信奉神灵不比"鬼道愈炽"的魏晋逊色多少。最直接的例子便是门神、灶神等中国传统的仙道形象。"上天言好事、下界保平安"的灶王爷，便是民间绘画的一个重要消费项目。"二十四日交年，都人至夜请僧道看经，备酒果送神，烧合家替代钱纸，帖灶马于灶上。"[1] 司马光去世后，民间争购其像，有商人

---

[1] ［宋］孟元老：《东京梦华录》，北京：中华书局，1982 年 1 月第一版，第 249 页。

因卖光像而暴富,可见民间之需求与购买力。

笔者无意节外生枝探讨美术史之事,但要明确之一点,小到美术大到文化,雅与俗一直存在而且对立统一着。这在今天看来似乎平常,但在雅俗文化刚刚对立统一的北宋时期,这一方面表现尤为显著。之所以考察北宋民间绘画审美与士大夫阶层审美,是因为笔者要在这里申明笔者的一个观点:题画诗词对绘画起到了雅化的作用,如梅尧臣的《观杨之美盘车图》①一例:

> 谷口长松叶老瘦,涧畔古树身枯高。土山惨憺远复远,坡路曲折盘车劳。二车回正辕接轸,继下三车来嶾嶙。过桥已有一乘歇,解牛离轭童可哂。黄衫乌巾驱举鞭,经险就易将及前。毂轮傍侧辐可收,蹄角挽错卷箱联。古丝昏晦三尺绢,画此当是展子虔。坐中识别有公子,意思往往疑魏贤。子虔与贤皆妙笔,观玩磨灭穷岁年。涂丹抹青尚欺俗,旱龙雨日犹卖钱。是亦可以秘,疑亦不可捐。为君题卷尾,愿君世世传。

"盘车图"画作通常描写人力、畜力车辆行进于盘曲的山路间,或运粮、运货,或载人涉渡。北宋民间类似于"盘车图"的作品很多,百姓看到的是艰辛劳作的场景与生活之不易。但梅尧臣注重的却是图中的山石景物与作者身份。一幅表现民间的风俗画,虽然北宋以前已有之,但经梅尧臣题作后,变成了中国绘画作品中一个传统题材了,如紧随梅诗其后的欧阳修《盘车图》②、饶节的《题宗子赵明叔盘车图后》③。题材内容没变,但审美的对象发生了改变,甚至连宗室都参与此类绘画题材的创作,但他们的眼里很难有百姓观看此图生发的情感。但这也的确反映了题画诗词对绘画进行雅化的一个例证。

山水类题画诗在北宋成为题写的主要对象。绘画之于宋朝,尤其北宋,山水画乃第一位,人物画降到了次要地位。北宋绘画山水名家辈出,李成、范宽、郭熙、王诜等,都各成一家。山水诗乃诗人描写山水,山水画乃画者摹写山水。目前美术史公认的结论是山水画形成于"魏晋",准确地说是"晋",但文学史上比较一致的观点是山水诗也起源于"晋",山水诗与山水画几乎同时在一个时间段发生,这是一个值得关注的现象。这一部分笔者主要探讨山水诗与山水画之间的关系进而得出结论:

---

① 《全宋诗》卷257,第3203页。
② 《全宋诗》卷287,第3637页。
③ 《全宋诗》卷1287,第14590页。

北宋山水类题画诗的主要特征并非当下学人论述的"隐逸",而是笔者认为的"雅致"。本部分主要从两方面进行论述。

（一）山水诗与山水画之关系

关于山水诗,目前学术界的一致看法是起源南朝的谢灵运,如赵昌平《谢灵运与山水诗起源》①一文,认为山水诗是因谢诗而发,但其观点不认同谢灵运的山水诗成形是受玄言诗启发,认为和建安时的"行旅诗"相关。而日本学者高津孝认为,谢灵运是山水诗形成的推动者和定型者,但谢灵运山水诗乃至后世的山水诗发展都和佛教或中国化的佛教——禅宗分不开的,禅宗是山水诗发生发展的原动力②。两位学者实际从两个不同的角度阐释了山水诗的发生发展,赵文主要从诗歌内部演进角度,由"宴游诗""行役诗"里所表现出情感、"山水景色"因素等方面,说明魏晋以来,宴游诗和行旅诗（尤为后者）在"山水成分"的比重和描写的水准上,已远远超过今日所见的玄言诗与游仙诗,而成为谢灵运模写山水的基本形式,这就是中国山水诗发生的主要源头。"③日本学者高津孝则主要从魏晋时期佛教思想及中国化佛教——禅宗两方面观照"山水诗"的形成。以上两位学者在讨论"山水诗"形成的论述,虽角度不同,但对"山水诗"中包含的"隐遁""自然""清幽"甚至"失意"等因素,两位学者还是所见略同的。可见,"山水诗"在形成之时,便带有了"隐逸""自然"的标签。

关于山水画的起源,虽不能找到具体作品,但大抵时间与山水诗似乎同步——魏晋时期,魏晋时期,两篇论述山水的重要画论为顾恺之的《画云台山记》与宗炳的《画山水序》两篇文章④。其中宗炳的《画山水序》一文是评论山水画的首要之作⑤：

> 圣人以道心映照万物,贤者以虚怀体味万象。……夫圣人
> 以神法道而贤者通,山水以形媚道而仁者乐,不亦几乎? 且夫

---

① 赵昌平：《谢灵运与山水诗起源》,《中国社会科学》,1990 年 7 月。

② 具体内容可参看：高津孝：《科举与诗艺——宋代文学与士人社会》一书中《中国的山水诗和外界的认识》一节,王水照主编、潘世寿译,《日本宋学研究六人集》,上海：上海古籍出版社,2005 年 8 月版。

③ 赵昌平：《谢灵运与山水诗起源》,《中国社会科学》,1990 年 7 月。

④ 赵昌平：《谢灵运与山水诗起源》,《中国社会科学》,1990 年 7 月。

⑤ 王世襄：《中国画论研究》,北京：三联书店,2013 年 7 月版,第 19-20 页。

昆仑山之大,瞳子之小,迫目以寸,则其形莫睹;迥以数里,则可围于寸眸。诚由去之稍阔,则其见弥小。今张绡素以远映,则昆阆之形,可围于方寸之内。竖画三寸,当千仞之高;横墨数尺,体百里之远。于是闲居理气,拂觞鸣琴,披图幽对,坐究四荒,不违天励之藂,独应无人之野。峰岫峣嶷,云林森眇,圣贤映于绝代,万趣融其神思,余复何为哉?畅神而已。神之所畅,孰有先焉?

从以上引文中,我们可以看出,宗炳至少在三个方面论述山水画,首先,宗炳认为,山水有灵性,与人的精神相互感应,这反映了这一时期,作为自然景物的山水已经和人的情感建立起了联系。其次,宗炳根据自己绘画的经验,提出了以小见大、远近结合等山水画的绘画方法,最后,宗炳认为,绘画后的"畅神"与观自然山水时的"澄怀味象"一样,绘画中的山水和自然中的山水达到了同样的情感效果。

"山水诗"与"山水画"虽属不同文艺类别,但如果发展以时间而言,"山水画"的发展、完备应大大晚于"山水诗"的发展。张彦远在《历代名画记·论画山水树石》中说:

魏晋以将,名迹在人间者见之矣,其画山水,则群峰之势,若钿饰犀栉,或水不容泛,或人大于山,率皆附以树石,映带其地,列植之状,则若伸臂布指。[①]

由爱宾的文字可以看出,"山水画"在魏晋的发展刚刚起步,"水不容泛""人大于山"的拙初之气明显。从各自的艺术发展进程和完备程度来看,"山水画"的发展落后于"山水诗"。

通过以上文字,我们对山水诗与山水画有了比较清晰的认知:其一,"山水诗"与"山水画"都发源于魏晋,"山水诗"具有"隐逸""羁旅之思"等审美情趣和文化内涵;其二,"山水诗"与"山水画"发展速度并非同步、一致的,"山水诗"的发展远远超过"山水画"的发展。

(二)"隐逸"不可为北宋山水类题画诗之特征

宗炳对于山水画的观点在北宋时期得到了认可和加强,郭熙、郭思父子的《林泉高致·山水训》有言:

---

① [唐]张彦远:《历代名画记》,杭州:浙江人民美术出版社,2011年12月版,第18页。

君子之所以爱夫山水者，其旨安在？丘园，养素所常处也；泉石，啸傲所常乐也；渔樵，隐逸所常适也；猿鹤，飞鸣所常亲也。尘嚣缰锁，此人情所常厌也。烟霞仙圣，此人情所常愿而不得见也。直以太平盛日，君亲之心两隆，苟洁一身出处，节义斯系，岂仁人高蹈远引，为离世绝俗之行，而必与箕颍埒素黄绮同芳哉！白驹之诗，紫芝之咏，皆不得已而长往者也。然则林泉之志，烟霞之侣，梦寐在焉，耳目断绝，今得妙手郁然出之，不下堂筵，坐穷泉壑，猿声鸟啼依约在耳，山光水色滉漾夺目，此岂不快人意，实获我心哉，此世之所以贵夫画山之本意也。①

上面文字，主要传达了一个十分重要的信息——"不常"与"不得"，"山水"带有"常处""常乐""常适""常亲"性质，但处处说"常"是为了突出人生"不常"，"不乐""不得"或因人生奔波或因仕途所致，文中所说是指仕途、人事的烦扰，让士大夫无暇于登临山水，北宋的士大夫们醉心于山水，却因为各种原因"不得见"，于是"得妙手郁然出之"。

江山寥落，居然有万里之势；老夫发白，对此使人慨然。得古道者以为逃入空虚无人之境，见此似者而喜。自心既以为形役，奚不惆怅独悲？会当摩挲双井之岩间、苔石告以此意。②

看来，北宋的时期的山水画大部分不是士大夫所为而是由画工完成。这个很重要的信息却被当下很多研究题画诗的学者忽略，我们在论述北宋或者宋代山水类题画诗的时候，总是能够轻而易举地"找到"山水类题画诗的特点，诸如用"隐逸""山林之思""羁旅之思""思乡之愁"等词语去概括这类题画诗的"特点"，笔者认为，这样的词语不能完全概括山水类题画诗的特征。原因是如本节上文所说，山水诗本身具有"隐逸""羁旅之思"等文学因子都是"不得"或"不常"而来，山水类题画诗遗传了这些因子，与其说这是北宋山水类题画诗的特点，不若说这是中国自唐宋以来所有此类题画诗的特征。正因为"山水"与"山水诗"带有"隐逸""羁旅之思"的因子，已经成为题画诗主体——士大夫们创作时的潜意识志趣与审美倾向。北宋的"士大夫"们醉心山水的态度和"隐

---

① ［宋］郭熙，郭思：《林泉高致·山水训》，转引自俞剑华编著：《中国历代画论大观》第二编，南京：江苏凤凰美术出版社，2016年9月版，第40页。
② ［宋］黄庭坚：《跋画山水图》，王云五主编：《山谷题跋》卷三，北京：商务印书馆，第28页。

逸"等志趣的审美倾向直接影响了画工的绘画创作,士大夫与画工两个群体在北宋时期达到了完美的默契和统一,山水画与题山水画诗两种艺术形式在北宋时期达到完美统一。

（三）"雅化"——北宋山水类题画诗之最大特征

1.宏观上看山水类题画诗的雅化

第一,山水画家自身的雅化。北宋的绘画历经五代的荆、关、董、巨到宋,蔚为大观。根据通行的绘画史来看,北宋的绘画基本分为两个阶段,北宋前期以李成、范宽、许道宁为代表,画风雄武,绘画景物讲求平远,有一泻千里、尽收眼底之妙。李成山水"气象萧疏,燕林清旷,好峰颖脱,墨法精微"①、范宽"峰峦浑厚,势状雄强,枪(抢)笔俱匀,人屋皆质"②,有画史谓之北宋前期绘画是"北派"风格,北宋后期山水以郭熙、王诜、米氏父子为代表。这一时期的特点是,绘画作者非公卿大夫即或供职于朝廷。如郭熙,在神宗时受礼遇二十余年,作为职业画家不仅画作多产,且能与画中有"诗画合一"的理论,非常难能可贵。王诜以驸马的显赫身份,与苏轼等元祐文人交往密切,其作品既能在绘画上独树一帜,又有"墨戏"成分,符合文人画精髓,米氏父子的"墨戏云山"促成了文人画风的真正形成。北宋的山水画发展可以说也是一个雅化的过程。北宋前期的画家如李成、范宽都为宫廷外画家,其画风造景写意,有秀逸之气。后期如郭熙为宫廷画工,王诜为皇室成员,米氏父子都为宫廷绘画服务,其他如赵令穰为宗室等。"山水画"发展至北宋,可以说已经"众体兼备",后世或师从或创新,但都离不开北宋"山水"的基础。北宋山水画的发展,经历了由宫廷外向宫廷内的发展过程,这本身就是一个雅化的过程。"山水画"发展至北宋而大兴,引起士大夫的注意,引起题咏的风尚。可以说"山水画"本身及具有"雅"的因素。

第二,画工与题画诗人志趣相投的结果。北宋所题画家,除宗炳、王维、李思训等少数前代作家外,大部分作家为北宋时期的"当世"画家。

嵩阳三十六峰寒,向为明时隐遁难。却顾事繁思不及,如

---

① ［宋］郭若虚:《图画见闻志》,转引自俞剑华编著:《中国历代画论大观》第二编,南京:江苏凤凰美术出版社,2016年9月版,第20页。
② ［宋］郭若虚:《图画见闻志》,转引自俞剑华编著:《中国历代画论大观》第二编,南京:江苏凤凰美术出版社,2016年9月版,第20页。

何与作画图看。①

张咏(946—1015),字复之,号乖崖,谥号忠定,濮州鄄城(今山东菏泽)人。太平兴国年间进士,累擢枢密直学士。真宗时官至礼部尚书,历太宗、真宗两朝,人品与吏治得到过苏轼等人的赞美。笔者选这首诗,一方面想说明,在北宋时期,民间画工因为要服务士大夫和宫廷阶层,雅化倾向明显。另一方面想说明的是关于这首诗的解读:"三十六峰"为嵩山风景,这是人尽皆知的,"寒"字说明作者想要的是应该不是"设色"山水。全诗只有这一句是对画工提出的绘画要求,其余三句都是在说明请人作画的原因,"隐遁"一词具有极大迷惑性,其实这里张咏并非想要隐遁,为何呢?因为所遇"明时",加之"事繁""思不及"等原因,要求画工创作一幅"三十六峰"整体嵩山景色,当然格调要有林泉高致。这非常符合《林泉高致》里所说的士大夫忙于事务,无暇山水,便以画愉悦耳目的雅致生活状态。我们不能因为"诗中"出现"隐遁"的字样就断定作者一定有"隐逸"之思。这是笔者反复强调和说明的。

此外,宫廷画院的画家由于直接服务于宫廷,不能仅具有技艺,还要有一定的文化储备,对文化素质要求较高。绘画时讲求章法,题材讲求寓意,这促成了文人对于绘画中法度的认识,此外前文提到的李公麟、米芾、苏轼等都是诗人而兼绘画的。

2. 微观上看山水类题画诗的雅化

从微观的角度去考察山水类题画诗对象的载体,我们会发现,此类题画诗载体以石屏、屏风、扇子、卷轴等居多。这类物品都是和士大夫平时的生活密切相关,特别是屏风、扇子已经成为士大夫平时生活的一部分,卷轴相对于屏风、幛子来说,更容易把玩和鉴赏,这些无不显示其雅致的倾向。

当我们微观去观照北宋300余首题山水画诗的时候,我们发现一个重要特征,即北宋的题山水类诗歌中,除了少部分地图以外,无论是山水幛子还是房厅壁画,无论挂轴与横轴,都以水墨山水画为主。山水画为我国传统绘画之首,而水墨山水画乃是山水画中的首中之首。即使有设色山水,作者在题画诗中的描绘也全然不在色彩上。如苏轼的《书王定国所藏王晋卿画著色山水二首》:

白发四老人,何曾在商颜。烦君纸上影,照我胸中山。山

---

① [宋]张咏:《请人画嵩山图》,《全宋诗》卷51,第550页。

中亦何有,木老土石顽。正赖天日光,涧谷纷斓斑。我心空无物,斯文定何间。君看古井水,万象自往还。君归岭北初逢雪,我亦江南五见春。寄语风流王武子,三人俱是识山人。[①]

首先,该诗并未涉及任何色彩问题,而且该诗与画亦不粘。笔者前文提及,王诜一共画了两幅《烟江叠嶂图》,一幅给了王定国,另一幅是看到苏轼的题画诗后,专门画给苏轼的,而且不设色。这在前文已经说明。《烟江叠嶂图》在宣和年间被收藏于内府,徽宗评为第一,历经时代辗转,现收藏于上海博物馆,该画意境朦胧,构图平远,尤其是不设色的水墨本,更加疏远有致。

诗人崇尚笔墨山水,其中一个重要原因是水墨山水画的媒介与诗、书一致,诗人有一种天然的亲近感。水墨山水在唐代以王维为代表,王维作为唐代诗人,在人格魅力方面对宋人影响极大,这也是山水类题画诗钟爱王维的重要原因。当然,宋人所看到的王维的绘画作品是否为真,那是另外的问题,与拙文问题较远,不做论述,具体可参看米芾《画史》等文章。笔墨山水相对于设色山水而言,多用皴法,线条相对稳定。加之北宋中后期,以苏轼为首的"文人画"兴起,相对于诗人们就更加注重和倾向水墨山水了。

山水类题画诗的对象除了倾向水墨山水外,对平远构图的作品更加情有独钟。"三远"之法由郭熙提出:"山有三远:自山下而仰山巅谓之高远;自山前而窥山后谓之深远;自近山而望远山谓之平远。高远之色清明,深远之色重晦,平远之色有明有晦。高远之势突兀,深远之意重叠,平远之意冲融而缥缥缈缈。其人物之在三远也,高远者明了,深远者细碎,平远者冲淡。"[②]郭熙根据自己的创作时间,提出"三远"之法,"平远"者,"有明有晦""缥缥缈缈",最主要的特征是"冲淡","平远"山水,因观看时适合纵览,容易引发"诗兴",如苏轼的《郭熙秋山平远》:

目尽孤鸿落照边,遥知风雨不同川。此间有句无人见,送与襄阳孟浩然。木落骚人已怨秋,不堪平远发诗愁。要看万壑争流处,他日终烦顾虎头。[③]

北宋的山水类题画诗,若从题画诗的字面去解读,几乎每首都有

---

① 《全宋诗》卷813,第9412页。
② [宋]郭熙,郭思:《林泉高致集》,转引自俞剑华编著:《中国历代画论大观》第二编,南京:江苏凤凰美术出版社,2016年9月版,第51页。
③ 《全宋诗》卷812,第9397页。

"山林之思",这容易让解读者认为山水类题画诗具有"隐逸"的审美倾向,但当我们考察欧阳修、王安石、苏轼兄弟等人的人生过程时,我们发现,"隐逸"并不是他们对生活真实的态度。我们常说宋诗具有散文化的倾向,唐诗偏重抒情,散文则负责"载道",可这种诗文的界限到了宋代似乎被打破了,宋诗尤其是北宋诗歌的散文化倾向,北宋的诗极其具有哲理性、思辨性的特征。由于山水诗的沉淀及传承,当作者面对山水画时,自然一种"向往自然"的态度。这种态度并不是作者的真实心理而是一种创作时的态度,即非生活的、真实的而是创作的、有意为之的。试想,北宋中后期外虽有辽金之患,内有变法、党派之争,但整体上仍是承平阶段,士大夫之间的关系如苏轼、王安石、欧阳修、司马光之间,其私下关系并非龌龊。这是许多人提及过的事情,故不展开论述。由于北宋题写者追求的雅致生活态度,反映到题画诗尤其是山水类题画诗上也体现出一种"雅致"的精神,而非诗面意义上的"隐逸"。

三、北宋花鸟类题画诗

北宋花鸟类绘画大致经历两种路线发展,一派以黄筌、徐熙为代表的宫廷花鸟派,该派重视写生,在绘画技艺方面颇有建树,至徽宗时发展至顶峰,多描绘宫中珍禽异草。另一派以苏轼、文同为代表的"墨竹"派和以华光为首的"墨梅"派,即后世所说的"墨戏"。

笔者在统计的时候,考察北宋花鸟类题画诗,共79人152题,从单题的数量来看,排名前五位的是黄庭坚14首,释德洪11首,宋徽宗11首,苏轼5首,梅尧臣、文同各4首。从题用对象来看,排名前三位的是墨竹、梅共计80首,占全部此类题画诗的半壁江山,其次是雁21首,鹤11首,鹭6首,牡丹6首。所题画家涉及宫廷画家如黄筌、徐熙、崔白等,画僧华光、妙高等,文人画家苏轼、文同等,此外还有如"雍秀才"等画工。

《宣和画谱·花鸟叙论》说:"……故花之于牡丹、芍药、禽之于鸾凤、孔雀,必使之富贵,而松竹梅菊,鸥鹭雁鹜,必见之悠闲,至于鹤之轩昂,鹰隼之击搏,杨柳梧桐之扶疏风流,乔松、古柏之岁寒磊落;展张于图绘,有以兴起人之意者,率能夺造化而移精神遐想,若登临揽物之有德也"[1]。

---

① 《宣和画谱》,转引自俞剑华编著:《中国历代画论大观》第二编,南京:江苏凤凰美术出版社,2016年9月版,第120页。

《宣和画谱》因表现出皇室特别是徽宗朝审美倾向明显,或曰作者为宋徽宗,但早已证伪,虽然不著姓名,但书中观点却代表了宣和年间的审美倾向和绘画标准,故本书时时引用,阅读所引文字,当注意两点。第一,所谓花鸟类绘画之重点在画外之意,如鸾凤、孔雀与花中牡丹等代表富贵,而梅、竹与鸥鹭则象征悠闲。第二,花鸟类绘画能"夺造化""移精神""若登临揽物"。这是从"形似"的角度去观照花鸟绘画。如果考察后人对黄筌、徐熙、赵昌、崔白等的评论及绘画特点,诸位画家虽侧重点不同,但都十分注重"写生",绘画中讲求"形似","形似"是花鸟类绘画的重要原则之一。虽然"徐黄二体"历来评价不同,但以"富贵""野逸"二词区分,似不准确。同理,绘画尤其是花鸟类绘画讲求"形似"也无可挑剔,所从事绘画的人十分明白这个道理。从绘画角度看,"花鸟"类属于"具象"绘画,"形似"为第一基础,在"形似"的基础上而能"神似"才是上等。在"花鸟"画中所谓的"神"也包含两层含义:第一层,从绘画者的角度来说,"神"指的是绘画对象的"神态";第二层,从观察者、题画诗作者的角度来看,"神"一是指"神采",二是长期文化积淀所蕴含的"象外之旨",如"鹤"的高逸、"雁"的高远、"鸥鹭"的闲适、"梅花"的"消息"与顾影自怜等。第一层意常与绘画技巧相关联,第二层意常与"思想"关联。这也是该类题画诗所蕴含的两种思想倾向。所以,在如"登临揽物"的观察绘画过程中,一是"形似"的具体画面的审美感受,一是由"画面"而达到的一种"意象"式的审美感受。简单论述如下:

第一,单纯的"形似"审美。单纯的美术审美体验,主要从画面、技法等角度题咏。如宋徽宗的《题芙蓉锦鸡图》:

> 秋劲拒霜盛,峨冠锦羽鸡。已知全五德,安逸胜凫鹥。①

该诗配合画面,极富美感,后两句说出了宫廷绘花鸟类绘画的特点之一——"比德"性质,借花鸟表达祥瑞,宣扬太平盛世。观察流传至今的《芙蓉锦鸡图》及黄筌等人的宫廷绘画作品来看,"形似"的影子非常明显。如文同的《黄筌鹊雏》:

> 短羽已褵襹,弱胫方尨茸。母也向何处,开口犹仰食。②

该诗短小,但用字极其准确,反映了作者观察之仔细,"短羽""弱胫"都指向"雏"的状态,这是描写"形似"的画面,"开口""仰食",文

---

① 《全宋诗》卷1495,第17069页。
② 《全宋诗》卷449,第5540页。

同用两个动词非常"传神"地描绘出了他观察到的画面的"神似",这是笔者所说的第一种"形似"的审美,但真正的重点还是"神似",即"神似"或"神采",花鸟类绘画的"神似"进一步说就是在绘画的过程中体现出"活"的"神似",所以,这类题画诗多用"动词",如文同的《李生画鹤》等作品。

第二,"意象"式的审美。"意象"式审美是在观"形"的基础上,探讨"形"外之意。中国古典诗歌以"意象"取胜,发展到宋代形成了完整的"意象"词汇,已经完全为诗人掌握,特别是对于"咏物诗",宋人要求要发现"物"外之趣。这从梅尧臣时期就已经得到体现。梅尧臣有题画诗《观居宁虫草》[①]:

> 古人画虎鹄,尚类狗与鹜。今看画羽虫,形意两俱足。行者势若去,飞者翻若逐。拒者如举臂,鸣者如动腹。跃者趯其股,顾者注其目。乃知造物灵,未抵毫端速。毗陵多画工,图写空盈辐。宁公实神授,坐使群辈伏。草根有纤意,醉墨得已熟。权豪不可致,节行今仍独。

梅尧臣该诗睹"画"状写如在眼前,使我们能够感受到画中"草虫"的逼真。但这不是"意象"式的审美,梅在《答韩三子华、韩五持国、韩六玉汝见赠述诗》[②]说:

> 圣人于诗言,曾不专其中。因事有所激,因物兴以通。自下而磨上,是之谓国风。雅章及颂篇,刺美亦道同。不独识鸟兽,而为文字工。屈原作离骚,自哀其志穷。愤世嫉邪意,寄在草木虫。迩来道颇丧,有作皆言空。烟云写形象,葩卉咏青红。人事极谀谄,引古称辨雄。……

考察梅尧臣的两首诗,《观居宁草虫》一诗形容备至,强调的是"形意两具足",梅尧臣此诗中的"意"应该是指的是逼真的"神态",是前文说的"形似"的审美。

第二首诗强调的是"愤世嫉邪意,寄在草木虫",说作品要承绪风、骚的比兴传统,不可空言。梅在此诗中说了一个重要的前提:"因事有所激,因物兴以通。"显然,面对花鸟类绘画明显应该归入"物"的范畴,按照梅的要求,此类题画诗应该进行"意象"式的审美。虽然前贤、时人

---

① 《全宋诗》卷245,第2835页。
② 《全宋诗》卷247,第2884页。

对"意象"的阐释各有不同,但"意象"所包含的"比兴",应是各家都赞同的。所以,在花鸟类题画诗的"意象"审美与诗歌理论和要求最近,也是花鸟类题画诗所表现最多的内容。

由此可见,"比兴"是花鸟类题画诗最重要的特征,在诗人的笔下,花草易衰借以表达岁月易逝的伤感,"雁""鹤""鸥鹭"等都在题画诗的表现中,含有"比兴",含有"象外之旨"。如林逋的《闵上人以鹭鸶二轴为寄因成二韵》①的"虚堂隐几时悬看,增得沧洲趣更深",读来颇有意味。

在花鸟类题画诗当中,因绘画的对象为"具象",所以此类题画诗对"形似"十分关注,又由于"意象"的审美和诗歌比兴传统等因素,这类题画诗都寻求"象外之旨"。

此外,介于山水、花鸟之间的一种题材为梅、竹、枯木等,因多用水墨而成,作者多以士大夫为主,间以佛道方外人士,美术史上将前者称为"文人画"或"墨戏",关于文人画的起源界定等问题,笔者不想多涉笔墨,对文人画概括较为全面的是近代陈师曾先生,在其《中国绘画史》一书附录一篇文章——《文人画之价值》②,该篇文章对"文人画"做了界定并指出文人画的四要素:"第一人品,第二学问,第三才情,第四思想。"③"墨竹"唐已有之,"墨梅"则有宋始见,以释门华光最为用力。据说墨梅、墨竹都是华光月下观梅悟出墨梅画法,墨竹据说也是月下观竹影而得悟。"月"下观梅、竹之姿而得绘画之法,殊不可信,或附会言墨竹、梅绘画之清幽意境也。

梅、竹本有颜色,然以墨写之,正如山水之四时可集于一幅,不必追求颜色如何,看似不追求"形似",但以墨传写后,使人观之又必一眼看出是梅、是竹。这又要求要做到"形似",如苏轼之墨竹虽无节,但竹之势、竹之叶却"形似",如华光、妙高墨梅,虽墨色但梅之枝丫、着枝之花却"形似"。笔者认为,题墨梅、竹类题画诗着重描写两个方面或可说是题写墨梅、竹的范式——"摹形重意"。描摹其"形"更重其"意"。以题

① 《全宋诗》卷108,第1227页,另外需要说明的是本诗中的"沧洲"一词,此处"沧洲"指的是水中的高地、小洲,也出自杜甫的所谓"沧洲趣"指的是一种乐山乐水的闲适、清逸状态,"沧洲"一词历经谢朓、杜甫、刘长卿等人诗歌运用,又有"隐士之居"的含义。很多书中把"沧洲"写作"沧州",意思南辕北辙。
② 陈师曾:《中国绘画史》,北京:中华书局,2014年1月版,第121–127页。
③ 陈师曾:《中国绘画史》,北京:中华书局,2014年1月版,第127页。

咏墨竹而论,在北宋初期石延年、梅尧臣、欧阳修、司马光等人的笔下已然有之,如梅尧臣的题《墨竹》①:

> 许有卢娘能画竹,重抹细拖神且速。如将石上萧萧枝,生向笔间天意足。战叶斜尖点映间,透势虚泰断还续。粉节中心岂可知,淡墨分明在君目。

如司马光的《吴冲卿直舍净土安画墨竹歌》②:

> 阖生画竹旧所闻,望中一见遥可分。伊予不甚少佳画,犹爱气骨高出群。狂枝怒叶凌绢素,势若飞动争纷纭。蟠根数节出地度,上有积年苍藓纹。森然直干忽孤耸,意恐出屋排浮云。秋风飒飒生左右,耳目洒落遗尘氛。乃知良工自神解,昧者做习徒艰勤。

以上选取梅尧臣、欧阳修两首诗,可见墨竹不独文人所作,歌伎亦可为之,题咏描摹不离竹之"形",但最后诗的结尾着重的"意"重点在于"竹"从魏晋"竹林七贤"以来就形成的高雅、淡泊之气。此后文同、苏轼等人的墨竹及华光墨梅出现,在"形似"的基础上变化梅、竹之态,以"文人"的理解对竹、梅适当"变形"写出,在苏轼、华光之后,墨梅、竹更加注重写"意",与之相对应的题画诗,也由关注"形神"渐渐趋向写"神"了。

"摹形重意"的范式到了苏黄手中,由于其艺术倾向,慢慢变成"舍形重人",墨梅、竹到了苏轼等人的手里,将竹、梅历史而来的"比德"传统,慢慢变成了"兴德"的传统。由"比"而"兴",即使诗歌内质要求的必然,也是题画诗词雅化的一个明显特征。具体表现是就是"梅、竹"与人的关系更近了,或者说直接以人代"梅、竹"。东坡以文章余事作墨戏,如墨竹、枯木、松石等,又由于东坡本人艺术悟性极高,故所作竹、松更注重"神似"而离"形似"又远,与此同步的是苏轼的一些题墨竹类的题画诗。在梅竹的题画诗中,苏轼最大的特点是他并未对画面的"形似"有过多在意和解读,但对绘画的作者的人品及"墨竹"的品质进行抒发,对画面意思着笔较少。苏轼在《书晁补之所藏与可画竹》③一诗中说:

> 与可画竹时,见竹不见人。岂独不见人,嗒然遗其身。其身与竹化,无穷出清新。庄周世无有,谁知此凝神。

---

① 《全宋诗》卷246,第2874页。
② 《全宋诗》卷498,第6019页。
③ 《全宋诗》卷812,9394页。

黄庭坚《画墨竹赞》[①]：

> 人有岁寒心,乃有岁寒节。何能貌不枯,虚心听霜雪。

苏轼在诗中说明了文与可在画竹时的一种创作状态——物我两忘的状态,把情感、思想完全与"竹"融合,画竹如"人"之情感、思想等。文与可画竹时"物我两忘",眼中只有"竹",是"见竹不见人"。

苏轼、黄庭坚等人观"墨竹"是"见人不见竹"。这是"摹形重意"范式的继续：不多笔于画面,而着墨于绘画之人,从画面当中感悟绘画作者的人格魅力等,也就是陈师曾所说的"文人画"四要素。在题写时,观画者与绘画者进行心灵的沟通而达到精神的愉悦和思想的碰撞。绘画者"忘我"、题写者"见画如人",绘画者以"竹"寓情,题写者缘"竹"而"见人"。两方面情感都通过"竹"而传递,这使"绘画"成了情感、思想传递的媒介,这便是"文人画"的题写范式,一言之,"文人画"类题画诗注重阐发思想和情感或者绘画者的人格。进一步说,这种范式可概括为"观者—题画文学—思想"。在此类题写范式中,绘画作品本身似乎已被渐渐忽略,这是研究此类题画诗应该注重的现象。随着时间的影响,元明清的绘画几乎为文人画取代,因此,该范式成了宋元以后的题写范式。题画文学越来越不关心其绘画作品本身,大多进行思想之感发,这是研究题画文学应该注重的重要现象。以前学人探究苏轼的题画诗,尤其是题"墨竹"类题画诗多从解析苏轼的"画论"思想着笔,而对苏轼题画诗本身的题写范式却多有忽视,这是应该注意的。

四、北宋畜兽类题画诗

笔者考察北宋题画诗,以"马""牛""猿""虎"等为统计对象,得此类题画诗共 98 首,其中题写最多的是"马",近 80 首。题写最多的是李公麟的作品。值得一提的是,前文所引郭若虚《图画见闻志》在"论古今优劣"部分认为北宋的"牛马"是"今不如古",认为无论是"气韵"还是"骨法"都不能与前代相比;《宣和画谱》在"畜兽叙论"中"牛马"中不推举李公麟,对"包虎"也认为"野而俗"。周密在《齐东野语》卷十四"馆阁观画"条[②]提到了苏轼的"竹石"、文与可的"画"、胡环的"马",周密说自己"通阅一百六十余卷",但没提到李公麟,同书卷六"绍兴迁

---

① 　《全宋诗》卷 1023,11696 页。
② 　[宋]周密：《齐东野语》,北京,中华书局,2008 年 2 月第四版,249-252 页。

腐书画式"条说:"思陵妙悟八法,留神古雅……访求法书古画,不遗余力……故四方争以奉上无虚日,后又于榷场购北方遗失之物……故绍兴内府所藏,不减宣政"①,在本条中周密提到了苏轼、黄庭坚、米芾、蔡襄等人的书画,但也没提到李公麟。

李公麟的"马图"被后世公认直接可以和唐人比肩,其代表作品为《临韦偃牧放图》,整幅画卷有马1300百余匹,人物140余位。李公麟为人学识渊博,与苏轼、黄庭坚等人友善,笔者揣度,之所以李公麟被众人题咏,和苏黄等人的推举分不开。

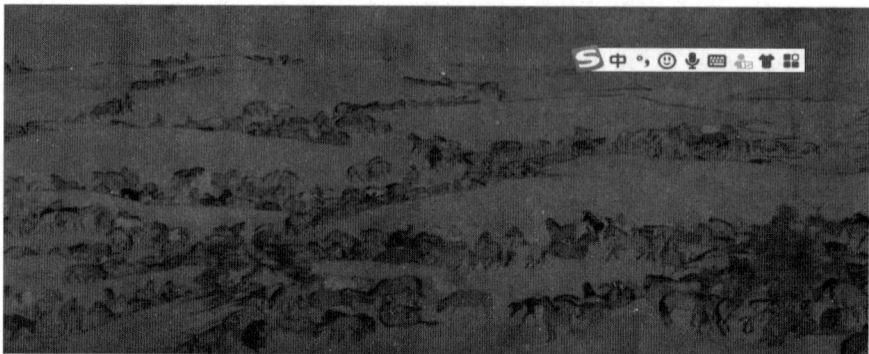

图2-3 李公麟《临韦偃牧放图》,设色,纵:46.2cm,横:429.8cm,北京故宫博物院藏

此类题画诗在北宋初期,一般多留意于画面意思,倾向于鉴赏,观"虎"等图多描写威严、凶猛之势,观马图则大都是描绘画中"马"的奔腾之形,如梅尧臣的《观史氏画马图》②诗:

谁缝冰纨十二幅,画出胡马一百蹄。胡人纵猎走且射,野牛骇怒头角低。黄骢铁骝白的颡,散作五花毛不齐。弯弓未发箭在手,二十五匹兵争西。往闻胡环能画马,阴山七骑皆戎奚。或牵或立或仰视,闲暇意思如鸣嘶。风吹裘带旗脚展,沙草一向寒凄迷。凤饼挈酒鞍挂获,穹庐毳帐半隐堤。君之二图诚亦好,若比环笔犹云泥。

"胡环"为辽代画家,善画马,得到宋人认可,该诗中,梅尧臣似乎对所观之画不大留意,诗中有一大半篇幅在讲述自己看到"胡环马"的倾向,诗中最后两句提出自己的鉴赏观点。

此类题画诗至苏轼之时情形发生了一些改变,苏轼能讲人生寓意于

① [宋]周密:《齐东野语》,北京:中华书局,2008年2月第四版,第93-102页。
② 《全宋诗》卷253,第3036页。

观画当中,如《戏书李伯时画御马好头赤》①诗:

> 山西战马饥无肉,夜嚼长稭如嚼竹。蹄间三丈是徐行,不信天山有坑谷。岂如厩马好头赤,立仗归来卧斜日。莫教优孟卜葬地,厚衣薪樆入铜历。

苏轼在诗中说,战马不畏路险,长途跋涉,但所食草料平平,一旦战事结束,回到朝廷,天天无所事事,最后落得被杀吃肉的境地。苏轼的"由马及人"的思想,实是题画诗发展之重要转折,由画及人生感悟,寓理、议论于绘画当中,开启了后世题咏法门,只可惜后人才疏学浅,只得坡公皮毛。如张耒的《读苏子瞻韩干马图诗》②诗:

> 我虽不见韩干马,一读公诗如见者。韩生画马常苦肥,肉中藏骨以为奇。开元有臣善司牧,四十万匹屯山谷。养之罕用食之丰,力不曾施空长肉。韩生图像无乃然,我谓韩生巧未全,君不见昔时骐骥人未得,饥守盐车惟有骨。昂藏不受尘土侵,伯乐未来空伫立。骐骥乏食肉常臞,韩生不写瘦马驹。谁能为骥传之图,不如凡马饱青刍。

张耒在该诗中除了说出苏轼题画诗的描写精确外,重点和苏轼一样,由"马"及人生思考,由"马"喻"人",使题画诗"诗格"更高。

本节重点论述了人物、山水、花鸟及畜兽四类题画诗,虽分类不同,但大致可以看出题画诗不断雅化的倾向。尤其是北宋中后期,文人画兴起之后,题画诗中渐渐脱离了技法而论画理,此种题写方式以苏轼为代表,是杜甫"全不粘于画"的进一步深化,无论山水还是花鸟都是由"比"到"兴",由"画"及"人",形成崇理而雅化的题写范式。南宋以后的题画诗词几乎都是按照此范式发展的。

第三节 北宋题画词

笔者统计,北宋的题画词数量不多,只有作者 17 人,题画词 24 首。其中题写人物 5 首,山水 10 首,墨竹、梅 7 首,其他 2 首。作者主要集中在北宋后期特别是两宋之交,"苏门"群体题画词创作数量很少,题画词

---

① 《全宋诗》卷 813,9407 页。
② 《全宋诗》卷 1164, 第 13131 页。

内容主要集中山水和墨戏。笔者根据以上统计资料,作简略分析如下。

一、题画词与"词体雅化"的关系

词体文学自晚唐五代开始,一以《花间集》温、韦为代表的香软词风,一以南唐二主为代表的江南清丽词风,一则以俗,一则以雅。发展至宋初,两种词风慢慢融合,晏殊、晏几道、张先将小令发展至极致。词体文学发展至柳永,他把词之"要眇宜修""本色当行"发展至极致,世人以"俗词"视之,但因一生致力于词的创作,成为北宋乃至古代着力为词的第一人。后苏轼"以诗为词"将词体文学进行雅化,至此"词"成为与"诗"地位同等的士大夫写作载体。关于题画词的研究,早在90年代就有学者涉足①。其后不断有期刊论文和硕士论文发表②。关于宋代题画词的研究,涉及"第一首题画词""宋代题画词分期"以及题画词的内容、审美特征等问题,研究范围的广度及深度都有了不断地提高,为笔者写作该节提供了学术资料支持。笔者在绪论部分已经对题画词研究提出学术思路及设计,本节不再就宋代题画词分期等问题进行过多论述,具体可参看文本的绪论部分。词体文学发展至北宋中后期,特别是经过苏轼等人的"雅化"后,词体文学获得与诗、文同样的文学地位进而对绘画发生关联③。

根据笔者的统计,北宋题画词的题写内容最多的是山水类,占北宋题画词数量一半左右。如俞紫芝的《临江仙》(题清溪图),俞紫芝(?—1086),字秀老,金华(今属浙江)人,寓居扬州(今属江苏)。俞紫芝的诗修洁丰整,意境高远,气质不凡。俞紫芝的《临江仙》(题清溪图)④如下:

> 弄水亭前千万景,登临不忍空回。水轻墨澹写蓬莱。莫教世眼,容易洗尘埃。收去雨昏都不见,展时还似云开。先生高趣更多才。人人尽道,小杜却重来。

"弄水亭"为晚唐杜牧所建,取自太白诗:"牵引条上儿,饮弄水中

---

① 马兴荣:《论题画词》,《抚州师专学报》1997年第2期。
② 硕士论文如苗贵松:《宋代题画词述论》,贵州大学,2004年;吴文治:《宋代题画词论说》,河北大学,2005年。
③ 此处说的关联并非指"第一首题画词"而是指词与绘画大范围接触,成为题画文体的一部分。
④ 唐圭璋主编:《全宋词》第一册,北京:中华书局,2013年7月版,第209页。

月。"杜牧有《题池州弄水亭》《春末题池州弄水亭》二诗,从俞词"小杜却重来"一句也可以看出,此词所描绘的"清溪"就是安徽池州的清溪。此画上多有题跋,"水轻墨澹写蓬莱"一句,说明该画应是水墨而成,与词牌《临江仙》相应,使小词显得清雅高丽。

在北宋题画词当中,排名第二位的便是题写墨竹、墨梅之词。该类画非画工擅长,多为文人墨客所作,又称为"墨戏",以墨写成,不求形似。《宣和画谱·墨竹绪论》:

> 绘事之求形似,舍丹青朱黄铅粉则失之,是岂知画之贵乎有笔,不在夫丹青朱黄铅粉之工也。故有以淡墨挥扫,整整斜斜,不专于形似而独得于象外者,往往不出于画史而多出于词人墨卿之所作。[①]

墨梅、竹不求形似,表达"象外"之旨趣,这一点在题画词里有更好的体现。如苏轼的《定风波》(题墨竹)[②]:

> 雨洗娟娟嫩叶光。风吹细细绿筠香。秀色乱侵书帙晚。帘卷。清阴微过酒尊凉。人画竹身肥拥肿。何用。先生落笔胜萧郎。记得小轩岑寂夜。廊下。月和疏影上东墙。

该词为"集句词",即集前贤诗文中名句而成,由"大醉"而集句继而成词,本身就有一种潇洒之气,苏轼不喜"身肥拥肿"而以"疏影"为贵,苏轼本身就是画墨竹的大家,对墨竹自然有其独到的理解,因为该词历来鉴赏篇章无数,大多从"集句"着笔,笔者不必再为此过多解读。

北宋题画词数量不多,从内容上看多为"山水""墨戏"所题,因其所题内容富有雅致,表现文人墨客的超然尘外的审美情趣,对词体文学在"雅化"方面,起到了一定的推动作用,这是前人在论述词体"雅化"原因时未曾提到的原因。

二、保持词体属性的"本色当行"

前面介绍了词与所题内容的关系,词体文学经由作者本身,比如苏轼等人的努力进行着雅化,但由于文体自身的特点,题画词还保留了"词"的味道,面对同样的内容,题画词所着眼的层面注重在"情"或"闲

---

① 俞剑华编著:《中国历代画论大观》第二编,南京:江苏凤凰美术出版社,2016年9月版,第120页。
② 唐圭璋主编:《全宋词》第一册,北京:中华书局,第209页。

愁"上,而题画诗着眼在"志"。同样是描写墨梅,题画词与题画诗所描绘的内容与情感区别明显。试举周纯《蓦山溪》(江南春信)[①]为例:

> 江南春信,望断人千里。魂梦入花枝,染相思、同心并蒂。
>
> 鸳鸯名字,赢得一双双,无限意。凝烟水。念远教谁寄。
>
> 毫端写兴,莫把丹青拟。墨客要卿卿,想临池、等闲梳洗。
>
> 香衣黯淡,元不浣缁尘,怜缟袂。东风里。只恐于飞起。

该词词风香软,诉男女相思、相爱之意。据邓椿《画继》将周纯列为"岩穴上士","周纯,字忘机,成都华阳人。后依解潜,久留荆楚,故亦自称楚人。少为浮屠。蹈冠游京师,以诗、画为佛事,都下翕然知名,士大夫多与之游。……其山水师李思训,衣冠师顾恺之,佛像师李公麟,又能作花鸟、松竹、牛马之属,变态多端,一一清绝"。[②]

根据《画继》所看,周纯绘画"一一清绝",但所作之词,则是描写男女之情,有香软词风,周纯的另一首《满庭霜》词也是描写墨梅,风格也似南唐之体,可见词体文学本身的影响。当然,这也是词体文学成熟、独立的一个标志。

笔者认为,北宋的题画诗呈现出"雅化"的倾向,从题画词的表现也能看出端倪。众所周知,词体文学与诗文在北宋文学史上,可以用一"俗"一"雅"来形容,北宋词家可以说大家辈出,从二晏、张先、欧阳修、范仲淹到柳永再到苏轼门人直至周邦彦,北宋词的词史地位可谓重要,但从目前能够得知的一个倾向来看,词体文学在北宋用于题画的很少,究其原因主要是词体文学之"俗"不适合绘画之"雅"。诗词有别,在题画文学里特别明显,毕竟,"题画"在北宋已经不同于唐代,已经由着眼画面转移到注重"境界"和"志趣",这显然与词体文学的整体风格不符,从这一点也可以看出北宋题画诗词的"雅化"倾向。

---

① 唐圭璋主编:《全宋词》第一册,北京,中华书局,第209页。

② [宋]邓椿:《画继》卷三,引自《图画见闻志、画继》,长沙:湖南美术出版社,2000年4月版,第312-313页。

第四节　"以雅为主"的北宋题画诗的审美内涵

上节笔者对北宋题画诗进行了分类,通过对人物、山水、花鸟、畜兽四类题画诗的分析以及对北宋题画词的考察,本节笔者对北宋题画诗词的审美内涵为"雅"化倾向。

北宋虽有外患,但大致是在社会稳定的状态下度过的,社会稳定,文化得到涵养,由于科举考试,士大夫阶层的兴起,带动了社会文化下层与上层的发展,北宋的士大夫政治抱负强烈,具有人格独立之精神,这与唐以前的"士族"官僚有本质的差别,北宋的士大夫有一种"与君共治天下"的传统,用则为臣,不用我则为民,显示其独立的人格精神,正因为有独立的人格精神,才有独立之审思,但也正如内藤湖南所论,北宋的社会已进入近世社会,笔者在前文已经论及,北宋一代的审美思潮是雅俗合流,以雅为主,文学上,北宋经历了诗文运动,新兴的以"俗"为基础的词体文学蔚为大观。虽经苏轼等人的"以诗为词"的雅化,但终究未能抛弃"俗"的因子,由词体文学的发展,也可以透视北宋审美雅俗共赏、以雅为主。

绘画上,与唐相比,北宋的绘画进一步繁荣发展,人物画由唐代的歌功颂德的政治附庸发展到了宋代的故事画、风俗画,由原来的宗教膜拜发展到了个人的宗教认知,手法上增加了白描等手法,这样是变雅为俗;山水由唐代的设色进一步继承王维的水墨而成为北宋绘画的冠冕,皴法的应用、水墨的渲染运用,从寄身山水到出世之思。花鸟画更进一步繁荣,但在画法上同样追求"神似",宫廷花鸟栩栩如生,鸥鹭、芦雁更显沧洲之趣。这更是雅俗共赏。尤其在山水与花鸟之间,士大夫找到了可以弄墨的空间,于是在北宋乃至中国绘画史上,形成了文人画派,墨梅、墨竹、枯木、松石,看似墨戏,却直抒胸臆,直接影响了后世的绘画走向,俯瞰宋元以后的绘画发展历史,北宋无疑是确定了中国画发展的里程碑时代。

北宋时期,绘画成为士大夫政治、生活的一部分,他们可以寄政治理想于绘画,可以发明画理于题画,更加可以把绘画、题画应用于生活。中国绘画到了北宋才真正地由庙堂、庙观走向了个人、走向了生活。北宋的绘画经士大夫的参与而变得雅化,当诗词与绘画结合成题画诗词的时候,最明显的特征便是雅俗共赏,以雅为主。本节从三方面阐释北宋题画诗词的"雅化"审美内涵。

一、宏观上:题画对象雅致

总观北宋的题材以山水第一且以水墨山水为主,在题咏山水的过程中,诗人或寓意山水有卜筑之思,宣发人生的静美,但更多的是描写山水的形胜和神往,如王安石的《次韵和吴仲庶池州齐山画图》[①]:

省中何忽见崔嵬,六幅生绢座上开。指点便知岩穴处,登临新作使君来。

雅怀重向丹青得,胜势兼随翰墨回。更想杜郎诗在眼,一江春雪下离堆。

全是描绘齐山的形胜与壮美,虽有"岩穴"等语,但"雅怀"的却是那"一江春雪"。再如苏轼的《郭熙画秋山平远(潞公为跋尾。)》[②]:

玉堂昼掩春日闲,中有郭熙画春山。鸣鸠乳燕初睡起,白波青嶂非人间。离离短幅开平远,漠漠疏林寄秋晚。恰似江南送客时,中流回头望云巘。伊川佚老鬓如霜,卧看秋山思洛阳。为君纸尾作行草,炯如嵩洛浮秋光。我从公游如一日,不觉青山映黄发。为画龙门八节滩,待向伊川买泉石。

该诗题咏山水兼有赠答,诗内意思笔者不想过多介绍,赘笔之处在于笔者想表明,寄情山水、寓意山水并非"隐逸"所能概括,尤其对于苏轼而言,苏轼从年轻时便喜登临山水,不是因为山水有"隐逸"之趣,实乃崇尚自然、以审美为人生的苏轼一贯之态度。苏门晁补之即使被贬,依旧题写出"胸中正可吞云梦,盏里何妨对圣贤。有意清秋入衡霍,为君无尽写江天"[③]的诗句。

山水以外,题咏对象如花鸟,则既写"形似"之美更属意"神似"之态,特别是墨梅、竹的题写,更显雅致,这在前文已经有所说明。

---

① 《全宋诗》卷556,第6619页。
② 《全宋诗》卷811,第9393页。
③ [宋]晁补之:《自画山水留春堂大屏题其上》,《全宋诗》卷1140,第12283页。

二、风格上：沈著痛快

北宋的题画诗呈现出"沈著"的特点。黄庭坚《题摹燕郭尚父图》云：

凡书画当观韵。往时，李伯时为余作李广夺胡儿马，挟儿南驰，取胡儿弓引满，以拟追骑。观箭锋所直，发之，人马皆应弦也。伯时笑曰：使俗子为之，当作中箭追骑矣。余因此深悟画格。此与文章同一关纽，但难得人入神会耳。[①]

黄庭坚观画讲求"韵"受苏轼影响，在苏轼"诗画一律"的基础上，认为书画与"文章"一致。黄观画讲求"韵"，所写之诗必然着眼于画之"韵"。何为"韵"呢？黄庭坚在《跋范文正公帖》[②]中说"范文正公书，落笔痛快沉着，极近晋宋人书"，"沈著痛快"本是书法鉴赏用语。所谓"沈著痛快"，笔者的理解是"沈著"就是能"稳"，能够抓取本质，如书法中的笔画、走势等，"痛快"就是"放"，在"稳重"的同时，能够有所变化，正如行书、草书，看似行云流水，但不失笔画、走势。笔者用"沈著痛快"一词概括作为北宋题画诗雅化特征。

所谓"沈著"，即在观画、题画成诗的过程中，能够从容观察，优游不迫。诗歌本诗本身是情感的沉淀，古典诗歌尤是。"沈著"表现在北宋题画诗当中，最大的体现是在作者身上，考察北宋题画诗的作者，且不论皇帝，但就士大夫而言，有两个显著特点：学识与人格。

若论学识，北宋士大夫的学识视域单就开创性与时代性来看，恐怕没有哪个时代能出其右。笔者闲暇之余，阅读宋人笔记，在北宋人的笔记中，处处可见其深厚的学识，如对历史的钩沉、对诗歌等文艺的鉴赏甚至科学技术领域等，而这些不是一个人或几个人为之，是北宋时期的士大夫群体里的普遍现象。深厚的学识底蕴，让北宋文艺呈现出开宗立派的局面，于诗，则有别于"唐风"的宋调，于词，则形成"一代特色"之文学，如画，则水墨大倡、文人画大兴……

若论人格，有宋一代特别是北宋士大夫的人格魅力，当是中国读书人的榜样，林逋、梅尧臣、欧阳修、苏轼、黄庭坚……每个人身上都有后

---

① 黄庭坚：《题摹燕郭尚父图》，王云五主编，《山谷题跋》卷三，上海，商务印书馆，民国二十五年12月版，25页下。
② 黄庭坚：《跋范文正公帖》，王云五主编，《山谷题跋》卷六，上海，商务印书馆，民国二十五年12月版，54页下。

世模范的地方。正是因为北宋题画诗作者的学识与人格魅力这两点重要因素,才是北宋的题画诗呈现出"沈著"的特点。

所谓"痛快",笔者认为也有两个显著的特点,一是题画诗的形式,北宋题画诗用古体较多,因古体形式洒脱,不受限制。考察北宋的题画诗,古体、赋体、赞体、骚体等等,可谓众体皆备,作者能够因画面而选择,因情感而选择,因为诗歌发展到北宋,已经与唐诗并行成为两座高峰。所以,北宋的题画诗作者根据实际情况,任性、任意痛快选择诗歌形式。

> 观士人画如阅天下马(千里马),取其意气所到。乃若画工,往往只取鞭挞、皮袭、槽枥、刍秣,无一俊发,看数尺便倦。汉杰,真士人画也。①

上面苏轼文字,旨在论述"士人画",强调的是"意气所到",移用到题画诗当中,即是"痛快"。

所谓"痛快"笼统地说是诗中的议论倾向,进一步说是关于"画理"的议论,诗中有论,历来有之,只是到了北宋,其特征明显。考察北宋题画诗,有鉴赏、有评论更为显著的是探讨画理进而探讨文学、社会等思想。但就题画诗来说,我们提及"画理""画论"常以苏轼及门人为主,从内容上看,北宋的题画诗除了部分写真类题画诗和一些释道宗教人物赞以外,用于赠答的题画诗不多,不可否认,北宋的题画诗相当一部分也是文人雅集、唱和而成的作品,但基本属于志同道合,不像南宋的题画诗多奉承之语。梅尧臣、欧阳修、李廌、释德洪、沈括等,都在专书、题画诗里对绘画理论有所阐发。据俞剑华编著的《中国历代画论大观》第二编"宋代画论"所述作者并结合笔者所观北宋题画诗资料来看,在北宋时期,以题跋形式进行"画理"论述的作者不下30位。笔者在接下来的部分会用"象外之旨"进行专门论述。

三、审美上:"象外之旨"

以上从宏观上、题写对象上看,北宋题画诗的雅化特征,北宋的题画诗当然受体裁——诗歌的影响,如宋诗之"以议论为诗""以学问为诗",这可以说是宋诗不苟同于唐诗而形成的宋调,优缺点正如乐山乐水。宋

---

① [宋]苏轼:《又跋汉杰画山》,《东坡题跋》下卷。

诗反映到题画诗上,也具有这样的特点。或者说成为北宋题画诗的最大特点——有"象外之旨"。本书所说的"象外之旨"指的是大而言之指两方面,一为北宋的题画诗继承了"议论"的传统,"求新""求奇",一为追求画外之音,探讨"画理"。

除了宋徽宗和一些宫廷御制和诗以外,北宋的题画诗议论倾向十分明显,如一些人物画类的题画诗,如张耒的《题韩干马》[①]诗:

> 头如翔鸾月颊光,背如安舆兔臆方。心知不载田舍郎,犹带开元天子红袍香。韩干写时国无事,绿树阴低春昼长。两髦执辔俨在傍,如瞻驰道黄屋张。北风扬尘燕贼狂,厩中万马归范阳。天子乘骡蜀山路,满川苜蓿为谁芳。

由韩干马写到安史之乱,对历史进行议论,"杨李之事""安史之乱"在北宋题唐人画卷中经常出现,一方面是由于画卷的"年代"原因引起,但更重要的是题画诗的作者似乎对画卷本身的内容并不关心,题写的画卷只是所谓议论的一个媒介平台而已,这是追求"象外之旨"的表现之一。

在北宋题画诗中,追求"象外之旨"的议论往往采取不同于画面的反向议论,追求"奇"、务求"新",如前文所举的梅尧臣一些题画诗,除了梅尧臣外,这方面的代表人物为黄庭坚,如华镇的《题画鹰》[②]诗:

> 高飞远走可人情,上蔡东青旧有名。谁在华堂餍鼎俎,自甘平野掠柴荆。
> 心忧狐兔纷难尽,眼看豺狼恣不平。莫倚丝绳金缴美,弓藏鸟尽汝须惊。

在绘画上,鹰的形象一般都与志趣高远相联系,但该诗中,作者却似在告诫那些身居高位的人,虽然现在如盘旋在天的鹰一样雄心壮志,但要考虑到鸟尽弓藏的后果所在,真有黄雀螳螂之意。无论是正常的议论还是这种反转式的议论,在北宋的题画诗中都较为常见。

"象外之旨"的另一重要形式就是在题画诗中讨论绘画理论。北宋的题画诗,单纯从诗歌题材角度看,其艺术价值或稍逊于宋诗中其他诗歌,但之所以北宋题画诗成为一个研究对象,其美术史的学科交叉意义或许更大一些。北宋的题画诗之所以备受重视,和苏轼、黄庭坚、文同

---

① 《全宋诗》卷1163,第13122页。
② 《全宋诗》卷1022,第11687页。

等人所推崇的"神似""文人画"理论是分不开的。苏轼之前，似乎还没有人于此有所建树。虽王维等人能诗兼画，但几乎是"作而不述"，王维的《山水决》早已被人证伪。由于苏黄等人的文人画理论前贤时人已经多次反复论证阐释，相关论文无论是美术史还是文学史的，都是论述相当完备，笔者在此，只说一点，从绘画的角度来说，"生而知之者"的画家很少，纵有天赋异禀，也需从"形似""写真"开始，苏轼的"神似"理论是建立在鄙菲"神似"的基础上，而且其影响在后代的绘画理论方面和实践方面都有所显露。在绘画实践上如苏门的黄庭坚、晁补之等人在绘画方面趋步东坡，更有邯郸苏轼者不在少数。在绘画理论上，如后来者邓椿的《画继》、董逌的《广川画跋》等画论都受其影响颇深。中国绘画自苏轼倡导后，写意渐渐流行。其实，神形本是同一，正如善草书必然从楷书开始的道理一样，"形似"的阶段不是每个人都能逾越，毕竟如苏轼者千百年无有一个。从这一角度看，苏轼对于中国绘画可谓有功亦有过。当下艺术领域，以所谓文人而自居，以所谓不求章法为最高法则的人大有人在，这也算是苏轼"神似"理论的一个怪胎吧。

第三章 "雅俗结合"视角下的 南宋题画诗词

　　南宋(1127—1279)历经九帝,享国一百五十余年。南宋与北宋,在政治、经济、文化等方面既有对北宋的延续,又有其发展之独立性。笔者之所以把题画诗词以北、南两宋分而论述,主要是基于南宋的诗词与绘画相对于北宋而言,既有继承更有自我独立特征,从诗词角度上看,正如王水照先生所说:"南宋文学史是一个特定时段(1127—1279)的文学史,更是在文学现象、文学形态、文学性质上具有鲜明时代特点和重要历史地位的一部断代文学史"。① 南宋的诗词与北宋一样,大家辈出,在文学史研究领域,历来对北南两宋文学予以分别观照,从诗、词、文这三大主流文学史研究对象来看,诗文的传承在两宋之间虽有变化,但传承大于突破,可以概括为"同大于异"。相对而言,词体文学在两宋一直处于文体演变期,北南两宋词体文学发展整体上看是"异大于同",题画词的本质载体是"词",故南宋的题画词与北宋题画词相比,除却两宋绘画的异质性发展因素以外,也一定各自有所特点,这是笔者将南宋词单独观照的本质原因所在。著名词学家薛砺若先生在《宋词通论》"北宋与南宋词风的一般比较观察"一章中②,详细地论述了两宋词风的不同,认为北宋词与南宋词有"极明显的转变",即笔者所说的"异大于同",这也是本书把南宋题画词作为单独观照的原因所在。

　　若论南宋,绍兴年间,当为最可论者,因其去徽宗不远,且有"中兴"之望,于书画艺术,亦模拟前代。我们看一则记录:"思陵(宋高宗)妙悟八法,留神古雅。当干戈俶扰之际,访求法书名画,不遗余力。清闲之燕,展玩摹拓不少息。盖睿好之笃,不惮劳费。故四方争以奉上无虚

---

① 王水照:《南宋文学的时代特点与历史定位》,文学遗产,2010年第1期。
② 薛砺若:《宋词通论》,上海:上海书店影印出版,1985年6月第一版,第42—52页。

日。后又于榷场购北方遗失之物,故绍兴内府所藏,不减宣、政。"①南宋的绘画主要集中在宫廷画家,但由于江南文化的熏陶和百年涵养,绘画相对于南宋士人来说,已经成为生活的一部分,绘画在南宋呈现出生活化特点,其题画诗词也反映这一倾向。学者陈野在《南宋绘画史》②中强调:"李、刘、马、夏的院体风格成为画院以及社会上画风的主流,主导了一个时代的绘画发展",南宋以来,宫廷题写局面形成,宋高宗、杨皇后等都对宫廷画家有所题写,同时,"小幅画"开始流行,"至南宋时期,画史现象的着重点,已从景致之小为特色的小景画转向了以尺幅之小为特色的小幅画"。③考察《全宋诗》中南宋部分的题画诗,其中题李唐3首,题马远4首,题刘松年4首,题画作者主要集中在宫廷。可以看出,题画诗并不能完全反映绘画自身的发展情况,但当我们变换一下角度,考察一下题画诗的作者——"士"这个群体,或许可以得出有益结论。与宫廷相对应的是士大夫绘画阶层,据学者韦宾考证得知:南宋士大夫绘画与化工比例接近1:1,而宋初到熙宁年间的115年,士与画工的比例为29:144。④顺题一点,韦氏的"士"与"画工"的界定不甚严谨,此仅举"李唐"一例,李唐初入徽宗画院,南渡后历尽艰辛入高宗时画院待招。"早知不入时人眼,多买胭脂画牡丹"早已成为绘画、文学上的脍炙,加之分析其存世作品,我们显然不能单纯以"画工"的身份去界定"李唐"。但如果从术业专攻的角度,可以说随着时间的推移,士大夫参与绘画的程度越来越高,已经由观者向作者转变。从南宋的题画诗作者数量及参与绘画的比例角度分析,南宋的题画诗已经成为诗人生活和创作的一部分。

笔者在整理阅读两宋题画诗词的过程中,从南宋的题画诗词的"诗题""诗序""词序"以及行文中,大致能了解到,南宋的士大夫群体已经渐渐参与到绘画过程中,并且绘画已经成为士大夫生活的一部分,除了钱选、释子温、郑思肖等能诗兼画并且明显能看出题写在画作上的作品以外,还出现了大量的直接题写他人画作的题画诗词作品,虽然大部分画作我们今天很难看见,但从诗题、词序及作品的内容上,我们是能

---

① [宋]周密,《齐东野语》卷六,北京:中华书局,2008年2月第四版,第93页。
② 陈野:《南宋绘画史》,上海:上海古籍出版社,2008年12月版。
③ 陈野:《南宋绘画史》,上海:上海古籍出版社,2008年12月版,第326页。
④ 韦宾:《宋元画学研究》,甘肃:甘肃人民出版社,第276页。

够分析出来的。如张炎"余画墨水仙并题其上"①等在诗题上反映出南宋以来绘画款识的发展。南宋以来,题写款识已经渐多,关于中国画的款识,前人及当下学者多有论述,结论虽有差异,但有一点基本达成共识:"宋代苏轼、米芾开始,题款用行楷,书写三五行,发展了题款艺术,是题款艺术的过渡阶段,元以后是题款艺术的成熟阶段。"②南宋,自然是宋元题款发展的重要过渡阶段。

此外,南宋时,"画作"成了社交生活的一部分。如《以王通一所画小舟横截春江图为韩无咎寿》③《游元著作江天暮雪图赠朱元礼要余赋》④,从这些"诗题"可以窥见上述内容,这无疑对绘画、诗歌的发展都有双重的推动,尤其对绘画的审美追求影响深远。

综上,本书将南宋题画诗词与北宋题画诗词并列观照,符合文学、绘画艺术自身发展规律。综观南宋的题画诗词与北宋最大的区别是"生活化""情趣化"。在"雅化"的道路上体现了"雅俗合流"的文化趋势。

第一节 南宋题画诗词的量化

前文所言,对于南宋题画诗词的研究,目前已见的学术成果有杨光影的博士论文《南宋宫廷艺术中的文学与图像关系研究——以诗画关系为探讨中心》⑤、以及钟巧灵、陈天佑发表的一系列南宋人物如范成大、陆游、郑思肖等人相关的题画诗论文⑥,杨光影的博士论文以赵宪章先生的语图关系理论为指导对南宋宫廷绘画与文学的关系进行探讨,其论文主旨归结为语图关系,其中虽然涉及了题画诗,但因所论文学特别是题画诗的对象已被囿定在"宫廷绘画",故不是对南宋题画诗的完整论述。钟、陈的论文是以单人单篇的形式发表,如在讨论郑思肖的题画诗重点阐述了郑思肖的人物类题画诗的特点,如果从单篇来看,文章论述

---

① 《清平乐》,《全宋诗》第五册,第3513页。
② 沈树华:《中国画题款艺术》,上海:学林出版社,2009年12月版,第1页。
③ 章甫:《以王通一所画小舟横截春江图为韩无咎寿》,《全宋诗》卷2513,第29045页。
④ 周孚:《游元著作江天暮雪图赠朱元礼要余赋》《全宋诗》卷2485,第28769页。
⑤ 东南大学博士论文,2017年。
⑥ 钟、陈二人在2016年以来陆续发表多篇宋代单人题画诗论文,具有一定的学术借鉴价值,详情请参看中国知网。

条理清晰,论证扎实有力。但没有对南宋整个题画诗予以关照,这正如一般文学史的结构一样,按照时间和重点任务进行分别介绍,没有对南宋的题画诗进行整体论述。

笔者以《全宋诗》35—72 册、《全宋词》3—5 册为考察对象,对南宋的题画诗进行量化分析并在此基础上,对南宋题画诗词进行题材分类研究,从而更加细致地观照南宋题画诗词的艺术特征。因南宋的题画词在数量和质量上远远超过北宋题画词,体现了宋代题画词的发展与成熟,故在本节作为与题画诗同等地位进行论述。

一、南宋题画诗的量化

笔者根据《全宋诗》35—72 册进行统计,得南宋题画诗作者 385 人,题画诗数量共计 2151 首①。其中题山水类 582 首,题人物类 756 首,题花鸟类 442 首,题畜兽类 136 首,题枯木松石类 24 首,其他 211 首。

单纯从这几组数字似乎并不能说明问题,但如果把数据与北宋的题画诗数据进行对比后我们会发现,在南宋的题画诗中,山水类题画诗数量下降,人物类题画诗数量上升跃居第一位,同时花鸟类题画诗数量与山水类题画诗数量差距缩小,这说明,南宋题画诗在题材选取与观照上与北宋题画诗的状况有很大不同。自北宋苏轼以来,"山水"为文人所崇尚之首,次之"花鸟",又次之"人物"等。盖因"山水""花鸟"陶冶性情,"人物"之类则落在实处。故北宋题画诗喜题"山水"及"花鸟",南宋"残山剩水",国运衰落,所思皆为眼前人、身边事,其无"远虑"则是有"近忧"之故。下面笔者从对南宋题画诗作者、被咏画作两部分进行量化分析。

（一）题画诗作者

南宋共有题画诗作者 385 人,其中 5 首以上（包括 5 首）的作者 95 人,数量是北宋的一倍。详见表 3–1。

---

① 和统计北宋题画诗一样,对诗题例如"……二首"等,笔者统计算一首,又送宋仲仁的《梅花喜神谱》共计题梅花 100 首,笔者统计也算为一首。

表 3-1 南宋题画诗作者

作者	诗数量	作者	诗数量	作者	诗数量	作者	诗数量
郑思肖	128	宋高宗	18	龚开	12	张孝祥	6
方回	80	释绍昙	18	韩元吉	11	薛季宣	6
陆游	78	章甫	17	赵文	10	徐照	6
释居简	74	李石	17	喻良能	10	谢翱	6
周必大	68	陈著	17	许棐	10	蒲寿宬	6
刘克庄	52	陈深	17	释元肇	10	刘辰翁	6
杨万里	51	舒岳祥	16	释宝昙	10	洪咨夔	6
楼钥	50	释文珦	16	黄庚	10	陈长方	6
仇远	45	胡仲弓	16	何梦佳	10	张榘	5
陆文圭	38	王十朋	15	曾丰	10	尤袤	5
韩淲	37	宋无	15	周孚	9	叶适	5
范成大	35	释智愚	15	项安世	9	杨冠卿	5
牟巘	27	白玉蟾	15	陈宓	9	严粲	5
方岳	26	艾性夫	15	赵孟坚	8	许月卿	5
戴表元	26	张侃	14	叶茵	8	徐瑞	5
陈造	26	袁说友	14	魏了翁	8	王迈	5
许及之	25	姚勉	14	刘宰	8	苏泂	5
朱熹	24	王灼	14	李洪	8	丘葵	5
张镃	22	王质	13	姜夔	8	连文凤	5
赵番	20	王炎	13	陈杰	8	黎廷瑞	5
俞德邻	20	林希逸	13	萧立之	7	陈传良	5
王柏	19	家铉翁	13	释善珍	7	柴随亨	5
钱选	19	戴复古	13	裘万顷	7		
周密	18	释广闻	12	林之奇	7		

可见南宋题画诗的繁荣程度也远远超过北宋,去除一些客观因素①,我们可以从简单的数字中看出一些问题,笔者统计南宋的题画作者 385 人,去除 5 首及以上的作者剩余 290 人,可以看出,南宋的题画

---

① 由于南宋刻印技术、笔记体流行等因素,文人作品存世相对北宋要容易。

作者相对广泛。

从题画诗作者的人群来看,南宋的题画诗以中后期作者为主,如杨万里、范成大、陆游,后期以刘克庄、郑思肖等人为主。值得注意的是,在南宋题画诗作者当中,出现了女性题画诗人——杨皇后等宫廷女性,这显然和南宋绘画以宫廷为主是分不开的。南宋题画诗作者不少为能诗善画之人,如林希怡等人。

（二）被题咏画作

在两千余首南宋题画诗中,与北宋的题画诗情况类似,南宋的题画诗重点的题写对象多为北宋大家,如李公麟、米友仁、扬无咎、汤正仲、陈容、赵孟頫等。马远及其子马麟多有高宗、杨皇后、孝宗题咏,由此可见其与皇室的密切关系。此外,在题咏的画作中,出现了天马等域外画作,这是值得注意的现象,关于"天马"只在唐朝的壁画中出现过,属于域外题材,北宋不见"天马"题咏,但南宋却重新出现。这和南宋时期,大力发展海外贸易是分布开的,不过即使是域外题材,作者也有意地进行"中国化",如:

> 何年尘镜昏乍洗,金背涌出状怪诡。自古空言马生角,今乃见马生两翅。恐是渥洼种,往往感龙气。龙惟神,飞行天,若傅两翅何足贵。想似穆天子会瑶池,肉多身重不得飞。一朝乘之逍遥出六合,奔风轶电那容追。万里一息日未旰,当时从官无乃疲。或云车辙马迹往往有,如此安用彼翅为。徒留诞谲诳后世,我愿观者更勿疑。我闻西王母,参目而虎首,物以类应固宜尔[①]。

在被题咏画作中,宫廷画家不仅被一般士大夫题咏,皇室成员也对其进行题咏。南宋的宫廷画家得到了皇室的尊重,考察北宋的题画诗,徽宗作为皇帝题画最多,除了一首《题唐十八学士》[②]以外,几乎都是题当时宫廷画家的,但不具画家姓名。但到了南宋,被皇室题咏的画家具姓名的很多,如宋高宗的《题李唐画赐王都提举并赐长寿酒》[③]、宁宗的《题马远踏歌图》[④]等,从题咏作者的题写方式发生改变,再结合史实记

---

① 车䑣,《有翅天马图》,《全宋诗》卷 3515,41984 页。
② 《全宋诗》卷 1495,17077 页。
③ 《全宋诗》卷 1982,22217 页。
④ 《全宋诗》卷 2385,33759 页。

载可知,南宋的画家的地位的确得到了提高。在古代社会,皇室的重视无论是在推动绘画的发展方面还是在提高绘画受众鉴赏能力方面都十分显而易见的作用。

由于南宋的宫廷画院不像北宋在宫禁内,而是在宫城之外,可以推之,当时宫廷画家能够与社会接触之容易,因此,作品描绘南宋风俗者甚多。另一方面,与北宋画院以花鸟画创作为主不同,南宋皇帝鼓励画院有意进行风俗画创作,以彰显其朝纲、粉饰太平,南宋画院的刘松年就进《耕植图》而被赐"金鱼",且看一条记载:

> 耕织成图,规先勤俭;风林放牧,讽寓倨修。落日大旗,宜激扬其壮志;凌霄四将,更动念夫元戎。以及晋文公归国之规模,孙武教兵之阵势,宫禁观潮之不忘水战;征帆冒雪之独悯转轮。不墨肖物象形,断章取义,何异公权谲谏,郑侠刘民。①

朝纲初立,古来有进"祥瑞之风",北宋真宗、南宋高宗之时,都曾诏令禁进祥瑞,但或不止。如"绍兴二十六年,甲午,禁州郡进祥瑞。"②虽朝廷所有禁止,但或无甚效果,如历史便记载秦桧以"祥瑞"误国一条:

> 十三年,贺瑞雪,贺雪自桧始。贺日食不见,是后日食多书不见。彗星常见,选人康倬上书言彗星不足畏,桧大喜,特改京秩。楚州奏盐城县海清,桧请贺,帝不许。知虔州薛弼言木内有文曰「天下太平年」,诏付史馆。于是修饰弥文,以粉饰治具,如乡饮、耕籍之类节节备举,为苟安余杭之计,自此不复巡幸江上,而祥瑞之奏日闻矣。③

据宋史记载,宋朝有《祥瑞图》及《祥瑞图赞》,在北南两宋的题画诗中,也不乏题咏"祥瑞图"的,但一般都作为士大夫之间的一般应酬之用,也有对"祥瑞"之事也有持理性态度而作题画诗以正视听者,如姜特立《赋桐庐陈守瑞粟图》④:

> 仲尼不瑞麟,周公旅命禾。两圣本一道,胡为有殊差。麟固首四灵,可贺亦可嗟。或云一角兽,莫能辨真讹。鹍雀奏天子,朱鸸兴乐歌。文士颂连理,野夫献嘉瓜。羽毛草木异,皆物之精华。于事竟无补,徒然务矜夸。食乃民之天,有一皆可嘉。

① 武林掌故丛编本章廷彦《南宋画院录序》,厉鹗《南宋院画录》,浙江人民美术出版社,2016年3月第二版。
② 《宋史》卷三十一,本纪第三十一,高宗八·绍兴二十六年
③ 《宋史》卷四百七十三,列传第二百三十二·奸臣三·秦桧
④ 《全宋诗》卷2133,第24085页。

君不见丰年乐岁人鼓腹，凶年死人如乱麻。以此较得失，周孔道不颇。桐庐陈使君，理道蠲烦苛。蛊敝既振饬，刑罚从宽科。民生乐其业，自足致时和。有农献嘉粟，累累来山阿。数穗至八九，纷然一何多。图状竞传玩，志牒争编摩。使君政将成，为祥理则那。促归不待满，合上金銮坡。嘉禾阙补亡，精笔非君何。

由姜氏所论可以看出，南宋画院的创作带有其政治成分，但实际考察诸如《谢耕道一犁春雨图》等题画诗所表现出的意图完全没有"规先勤俭"的意思。笔者将在分析人物类题画诗时进行详细介绍。

整体上看，南宋的题画诗与北宋题画诗相比，更加贴近生活、充满生活情趣，如果北宋的题画诗用"雅"来概括的话，那么，南宋的题画诗具有了生活化的"俗"的气息，可谓进入了"雅俗共赏"的阶段。

二、南宋题画词的量化

据笔者统计，南宋题画词作者46人，共计115首，其中题人物类31首，山水类26首，花鸟类58首，与题画诗相似，人物类题画词也占据重要部分，其次山水，其次花鸟，其他绘画门类并未涉及。因下文对南宋题画词将专门设一节进行论述，故在此不做进一步介绍。具体词作详见表3-2。

表3-2　南宋题画词

好事近·黄义卿画带霜竹	高登	竹	1171/2
菩萨蛮	侯寘	写真	1433/3
谒津门	赵彦端	题扇	1444/3
浣溪沙	赵彦端	题扇	1450/3
念奴娇·再和咏杜庵高君忻聚画屏	葛郯	画屏	1545/3
桃源忆故人·题华山图	陆游	山水	1593/3
白玉楼步虚词六首	范成大	人物	1621/3
西江月·和王道一韵促画屏	王质	山水	1638/3
泛兰舟·樵夫授画像	王质	写真	1648/3
浣溪沙·刘恭父席上	张孝祥	写真	1701/3
浣溪沙·赋微之提刑绣扇	张孝祥	绣扇	1703/3
菩萨蛮·（冰花的皪冰瞻下）	陈造	梅花	1727/3

江城梅花引	丘崈	枕屏	1743/3
好事近·和人题渭川钓鱼图韵	吕胜己	山水人物	1761/3
西江月·贺新郎（濮上看垂钓）	辛弃疾	山水	1929/3
念奴娇·赠妓善作墨梅	辛弃疾	人物	1761/3
西江月·题可卿影像	辛弃疾	人物	1920/3
清平乐·书王德由主簿扇	辛弃疾	花鸟	1966/3
卜算子·孟抚干岁寒三友屏风	石孝友	松竹梅	2034/3
醉江月·题赵文炳枕屏	赵师侠	枕屏山水	2076/3
柳梢青·荼蘼屏	赵师侠	花	2082/3
菩萨蛮·可人梅轴	赵师侠	梅花	2084/3
菩萨蛮·韵胜竹屏	赵师侠	竹	2084/3
行香子·山水扇面	张镃	山水	2158/3
沁园春·（挂黄山图十二轴）	汪莘	山水	2196/3
西江月·（逊斋生日）	郭应祥	写真	2222/4
浣溪沙·题美人画卷	韩淲	人物	2241/4
虞美人·姑苏画莲	韩淲	莲	2262/4
百字令·几上凝尘戏画梅一枝	胡惠斋	梅花	2268/4
玉楼春·海棠题寅斋挂轴	高观国	花	2348/4
昭君怨·题春波独钓图	高观国	山水	2352/4
昭君怨·题杏花春禽扇面挂轴	高观国	花鸟	2353/4
思佳客·题太真出浴图	高观国	人物	2359/4
洞仙歌·题真	高观国	写真	2363/4
贺新郎（午睡莺惊起）	刘学箕	人物	2433/4
洞仙歌·癸亥生朝和居厚第韵,题谪仙像	刘克庄	写真	2634/4
醉江月·题泽翁梅轴后	王柏	梅花	2775/4
水龙吟·和丰宪题林路铃梅轴韵	李曾伯	梅花	2786/4
满江红·甲午宜兴赋僧舍墨梅	李曾伯	梅花	2802/4
蕙兰芳引·赋藏一家吴郡王画兰	吴文英	花鸟	2889/4
蝶恋花·题华山道女扇	吴文英	人物	2893/4
浣溪沙·题李中斋舟中梅屏	吴文英	梅花	2894/4

浣溪沙·题史菊屏扇	吴文英	菊花	2894/4
望江南·赋画灵照女	吴文英	人物	2897/4
梦芙蓉·赵昌芙蓉图，梅津所藏	吴文英	芙蓉	2900/4
暗香浮影·夹钟宫 赋墨梅	吴文英	墨梅	2902/4
柳梢青·题钱得闲四时图画	吴文英	山水	2931/4
极相思·题陈藏一水月梅扇	吴文英	梅花	2932/4
朝中措·题兰室道女扇	吴文英	兰花	2933/4
清平乐·书栀子扇	吴文英	栀子	2936/4
燕归梁·书水仙扇	吴文英	水仙	2936/4
醉桃源·题小扇	李演	花鸟	2980/4
沁园春·竹窗纸枕屏	陈著	竹	3036/4
沁园春·赋月谭主人荷花障	陈人杰	荷花	3084/5
酹江月·金丹合潮候图	林自然	山水	3156/5
题马嵬图	程武	人物	3173/5
如梦令·题四美人画 四首	刘辰翁	人物	3188/5
点绛唇·题画	刘辰翁	花鸟	3190/5
菩萨蛮·题醉道人图	刘辰翁	人物	3193/5
鹊桥仙·题陈敬之扇	刘辰翁	人物	3200/5
水调歌头（似似不常似）	刘辰翁	人物	3236/5
宴清都·登雪川图有赋	周密	山水	3276/5
声声慢·逃禅作梅、瑞香、水仙，字之曰三香	周密	花	3278/5
声声慢·逃禅作菊、桂、秋荷，目之曰三逸	周密	花	3278/5
龙吟曲·赋宝山园表里画图	周密	山水	3280/5
清平乐·杜陵春游图	周密	山水	3282/5
清平乐·三白图	周密	花鸟	3282/5
柳梢青（约略春痕）（万雪千霜）（映水穿篱）（夜莺惊飞）	周密	梅	3283/5
夷则商国香慢·赋子固凌波图	周密	人物	3290/5
谒金门·题吕真人醉桃源像	刘埙	人物	3332/5
太常引·题洞宾醉桃源像	王清观	人物	3337/5

续表

一尊红·丙午春赤城山中题花光卷	王沂孙	梅	3358/5
西江月·为赵元父赋雪梅图	王沂孙	梅	3365/5
贺新郎·题高克恭夜山图	李震	山水	3391/5
减字木兰花·题温日观葡萄卷	曾寅孙	葡萄	3431/5
贺新郎·题后院画像	蒋捷	人物	3446/5
水调歌头·题杨妃夜宴醉归图	陈德武	人物	3456/5
湘月(行行且止)	张炎	山水	3476/5
疏影·题宾月图	张炎	山水	3484/5
恋秀衾·代题武桂卿扇	张炎	人物	3485/5
甘州·题戚五云云山图	张炎	山水	3486/5
风入松·题澄江仙刻海山图	张炎	山水	3492/5
清平乐·题处梅家藏所南翁画兰	张炎	花	3497/5
如梦令·题渔乐图	张炎	山水	3498/5
蝶恋花·题末色诸仲良写真	张炎	写真	3499/5
踏莎行·卢仝啜茶手卷	张炎	人物	3503/5
南乡子·杜陵醉归手卷	张炎	人物	3503/5
临江仙·太白挂巾手卷	张炎	人物	3503/5
华胥引(温泉浴罢)	张炎	花	3504/5
小重山·题晓竹图	张炎	竹	3507/5
浪淘沙·题许由掷瓢手卷	张炎	人物	3507/5
清平乐·题倦耕图	张炎	人物	3508/5
法曲献仙音·题姜子野雪溪图	张炎	山水	3508/5
浣溪沙·写墨水仙二纸寄曾心传,并题其上	张炎	水仙	3509/5
南楼令·题聚仙图	张炎	人物	3513/5
清平乐·题墨仙双清图	张炎	人物	3513/5
西江月·题墨水仙	张炎	花	3513/5
浪淘沙·题陈汝朝百鹭画卷	张炎	花鸟	3514/5
祝英台近·题陆壶天水墨兰石	张炎	兰石	3514/5
台城路(老枝无着秋声处)	张炎	竹石枯木	3515/5
浪淘沙·作墨水仙寄张伯雨	张炎	花	3516/5

续表

西江月·作墨水仙寄张伯雨	张炎	花	3516/5
小重山·烟竹图	张炎	竹	3517/5
风入松·溪山堂竹	张炎	竹	3517/5
清平乐(花一叶)	张炎	花	3518/5
清平乐·题平沙落雁图	张炎	雁	3519/5
临江仙(翦翦春水出万壑)	张炎	水仙	3519/5
甘州·题曾心传藏温日观墨蒲萄画卷	张炎	葡萄	3522/5
江城子·和子昂题水仙花卷	刘将孙	水仙	3526/5
虞美人·题玉环玩书图	陈深	人物	3532/5
小重山·枕屏风	刘景翔	山水	3563/5
柳梢青·曹溪英墨梅	白君瑞	墨梅	3592/5
蓦山溪	无名氏	山水	3606/5
减兰·题梅雪扇	马琼琼	梅花	3895/5

第二节　南宋题画诗题材分类

一、人物类题画诗

南宋人物故实类题画诗离画面越来越远直至无涉画面,内容主要是对画面人物的事件反思与渴慕。笔者在绪论部分已经就诗画关系作了详细讨论并阐明观点:在诗画关系视域下的"题画诗"研究,从内部看,诗画的矛盾关系是研究题画诗的一个重要内容。如《幸蜀图》在绘画中多归于"山水",但因题画诗特别是南宋题画诗对此题咏几乎无涉画面而专注于"人",故在分类时将相关题画诗纳入人物类题画诗当中考查,这是诗画不同的原因所致。

宋代题画诗的最终要义是要抛弃画而专心诗的艺术,相对而言,在题材、技艺等艺术视角方面,画的传承与突破显然不如诗积极。当我们拿相同题材的题画诗进行对比的时候,我们会发现,南宋的题画诗与画的关系基本矛盾最为激烈的状态。题画诗开始有意地游离画作,此时的画不过是题画诗的一个起兴的载体,诗离画越来越远。当然,这种关系在北宋的苏轼身上就有所体现,到南宋愈演愈烈,至此,题画诗到了南宋形成了诗画分离的局面。这种"分离"在人物类题画诗中表现得尤为明显。究其明显的原因,主要是因为北宋中期以苏轼等人为首兴起的文人画相关,而文人画说到底是诗人想混淆诗画界限、将诗的内容与表达寓意融入画作当中——以诗为画。人物画由于相对具象,文人所发挥与阐发的"画外之旨"似乎越来越明显。在南宋的历史人物类题画诗当中,除却历史故事如"杨李""昭君出塞"等故事以外,其他于"文人"多有染指,诸如陶渊明、李白、杜甫等。关于"文人"的绘画,无外乎三个范式:人物故实类,根据人物的轶事、典故等进行创作;人物肖像类,主要是人物写真;诗文类即相当于诗意/文意画。

图 3-1 《幸蜀图》局部(宋代摹本),纵 55.9cm,横 81cm. 现藏台北故宫博物院

据笔者统计,南宋的人物类题画诗 757 首,笔者统计时把释家的佛菩萨赞若干首算为一首,南宋人物类题画诗在整体题画是中占据第一位,其中郑思肖一人就占了 117 首。在题写范围上看,从佛道宗教人物到古代圣贤、上至皇帝下至平民、从北宋大家到南宋当代人物可谓范围和历史跨度很大,结合实际情况,笔者将南宋人物类题画诗按照题历史人物、题写真两大类进行论述。

(一)反思与渴慕——人物故实类题画诗

考察所题历史人物中,以题写唐明皇与杨贵妃为最多(31 次),陶渊明次之(28 次),次之李白、杜甫(各 8 次),"醉道士"(6 次),"王昭君"(6

次）余皆知名人物类绘画如阎立本《北齐校书图》等亦有题咏[①]。

关于对"明皇"题咏，如"幸蜀""按乐""明皇夜游"等内容，北宋即有之，内容多以讽刺明皇晚年荒淫为主。南宋的题咏也继承了上述的题材，对比同一题材的南宋题咏，可得出南宋与北宋题咏不同的特点。北宋的此题材题画诗以苏轼的《虢国夫人夜游图》为代表：

> 佳人自鞚玉花骢，翩如惊燕蹋飞龙。金鞭争道宝钗落，何人先入明光宫。宫中羯鼓催花柳，玉奴弦索花奴手。坐中八姨真贵人，走马来看不动尘。明眸皓齿谁复见，只有丹青余泪痕。人间俯仰成今古，吴公台下雷塘路。当时亦笑张丽华，不知门外韩擒虎。[②]

美女宝马，宛若游龙，苏轼此诗，对虢国夫人不慌不忙地淡妆入宫侍宠姿态描写得淋漓尽致，诗中"明眸皓齿"用杜甫、张丽华、韩擒虎、杜牧语典，写出了哀前人而不自哀最后重蹈覆辙的局面，但整体讽谏颇为平缓。到了南渡前后，关于明皇之事变得突然激烈，其以李纲之题画诗抨击最为猛烈，《题伯时明皇蜀道图》[③]：

> 君不见开元天宝同一主，治乱相翻如手举。擎盈欲恶虽一人，变易安危原近辅。姚宋已死九龄黜，谁使杨钊继林甫。宫中太真专宠私，塞外番首成跋扈。祸胎养就不自知，漫向华清遗匕箸。渔阳突骑破潼关，百二山河震金鼓。翠华杳杳幸西南，赤县纷纷集夷虏。伤心坡下失红颜，堕泪铃中闻夜雨。山青江碧蜀道难，栈阁连空？相拄。旌旗惨淡云物愁，林木阴森猿鸟侣。戎装宫女亦善骑，皓齿明眸犹笑语。老羝奚官驱蹇驴，负橐赍粮岂供御。九重徽卫复谁勤，万里艰危真自取。至尊狼狈尚如此，叹息苍生困豺虎。千秋万岁不胜悲，玉辇金舆尽黄土。空令画手思入神，一写丹青戒今古。

该诗的前半部分叙述史实，提到了玄宗朝后期的政治情况，姚宋贤相已死，能臣张九龄被罢，任用李林甫、杨钊等小人，加之内专宠贵妃外不查安禄山谋反之事，终于酿成"安史之乱"。中间部分，似着眼于画面

---

① 需要说明的是笔者在做南宋题画诗词统计时，对南渡时期的题画诗词按北宋题画诗词统计。以题"明皇""贵妃"为例，南渡时期，如周紫芝等人对此题材的题咏加之有5首左右。

② 《全宋诗》卷810，9385页。

③ 《全宋诗》卷1554，第17646页。

内容,描写"蜀道"之风景与艰难,惨淡的旌旗、阴森的林间,戎装的宫女、骑驴的老髯,观察不可谓不细,话锋一转,作者开始痛陈:"万里艰危"实乃"自取",图中看到"至尊狼狈"的同时更是"叹息苍生困豺虎",全诗有忧国忧民之思。该诗的批判较苏轼更加彻底。

如果说北宋关于"杨李"题材的出发点是"居安思危",那么到了南宋则变成了"痛定思痛"!南渡以后,南宋的相同题材的题咏一方面延续了李纲的批判主题,但又有其显著的不同,具体表现在由"杨李误国"的单一批判转为对当时朝政的"全面反思",矛头直指"安史之乱"的始作俑者——唐明皇。代表作品为陆游的《题明皇幸蜀图》[①]:

> 天宝政事何披猖,使典相国胡奴王。弄权杨李不足怪,阿瞒手自裂纪纲。八姨富贵尚有理,何至诏书褒五郎。卢龙贼骑已汹汹,丹凤神语犹琅琅。人知大势危累卵,天稔奇祸如崩墙。台省诸公独耐事,歌咏功德卑虞唐。一朝杀气横天末,疋马西奔几不脱。向来谄子知几人,贼前称臣草间活。剑南万里望秦天,行殿春寒闻杜鹃。老臣九龄不可作,鱼蠹蛛丝金监编。

该诗史实相连,《剑南诗稿校注》[②]列该诗引用史实如下:"明皇不顾张九龄反对任用牛仙客为尚书,封安禄山为东平郡王,开节度使封王之先河,昭雪张宗昌、张易之罪名,安禄山有反事不察,避乱书中无人可用等"。陆游在诗中开明宗义:"阿瞒手自裂纪纲",直接批判李隆基,此"阿瞒"非从建安之曹操,实乃李隆基小名,以李隆基小名呼之,可见陆游之态度。诗中说"八姨富贵尚有理,何至诏书褒五郎。",对李隆基一系列昏庸的政治表现其气愤不已。和上面李纲的诗相比,陆游似乎没有一眼着眼于画面,对"明眸皓齿"似乎也未见关涉,矛头直指李隆基,这不能不说是该类题材主题的一次重要转捩。《剑南诗稿校注》关于该诗的题解是"淳熙三年二月作于成都","淳熙"三年正是陆游离开范成大幕府的第二年,也就是自号"放翁"的那一年,之所以叫"放翁"也是对主和派诋毁陆游"颓放"的一种不屑吧。此时陆游身居蜀地,又不屑当时朝中一些主和臣子而有此诗之作也。

关于该诗另一赘笔之处在于,钱仲联先生在校注时根据叶梦得《避暑录话》记载说陆游此题的《明皇幸蜀图》为"李思训"所作,有误,应

---

① 《全宋诗》卷 2160,第 24390 页。
② 钱仲联校注:《剑南诗稿校注》卷七,上海:上海古籍出版社,1985 年 9 月第一版。第 544 页。

为李思训之子"李照道"作,南宋也有李公麟摹李昭道本流传。

南宋的题咏"杨李"的题画诗,与北宋在主题、内涵的表达上有相同之处,用心处在于画面之外的感慨,即辉煌的大唐轰然倒塌的历史之思,大致不离"红颜祸水""贪色误国"的老调。另一方面,南宋与北宋在"杨李"画作的题咏中,也有显著的不同。首先在南宋有专门题咏"贵妃"的题画诗出现,如方岳的《贵妃夜游》、胡仲弓的《题杨贵妃上马娇图》等,这是在北宋不多见的,其次,如上文分析的陆游的《题伯时明皇蜀道图》,主题已经由批判"红颜祸水"转向了"李隆基"、转向了朝纲大臣。最后,南宋的"杨李"题画诗似乎更专注于生活化的题咏,如"贵妃出浴""明皇按乐"等,这方面以刘克庄的《明皇按乐图》①为代表:

> 莺啼花开春昼迟,掖庭无事方遨嬉。广平策免曲江去,十郎谈笑居台司。屏间无逸不复睹,教鸡能斗马能舞。戏呼宁哥吹玉笛,催唤花奴打羯鼓。南衙群臣朝见疏,老伶巨珰前后趋。阿瞒半醉倚玉座,袖有曲谱无谏书。金盆皇孙真龙种,浴罢六宫竞围拥。惜哉傍有锦绷儿,蹴破咸秦跳河陇。古来治乱本无常,东封未了西幸忙。辇边贵人亦何罪,祸胎似在偃月堂。今人不识前朝事,但见断缣妆束异。岂知当日乱难人,说着开元总垂泪。

本诗的主旨也不再批"杨"而在于指李隆基和"偃月堂"——李林甫。这就是南宋以来的"杨李"题画诗的倾向,特别该诗的倒数二句,"今人不识前朝事,但见断缣妆束异",表面是写时人就观画而观画,看不出画外之旨,实际这句何曾不是对当时朝廷的批判呢?

南宋的此类题画诗中,"陶渊明"亦是重点题咏之一,包括题"陶渊明像""陶渊明采菊""归去来图"以及和陶渊明相关的典故如"三笑""葛巾漉酒"等。"陶渊明"的文化标签为隐居的高士。殊不知隐居的背后是对世事的一种无声对抗。关于"陶渊明"题材入画自唐有之,北宋以来较为多见。历代对于陶渊明的接受,以唐为界,唐以前对陶渊明主要关注其人品,对其文学作品似乎观照较少,北宋的苏轼开始全面观照陶渊明的文学作品,此时关于陶渊明的绘画作品也显著增加,袁行霈在《古代绘画中的陶渊明》②一文中将"陶渊明"类绘画归纳为三类:一类

---

① 《全宋诗》3039 卷,第 36241 页。
② 袁行霈:《古代绘画中的陶渊明》,北京大学学报(哲学版),2006 年 11 月。

为文学作品,也可称其为诗意画,第二类为关于陶渊明的轶事,第三类为陶渊明的肖像画。南宋关于"陶渊明"的题画诗,主要集中后两类进行题咏。如果说北宋实现了对陶渊明诗歌的关注,那么南宋则完成陶渊明人品与诗品的共同关注,从而实现了"陶渊明"作为"隐逸""高品"文化符号的完成过程。从这一点来说,这是南宋题画诗对于北宋题画诗的接续。至于题画诗中出现的一些情绪,除了因袭北宋以外,南宋的此类题画诗表现出了与北宋不同的情感倾向,其间夹杂着时代的情绪——苦闷与"遗民情绪",如作者主要集中在南宋后期。主要是借"陶"阐发其归隐思想和遗民情绪的"黍离之悲"。如牟𪩘的《题渊明图》①

> 平生抱耿介,四海寡朋交。凄其九日至,颇感颜发凋。无酒醒对菊,风味乃更高。谁识此时情,白云行远霄。地主有佳饷,得之良已劳。而我适邂逅,赴饮如沃焦。永言大化内,朽质非所陶。惟有饮美酒,一醉可千朝。

牟𪩘因忤权臣贾似道而去官,宋亡即闭门不出三六十年,"平生抱耿介,四海寡朋交"既是牟自我的写照又与陶渊明人格精神暗合,此时陶渊明式的归隐不仅仅是隐逸的符号,更是一种政治上的诉求。当然有时候这种诉求或可另当别论,如人品不可多言的方回就有多首和陶诗及关于陶渊明的题画诗。

在题历史人物时,王昭君、蔡文姬等流寓塞外的人物,也是经常被题写的对象,即使我们没有看见画作,但可以想象,绘画中的女子,往往模态写意,突出人物身份,但在题写女子绘画的诗词中,题画的作者似乎不是审视或观看画中女子,只是一瞥便心托他处,付诸笔端的往往是和女子身世关联的历史。如陈宓的《和徐绍奕昭君画》②:

> 汉家无计饵单于,掖庭为出千金铢。秀色妍姿玉不如,天子一见先嗟吁。三千粉黛尔殊绝,谋身独拙何蚩愚。梨花带雨辞殿隅,遗恨画工犹可诛。世人重色多欲歔,不思婉娈同戈殳。君王鉴识应耽娱,皇天为遣投穹庐。乃知汉计自不疏,画工忧国非奸谀。君不见后世佳人号太真,坐令九鼎污胡尘。当时早解挥妖丽,长作开元一圣郡。

---

① 《全宋诗》卷 3510,第 41917 页。
② 《全宋诗》卷 2852,34006 页。

将国家兴亡全系女子一身,"红颜祸水"的观念体现在题写当中,细观南宋关于"昭君""文姬"的题画诗,我们发现:当题画诗人对二人身世进行表现、评论的时候,或多或少我们能感受到其实题画作者真正关心的是二人所处的历史时期或者更确切地说是"题画论世",甚至有的题画诗基本完全游离于画面之外,这是南宋文/士人在逼仄的历史环境中的正常反应。笔者认为,诗画的本质表现是不同的,画最大的表现是视觉、空间,而诗词等文学最大的表现是感觉、时间。只有承认诗词与绘画的差别才能更好地理解题画诗。目前自美术理论叙事画的研究多有论文和专著问世,本书绪论部分已经有所论述,笔者认为所谓人物画"叙事性"虽然体现在绘画作者和观者双重身上,但二者的关系却表现为对立与统一。其对立、统一关系表现最为突出的便是人物画上,而这些在南宋表现得又是明显中的明显。在南宋题历史人物画中,绘画与题画主题即诗与画的主题表现的显现特征为统一性。无论是对"杨李"、"陶渊明"还是"李杜"等,题画诗与画面表现的含义相一致,但在诸如"蔡文姬""王昭君"等题材上,绘画与题画诗的题材则体现了矛盾性,李唐的"文姬归汉图"、刘送年的"昭君出塞图",这些历史故实类的绘画作品,多出自宫廷画师之手,而宫廷画师最重要的职责就是为政治服务,其绘画创作的目的与南宋时期政治状态有关,兹就涉及"蔡文姬"的绘画与题画诗做以分析:

关于"蔡文姬"的绘画,南宋以陈居中所画得传[①],与此题材类似的还有《胡笳十八拍》,关于陈居中的资料记载甚少,《图绘宝鉴》有寥寥数句:"陈居中,嘉泰年画院待诏,专攻人物、番马,布景着色,可亚黄宗道"。"嘉泰年"为宋宁宗年号,宁宗时期虽有韩党专政和后宫乱政的评价,但主张北伐的决心却很大,联系这一事实,我们再观照陈居中的"文姬归汉"类绘画,其政治意义可谓昭然——以"文姬归汉"的故事为"北伐""统一"摇旗呐喊。这也就能解释为何北宋的绘画和题画诗中少有"蔡文姬"的题材,而到了南宋则出现的问题。

关于"蔡文姬"的题画诗据《全宋诗》统计有三首,分别为:刘辰翁《文姬归汉图》、林景熙《蔡琰归汉图》、林景清《蔡琰归汉图》,二林诗题相同,文字几无差别,一说林景清为明人,全宋诗录林景清诗二首,除《蔡琰归汉图》还有一首题为《毗陵太平院壁间画山水熟视之有飞动势

---

① 《文姬归汉图》,绢本,设色,147·4cm×107·7cm,藏台北故宫博物院。

殆仙笔也》,略考其题名"毗陵太平院"及诗中"老僧"等语,知毗陵太平院即为"毗陵太平寺",据"太平寺"资料,该寺宋高时"毁于火",明洪武年间重建后简称"太平寺",粗略考察,林景清为明人,《历代题画诗类》记载有误。故"文姬归汉"类题画诗实为两首,作者分别为刘辰翁与林景熙,刘、林二人都为宋人,都以忠于宋室著称,这就能很好地解释为何二人题写《文姬归汉图》。

图 3-2　《文姬归汉图》,绢本,设色,147.4 厘米 ×107.7 厘米,藏台北故宫博物院

刘辰翁《文姬归汉图》[①]:

　　鹤巢覆绝孔文举,锦衾裹葬杨德祖。铜雀春风歌舞长,独复悽然若人女。故人有女胜无儿,满腹兴亡身属谁。琴烧笛折?灰冷,开卷草深归鹤饥。美人用事单于国,细马驼金为余北。曾从过雁借书看,又向枯鱼寄声得。胡笳日听心自哀,天遣前朝汉使来。穹庐抱子送于野,欲去欲往真难哉。大儿牵衣小儿乳,割乳分携泪如雨。跋马儿啼渐不闻,肠断一如初遇虏。画图巧画欲无声,不尽贤王子母情。踟蹰拳局各有态,未必日暮分驰能。天长地久何终极,事已不堪回首觅。草无南北是青青,云有朝昏长幂幂。琵琶恨绝妒难消,海上羝儿梦岂遥。入见玉关天似锦,归从金马晚当朝。容仪憔悴恩无骨,记问荒唐存又没。卫郎去我墓何斯,魏史亲人礼难越。当时一女赎元身,乱

① 　《全宋诗》卷 3555,第 42493 页。

代流离更可闻。天南地北有归路,四海九州无故人。

林景熙《蔡琰归汉图》①:

文姬别胡地,一骑轻南驰。伤哉贤王北,一骑挟二儿。二儿抱父啼,问母何所之。傍鞭屡回首,重会知无期。孰云天壤内,野心无人羁。凡物以类偶,湿化犹相随。穹庐况万里,日暮惊沙吹。惜哉辨琴智,不辨华与夷。纵邻形势迫,难掩节义亏。独有思汉心。写入哀弦知。一朝天使至,千金赎蛾眉。雨露洗腥瘴,阳和变愁姿。出关拜汉月,照妾心苦悲。妾心倘未白,何以觌形罪。狐死尚首丘,越鸟科南枝。如何李都尉,没齿阴山陲。

结合现所见的《文姬归汉图》,刘辰翁的题画诗能够细致描写绘画内容,结尾感叹文姬身世之感,实有自我写照之意,但对故国哀思的黍离之悲似乎不如林景熙明显。

在题人物历史故实类的题画诗中,诗与画面常常处于分离的局面,目前研究题画诗多是将宋代视为诗画结合的黄金时期,苏轼"诗画一律"似乎成为主流,笔者一直强调,宋代的诗画关系远未达到合流的程度,甚或说在中国古代绘画辉煌的元明清时期,诗画也未达到结合的程度,这在人物画中表现尤为明显。"画图巧画欲无声,不尽贤王子母情",读此两句不禁想到沈括《梦溪笔谈》:"此好奇者为之。凡画奏乐,止能画一声。"南宋的人物故实类绘画与北宋的最大区别是作者群体不同,南宋的此类绘画群体几乎全为宫廷画师,既为宫廷画师,料想一定循规蹈矩,不敢造次作画,很有可能都是"命题作文",宫廷画师如何表现"题",一定费尽心思,因绘画的视觉空间艺术之本质决定,绘画的叙事不如诗生动与准确,以"文姬归汉图""胡笳十八拍"为例,绘画为达到所谓的"政治"要求,必然极尽图绘之能事,但所谓的极尽也不过是构图、人物设置、线条等绘画技巧方面下足功夫,于阐释其政治意义方面与诗的差距真是霄壤之别。如在题李白和杜甫的画像诗中,题写对象——人物画像,基本为文人起兴的基础,而对画面或者绘画方面几乎不着一字,如韩淲的《李白襄阳歌图》②:

谪仙非诗画非画,山简襄阳别有话。空令江左作图看,竹院留藏我悲咤。

---

① 《全宋诗》卷 3776,45573 页。
② 《全宋诗》卷 2757,第 32491 页。

传闻边头腥甲兵，岘首依前汉水清。只轮不返边尘扫，莫
负当年力士铠。

此间陆游一首《题十八学士图》^①最能体现诗画主旨分离：

隋日昏曀东南倾，雷塘风吹草木腥。平时但忌黑色儿，不
知乃有虬须生。晋阳龙飞云溶溶，关洛万里即日平。东征归来
脱金甲，天策开府延豪英。琴书闲暇永清昼，簪履光彩明华星。
高参伊吕列佐命，下者才气犹峥嵘。但余一恨到千载，高阳缪
公来窜名。老奸得志国几丧，李氏诛徙连孤婴。向令巫念履霜
戒，危乱安得存勾萌。众贤一侯祸尚尔，掩卷涕泪临风横。

阎立本的《十八学士图》人所皆知，陆游此诗正是因画而起兴之典
范，全诗脱离画面，从李世民隋末起兵到东征高丽再到礼延学士，由画
面联想到李世民的文治武功，陆游并未去描写画面或十八学士，而是单
单抓住十八人当中的"许敬宗"一人——"高阳缪公"，许敬宗，因武则
天多采其言，致使"李氏诛徙连孤婴"，最后感叹，贞观贤能的努力毁于
一奸臣之手，悲叹历史，竟至"掩卷涕泪"。古代有忠臣逆子，笔墨从不
吝啬其褒贬，但对帝王之褒贬一向很是慎重，以陆游之学识，将李唐之
乱归于奸臣，却是值得我们思考，此种问题因离题甚远，故不做延伸。笔
者从《全宋诗》中所见的题《十八学士图》北宋有两人，分别为宋徽宗和
谢薖，谢薖诗中有句云："数公不语意有在，敬宗流辈宁何知""美哉贞
观犹有恨，洗苏众像一长叹"，陆游此诗似与之意合。

（二）自然与本真——人物写真类题画诗

无论是民间还是士大夫群体，到了南宋都对写真情有独钟，南宋的
人物类题画诗的第二类为人物写真，题人物写真就其形式无外乎两种，
题他人写真与题自我写真，北宋时期题写他人写真数量占比同类题画诗
数量较多，似有"应社"之嫌，南宋题写自我写真主要突出一个"真"字。
李旭婷在《唐宋士人心态内转的脉络——以南宋自题写真诗为视角》一
文中说："探究以南宋为代表的自题写真诗可以发现，唐宋文化心态的
内转始于中唐白居易，北宋时更多的士人开始由外在的事功转向内心的
自省，而南宋这种内转的趋势更为明显，不仅有消极自伤，亦有自适自
乐，并且致力于理性地将负面情绪排解开，从而达到内心的平淡。他们

怀着安贫乐道、宠辱不惊的自我期待,将穷愁苦闷消解为一种理性的自持"。① 该文从南宋自题写真入手,特别是从唐宋"诗题"入手,分析诗"试题"与诗歌内容之关系,形式颇感新颖,但分类略显不精,其次,自题写真即观看自我画像,一人若获得自我认知,依靠镜子是不行的,自我认知的不仅仅是"像"而在于"像"外之意,在题写自我写真中,题画作者的情感活动、心理活动和理性思维很难说孰先孰后,概言之,自题写真的题画诗的最后归结点都在于表现内心,若说是南宋的自题类写真诗凸显的"安贫乐道""平淡""理性",似乎不妥。我们不妨对南宋的此类题画诗作以形式与内容上更细致的观照,从形式上看,南宋自题写真类作品数量较北宋有所增加,但从题写作家数量上看,与北宋相仿。其自题数量多的原因在于周必大一人就有 40 余首。自唐白居易以来,自题写真虽渐或有之,但与唐及北宋相比,南宋的自题写真与前代有很明显的区别。在作者群体中,有一个现象很值得注意:儒释道三者在南宋继承了北宋以来的一贯融合的传统,在题释道人物像赞方面,陆游、范成大、林之奇、李流潜等儒家门生都多有题写,释居简等释门对杜甫、李白甚至道教人物也多有题写,充分反映了南宋儒释道合流的趋势。

从内容上看,南宋"写真"的风格"尚真","写真"的一个特征便是"谨毛细貌",但到了南宋,人们却是追求一种自然的"本真":

> 颜苍发白少精神,传得泉南老病身。莫著金章著蓑笠,丹青写出更须真。②

从该诗我们可以看出,王十朋强调即使"发白""少精神",也可不必掩饰,写真要"须真"。"著金章著蓑笠"反映出写真除了细致谨貌以外,画师对人物所处的背景似有意营造,有的甚至画工自行摹写:

> 居士一丘壑,深衣折角巾。谁曾令子见,忽漫写吾真。更不游方外,於何顿若人。呼见一笑看,下笔可能亲。③

上面杨万里的诗更能反映南宋写真的一个情况,画工可以自行摹写,从两首诗的"金章蓑笠""丘壑""深衣角巾"来看,当时士大夫的写真偏向"隐逸"一路,这似乎是继承了北宋欧苏以来的写真传统,画工习惯性审美或创作倾向还离不开"歌颂"的范围。

从上面两首题写真诗及其他题写真诗中,我们可以窥见南宋"写真"

---

① 重庆师范大学学报(哲社版),2017 年第 4 期。
② 王十朋,《写真自题》,《全宋诗》卷 2041,第 22918 页。
③ 《江湖集壬午初秋赠写真陈生》,全宋诗卷 2275,第 26064 页。

中的一些其他信息：

第一，南宋的"写真"主体虽为画师，但绝对不是民间的一般画师而是有一定思想和学识的人，但这一群体与北宋宫廷或民间一般画师不同，这个我们从一些题画诗的题目中就能够看出，如：杨万里的《赠写真水监处士王温叔》①、程洵的《赠写真方处士》②、楼钥的《谢叶处士写照》③、杨万里的《太守赵山父命刘秀才写予老丑索赞》④、周必大的《刘氏兄弟写予真求赞》⑤、《太和贡士陈诚之记予颜欲置远明楼》⑥、《能仁监寺智超为予写真求赞》⑦……

其中写真画师多以"处士""秀才"等称呼，所谓处士，一般指那些不入仕途之人，但绝不是一般民间画工，而"秀才"等应该参加过科举，这些人缘何不走科举道路转而为画师，不得而知，有的也未能进入当时乃至后代的画录、画论当中，但因为题画诗，这些人的名字得以保留，我们也因此能够从中窥见南宋民间画坛的一些风貌，即一些文化层次、思想层次高的人进入了画坛。这些被称为"处士""秀才"的画工，如"隐士"一般，但又有所不同，他们往往不屑权贵，保持自己的操守：

> 书工亦无数，好手不可遇。非是画事难，难得画中趣。况写佳士照，又不比行路。庄生颇工此，为我扫尺素。俨然山泽臞，诗肩瘦兔鹭。老色虽上颜，庾尘莫能污。生画甚迫真，余子等孩孺。得钱散酒家，无心问婚娶。醉被风雪欺，术招鬼神妒。长安多贵人，朱门富纨绔。使闻生之名，当即悬金募。我贫亦如生，正以诗穷帮。一画博一诗，两手相分会。⑧

"得钱散酒家，无心问婚娶。"这些"处士"画工，虽为画资但绝不为钱与权贵所动，正如杨万里所说："叶君著眼秋月明，叶君下笔秋风生。市人请画即唾骂，只写龙章风姿公。"⑨同时，他们在写真时往往有自己的创造在参与：

---

① 《全宋诗》卷 2304，第 26485 页。
② 《全宋诗》卷 2500，第 29808 页。
③ 《全宋诗》卷 2539，第 29387 页。
④ 《全宋诗》卷 2313，第 26611 页。
⑤ 《全宋诗》卷 2330，第 26800 页。
⑥ 《全宋诗》卷 2330，第 26801 页。
⑦ 《全宋诗》卷 2330，第 26804 页。
⑧ 王迈：《赠传神庄士仪》，《全宋诗》卷 3002，第 35714 页。
⑨ 杨万里：《赠都下写真叶德明》，《全宋诗》卷 2294，第 26342 页。

世久无绝艺，斯人妙丹青。时将好东绢，貌彼神与形。悠然意象会，转转毛骨生。或濯若春柳，或清如壶冰。或耸千丈壑，或森武库兵。妍媸有真鉴，抑扬无遁情。楚相欲谈笑，中郎存典刑。斯人胸次奇，不以艺自名。逍遥万物间，非俗仍非僧。游戏于笔端，遂尔造其精。殊非学可致，要是天与能。待诏集金马，功臣图景灵。渠当自致此，胡为老沈冥。[①]

"或濯若春柳，或清如壶冰。或耸千丈壑，或森武库兵。妍媸有真鉴，抑扬无遁情。"，画师在为他人写真时，加入自己想象背景，多以"隐遁"主题背景为主，当然正如前文所说，南宋人写真追求一种"尚真"原则，但南宋的"写真"应与我们今天看到的南宋人物画像不同，"写真"应是有一定绘画背景且以"隐逸""闲适"背景为主题的，这在画史画论及当下留存的"写真"像中，还不多见，只能从题画文学中我们才看出。此外，一些写真作者为释门中人，两宋时代，僧人与文人的交往十分频繁，这是文学史、思想史上早已注意但未被深入研究的一个现象，在写真群体中，能诗善画的僧人群体也占据相当一部分比例。

第二，南宋人物写真类题画诗中另一个特点为题写本朝和时人的写真画像类题画诗增多，虽然北宋也有题写，如题"睢阳九老图""题东坡画像"等，但到了南宋，题写本朝和时人的画像则增多，如"放翁"陆游、"诚斋"杨万里、"庐陵"周必大、"梅溪"王十朋、"豫章先生"罗从彦等人，都是写真题写的对象，他们或为时代政治人物或为一方学术宗师，其写真画像受到人们题写，也可以看出，南宋写真类题画诗较之北宋的"应社"性质以外更加贴近生活。周必大题写关于"自己"的写真在南宋题写当中，应是最多的一位，从其中的一些诸如"南城吴氏记予七十三岁之颜""游元龄登仕写予真求赞""能仁监寺智超为予写真求赞"等诗题来看，当时的人物写真像已经是相当流行了。

（三）风俗与安乐——人物风俗类题画诗

南宋绘画的一个显著特点是人物风俗画的增多，"南宋时期，人物画的一个重要特点，在于题材的扩展，在北宋仕女、圣贤、僧道题材继续发展的同时，历史故事人物画和风俗人物画得到进一步繁荣，成为人物

---

① 程洵：《赠写真方处士》，《全宋诗》卷2500，第28908页。

画创作中的主要方面。"① 南宋的风俗画创作非常繁荣，如楼璹的《耕织图》、苏汉臣的《婴戏图》、李嵩的《观潮图》、朱光普的《迎妇图》等等，反映了南宋社会的城市繁荣。南宋的人物风俗画较之北宋有诸多发展，一大批风俗画出现，这些风俗画的创作倾向在题画诗中也有所体现。如：廖行之的《题舅氏耕隐图》②、韩淲的《写捕鱼雪图轴》、③陈鉴之的《题村学图》④、张侃的《朱陈嫁女图》⑤、姜夔的《题谢耕道一犁春雨图》⑥、郑清之的《题偃溪闻长老尧民击壤图》⑦、陈鉴之的《题村学图》⑧等。其中以《一犁耕雨图》所题较多，如魏了翁的《题谢耕道一犁春雨图》⑨：

　　床头夜雨滴到明，村南村北春水生。老妇携儿出门去，老翁赤脚呵牛耕。

　　一双不借挂木杪，半破夫须冲晓行。耕罢洗泥枕犊鼻，卧看人间蛮触争。

诗中作者仿佛是春耕的亲历者，但我们要注意到，其实这是作者观图有感，与画家的观看现实还是有所区别，这也是题画者与画者的本质区别之一，虽然二者都有自己的布置、想法，但毕竟画者靠观察、回忆、想象的因素加之构思布图，故尔离现实不远，而观画者则虽浏览画面但更多的是靠想象等情感的参与从而形成诗，故在描写画面之后，引出主题或发表自己的主观感受，如上面所举的诗中最后两句："耕罢洗泥枕犊鼻，卧看人间蛮触争。"作者想要表现的是农耕的自给自足但我们可以预见，那自耕的老者，似乎不太会注意社会的"蛮触"之争，这就是诗家的自我之语了。此外，风俗画和题写风俗画在表达情感上和目的上还是有本质区别的，以"耕图"等为例，绘画者的创作大多是粉饰太平，以体现社会安定、繁荣为主，如楼璹，绍兴二年至四年在于潜作县令，自己走访四方，体察民情，绘出《耕织图》并上报朝廷，以"劝课农桑"，楼璹也被高宗召见，高宗将《耕织图》宣示后宫，一时朝野相传。画家刘松年

①　陈野：《南宋绘画史》，上海：上海古籍出版社，2008年12月版，第276页。
②　《全宋诗》卷2524，第26190页。
③　《全宋诗》卷2757，第32493页。
④　《全宋诗》卷3028，第36079页。
⑤　《全宋诗》卷3109，第37104页。
⑥　《全宋诗》卷2775，第32066页。
⑦　《全宋诗》卷2904，第34658页。
⑧　《全宋诗》卷3028，第36079页。
⑨　《全宋诗》卷2904，第34870页。

也曾为朝廷献《耕植图》而加官进爵。可见绘图的目的有强烈的现实性和目的性,但反映到题画诗中则在表达农桑碌忙以外,带有一丝村野志趣,符合文人的审美标准。正如苏洞在《谢耕道一犁春雨图》①所说:"好事图形复赋诗,岂知真个把锄犁。野人开卷微微笑,最忆轻簑带湿归。"当然,这类题民间风俗的诗歌也反映了民间的祥和之情,郑清之的《题偓溪闻长老尧民击壤图》②:

> 炊烟万井着僧居,人在康衢画不如。寄语偓溪崖淡墨,图中添我一柴车。

与此类似的还有张侃的《朱陈嫁女图》③:

> 生男愿封侯,嫁女在比邻。此是古人言,最知天理真。世远人亦伪,嫁娶来城闉。岁序罕聚首,浩渺不计春。当其出门时,错落车百轮。笙箫填孔道,珠翠委泥尘。堂开牡丹屏,盘横水精鳞。徒取眼前富,未问身后贫。女娇鲜礼法,薄夫贻所亲。民家女及嫁,择对走踆踆。一旦有其家,昕昏如主宾。谁图朱陈村,宜为尧舜民。

"尧民击壤"与"朱陈嫁女"都是唐以来的传统风俗画,自晚唐到北宋多有诗文集在,主要反映百姓祥乐之事,这些民间题材的绘画作品已经有文人题写,但到了南宋尤其繁荣,从侧面也反映了南宋绘画中风俗画的发展以及生活的相对稳定。还有诸如上文列举的陈鉴之的《题村学图》:"田父龙钟雪色髯,送儿来学尚腰镰。先生莫厌村醪薄。醴酒虽家有楚钳。"写得非常天趣自然。可见,到了南宋,题画诗一个重要转向就是贴近民间、贴近生活。

最后,关于南宋人物类题画诗要说的一点是,南宋的人物写真类题画诗延续北宋"题写本朝人物"的基础上呈现繁荣的局面,由于南宋社会晚期的改朝换代,涌现出一批爱国志士,其中以文天祥、陆秀夫为代表,其事迹与画像在民间也广为流传,出现了以刘辰翁、刘埙、林景熙对二人的画像进行题赞,至今读来犹回荡着民族大义之气:

> 闲居忽忽,万古咄咄。天风惨然,如动生发。如何寻约,亦念束刍。

> 岂其英爽,犹累形躯。同时之人,能不颡泚。昔忌其生,今

---

① 《全宋诗》卷2849,第33962页。
② 《全宋诗》卷2904,第34658页。
③ 《全宋诗》卷3109,第37104页。

妒其死。①

在国家危亡之际,如刘辰翁、周密、张炎、郑思肖等人怀有黍离之悲在题画诗中也有所体现,如刘辰翁的《文姬归汉图》《苏李泣别图》等题画诗,虽然绘画题材早已有之,但经亡国之际的诗人再度题写,当然更有家国情怀在内了。

二、山水类题画诗

南宋的山水绘画对比北宋出现了较大改变,尤其体现在画面的构图上,南宋变北宋全景构图而代之以局部构图,变北宋"三远"代之以"平远"为主。"平远"之色有明有暗,"平远"之意冲融而缥缈,"平远"者冲澹,其人物之在冲澹者不大……②北宋山水画大家郭熙对平远有精细的解读,即由近及远谓之平远,平远之景物有明晰昏暗相交近,平远中的人物不能画得太大,江南之风物尤以平远之表现最为贴切,加之平远使人近睹远望皆可,自北宋以来深受士大夫们的喜爱。南宋山水画尤以名"平远"为主,其表现在题画诗上也与北宋有所不同。据笔者统计,南宋题山水类题画诗582首,其数量上少于人物类题画诗,但如果按照作者分布情况,则山水诗的题画作者数量远远高于其他题画诗作者数量,这也从另一层面反映山水类题画诗一直为自北宋以来题画诗之主流也。此外,南宋的"纸本画"进一步发展,这从题画诗中也能看出:"信知胸中著云梦,不止豪端挟风雨。祇今小纸弄姿态,气韵酸寒终愧古"③"钱塘怒涛天下无,谁将尺纸为新图。"④相比于绢本,纸本更容易让诗人生发一种题写之情,为元以后诗画进一步结合奠定了基础。

(一)山河蒙胡尘,咫尺愁千里

在南宋的山水类题画诗中,与北宋同类题材相比最为突出的一个特征就是在题画诗中表现出强烈的收复失地的情感,这是很多研究南宋文学论文、专著中都有提到的一个重要内容。这一点,在山水类题画诗中表现得尤为明显,盖因几临山河图画,想起大好河山蒙尘受辱,诗人发

① 刘辰翁:《文文山先生画像赞》,《全宋诗》卷3555,第42494页。
② 郭熙:《林泉高致》,河南:中州古籍出版社,2013年11月版,第105页。
③ 周孚:《题游元著潇湘晚景图》,《全宋诗》卷2485,第28773页。
④ 楼钥:《题董道亨八景图》,《全宋诗》卷2540,第29398页。

出了强烈的收复失地的呐喊,代表人物为陆游:

> 上马击狂胡,下马草军书。二十抱此志,五十犹矍儒。大散陈仓间,山川郁盘纡,劲气锺义士,可与共壮图。坡陀咸阳城,秦汉之故都,王气浮夕霭,宫室生春芜。安得从王师,汎扫迎皇舆?黄河与函谷,四海通舟车。士马发燕赵,布帛来青徐。先当营七庙,次第画九衢。偏师缚可汗,倾都观受俘。上寿大安宫,复如正观初。丈夫毕此愿,死与蝼蚁殊。志大浩无期,醉胆空满躯。①

陆游的山水类题画诗无论是面对大散关、长安城的地图,还是充满送别情绪的阳关图,抑或是米元晖的小幅山水,放翁的笔下没有隐去的"山林"情绪,而都是收复山河的时代悲吟。隆兴议和,范成大受命使金,力保国体尊严,故国的风物、沿途的江山令成大无不慨然:

> 许国无功浪著鞭,天教饱识汉山川。酒边蛮舞花低帽,梦里胡笳雪没鞯。

> 收拾桑榆身老矣,追随萍梗意茫然。明朝重上归田奏,更放岷江万里船。②

周必大的《永新贺升卿携中原六图相遇过其论古名将出师道路形势可指诸掌为赋此诗》③:

> 历历山河一卷书,博闻疑是古潜夫。金城未入职方考,玉座正披舆地图。

> 取虢不应须假道,胜齐终恐用真儒。从来美玉劳三献,岂比巾箱袭球珷。

作为"庐陵四忠"的周必大,面对南宋的政治军事形势,能够提出自己的见解,特别是"取虢不应须假道,胜齐终恐用真儒"两句,对当时的军事用人形势进行分析批评。此时的地图类题画诗表现这一主题尤为明显:

> 专闻威名仰四驰,韬铃秘铧快图披。守江不若守淮阴,御敌何如料敌奇。

> 棋墅无惊惟太傅,风寒能护是良医。投鞭那有流堪断,屹

---

① [宋]陆游:《观大散关有感》,《全宋诗》卷2157,第24336页。
② [宋]范成大:《画工李友直为余作冰天桂海二图》,《全宋诗》卷2255,第25873页。
③ 《全宋诗》卷2321,第26702页。

立长城报主知。①

到了亡国之际的胡仲弓笔下，山河的不可收复之叹已经真正了变成了"故国不堪回首处，西风满地黍离离"②的"黍离之悲"！等到宋末元初的遗民诗人手里，更有一种"惠崇不作大年死，惆怅江湖春水多"③"江山寂寂芦花白，好似今朝纸上船"④的易代悲鸣了。

逢乱改朝换代之时，偏安的江山最终山河蒙胡尘，家国之痛，在南宋山水类题画诗中表现得尤为淋漓尽致，但如笔者在绪论部分所言，本书力求发他人所未发，力求审度他人之所发，由于类似表达多见于南宋的诗歌研究、绘画研究更多见于南宋题画诗研究当中，此等内容若结合身世研究单人作品或许更可深入，但对于本书而言，似可不赘笔墨。

（二）聊摄灏端景，以补实不足

山水画的一个突出特征便是将现实与虚幻的山川、竹林等自然景物摄入笔端从而"幻"出一个山水世界，如果说自然的山水给人以"林泉"之思，那么山水画则是对那些无法涉足山水或心念山水、有"林泉之思"的人一种情感上的"补偿"。"大山小山俱好隐，江南梦去曲肱眠"⑤"平生饱看江湖景，所恨未游关辅山。一朝图画入吾手，似到终南少室间"⑥。

"山水画"的创作动机与鉴赏目的是得到一种亲近自然、融于自然的心理欢愉，一种远离尘嚣的宁静之感。可正如笔者在前文所说，画与现实之间毕竟是有差别的，画中的自然、画中的山水显然是"似"是"幻"，当诗人在画中领略山水以补其现实之不足的时候，面对山水画，有时候也对画中的山水提出一种"质疑"，如王炎的《远山平林图》：

> 山色微茫疑有无，木叶半脱殊萧疏。云根更著数椽屋，此屋当有幽人居。墨妙逼真乃如此，毕竟非真惟近似。何如屐齿饱经行，是处溪山皆画笥。还君图画吾且归，家在江南依翠微。⑦

① ［宋］孔盅：《开禧丁卯置制使叶宝文团结淮西山水寨四十七处绘图见示》，《全宋诗》卷2787，第33008页。
② ［宋］胡仲弓：《中原指掌图》，《全宋诗》卷3336，第39835页。
③ ［宋］岳舒祥：《题周梅叟藏小景画卷》，《全宋诗卷3443，第41021页。
④ 同上。
⑤ 高似孙：《燕文贵山木图》，《全宋诗》卷31983，第31983页。
⑥ 喻良能：《宋终南函谷二图还司路钤》《全宋诗》卷2356，第27050页。
⑦ 《全宋诗》卷2564，第29762页。

在南宋题画诗词中有一个现象：作者在进行题画时，有"理性"参与其中，"幻成清落索，要识雪模糊"①，能够有意地指出绘画的"幻"与现实的"真"的区别，在这"真"与"幻"之间，更能使得在传统的鉴赏山水画基础之上从而引发的"林泉之志"。但当我们仔细阅读南宋这些题画文本的时候，能感受到南宋山水类题画诗与北宋山水类题画诗存在着较大的不同：北宋的山水类题画诗较多的是"以画山水为真山水"而南宋却是辨"画山水与真山水"，依笔者所查据的资料，似乎还未有人对此现象费墨留意，可这的确是南宋题山水类题画诗的一个特征。当然，南宋也有"破烟飞鹭不排行，林外青山阁晓光。村犬吠人循岸走，见成诗句省思量。"②这样的诗句，但我们除了注重南北宋的"同"，更要看到二者之间的"异"：

> 一夜云山落枕边，布衾清煖得安眠。五更门外闻朝马，始
> 觉清风远涧泉。③

北宋题"山水"是以"假"为"真"，南宋题"山水"是题"假"求"真"。从表面看，似乎南宋的文人较之北宋更加具有与体验"林泉"趣的雅兴与走进隐逸之路的勇气，具有一种"出世"的洒脱，但这"洒脱"的背后应是对现实的无奈之举。

（三）咫尺山水间，充满生活趣

相对北宋的题画诗，南宋题画诗更加注重社交功能，但比北宋情感更加真挚，不是一般意义上礼节性的鉴赏与赞美，南宋的画人一部分由"士人"转化而来。题画诗的作者与"画人"之间、与"藏画"者之间的关系比北宋时更加亲密，阅读南宋题画诗更能感受到题画怀人之感；又因山水画一直以来被士人视为绘画中的"高雅"品类，题诗者对山水"画人"或"藏者"其情感又与其他类题画诗有所不同，尤其南宋山水类题画诗，处处流露着一种真情：

> 裴侯爱画老成癖，岁晚倦游家四壁。随身只有万叠山，秘
> 不示人私自惜。俗人教看亦不识，我独摩挲三太息。问君何处
> 得此奇，和璧隋珠未为敌。答云衢州老祝翁，胸次自有阴阳工。

---

① 韩淲：《金焦二山雪望图》，《全宋诗》卷2579，第32533页。
② 张镃：《题赵祖文画》，《全宋诗》卷2687，第31632页。
③ 韩淲：《陈绍之作山水与卧屏》，《全宋诗》卷2769，第32743页。

峙山融川取世界，咳云唾雨呼雷风。昨来邂逅衢城东，定交斗酒欢无穷。自言妙处容我识，为我扫此须臾中。尔时闻名今识面，回首十年齐掣电。裴侯已死我亦衰，祗君虽老身犹??。眼明骨轻须不变，笔下江山转葱茜。为君多织机中练，更约无事重相见。①

该诗睹画思人，既思"藏画"之人又嘱"绘画"之人，读来情感真挚，完全没有造作矫情之感。

这种生活的真趣更体现在南宋的山水类题画诗题写独具特色的南宋所特有的风物部分，如钱塘江大潮，南宋画家对于钱塘潮的绘画很多，夏圭、赵伯驹、钱选等都有相关画作。南宋题钱塘潮的题画诗有12首。如名山樵子的《题赵千里夜潮图》：

八月钱塘江上水，风静浪平清澈底。夜半潮声带月来，沙头眠雁还惊起。

何人一幅鹅溪绢，画出长江千万里。莫道波声静不闻，请君默坐聊倾耳。②

描写钱塘潮的题画诗，一般着眼于夜半风涛卷雪、天上无云挂月等自然宏大景象的。南宋赵伯驹、李嵩等都将浙江钱塘潮诉诸豪端。赵伯驹为高宗画院待诏，擅长金碧山水，李嵩为光宗、宁宗、理宗画院待诏，擅长水墨山水，赵伯驹的《夜潮图》今不得见，只能从题画诗中寻觅。明朝田汝成的《西湖游览志馀》对李嵩的《钱塘潮图》有载："嵩本钱塘人，历光、宁、理三朝画院待诏，出于目击，丹青藻绘已有浮于世景者，今所画略无内家人物，仪卫供帐与吴俗文身戏水之流，惟空垣虚榭，烟树凄迷，平波远山上下，与帆樯相映而已，批阅中，欲使人心目迟回，有感慨吊昔之怀，无追攀壮浪之感。嵩艺匠经营，情留像外，岂亦逆见将来预存后监耶？杜子美诗云：'江头宫殿锁千门，细柳新蒲为谁绿？'殊为此图题咏也"。③

---

① 朱熹：《题祝生画》，《全宋诗》卷2385，第27520页。
② 《全宋诗》，卷2957，第35214页。
③ 吴汝成：《西湖游览志馀》卷十七，杭州：浙江人民出版社，1980年11月版，第283页。

图 3-3 《钱塘观潮图》局部,宋代,李嵩,长卷,绢本设色,纵 25.5 厘米,横 70.4 厘米,北京故宫博物院藏

吴氏这段话颇可玩味,笔者归纳为两层意思:其一,李嵩之作构图另辟蹊径,不摹写皇家乃至社会人物观潮形态及江南风俗,只注重江潮之自然景物,且构图着意"空垣虚榭,烟树凄迷";其二,批阅此图使人有"有感慨吊昔之怀"。由这两层意思再结合诸如其他南宋题"钱塘潮"内容的题画诗,我们可推断内容有二:其一,南宋的"钱塘潮"或"浙江潮"类绘画,基本构图描写的都是"空垣虚榭,烟树凄迷",进一步说,我们从题画诗中得到的信息是如此;但从吴氏的话里可以看出,至少在吴氏之时,时人所见的关于"钱塘潮"的绘画似乎以"院体画"为主,内容也偏向"宫廷"与"民间"相融的"与民同乐"的气氛。由此引出一个小结论,题画诗的题写对象——"绘画",在内容上是有所选择的,如赵伯驹以金碧山水为主,美术史上很少提及他画过"夜潮图",但从南宋题写的频次看,赵伯驹的"夜潮图"很受题写者的青睐;其二,这段话的第二层意思即"钱塘潮图",以李嵩为例,有"预存后监"的命意,笔者认为,这是吴氏乃至明人题跋李嵩《观潮图》的个人解读,不应武断地认为这就是李嵩的创作理念,对此,陈野先生在《南宋绘画史》中说"钱塘观潮是浙江的传统,也是绘画常见的题材,许多画家都有类似的作品……李嵩另辟蹊径地寻觅别具一格的表现角度,反映他心中的独特感受,既在常理之中,也是其作品高出时流的原因所在,至于画中是否表现'预存后监'则

也只能见仁见智了"。① 陈先生的观点有自我相悖之感,一方面肯定李嵩的独特角度,一方面又认为"预存后监"是见仁见智的看法。因为南宋此类绘画传世的不多,我们只能通过其他记载去管窥,但若单从宋代题画诗的描绘来看,其"空垣虚榭,烟树凄迷"的构图命意不单为李嵩独有,这从题画诗中就能看出。如笃世南的《题赵千里夜潮图》②、周假庵的《题赵千里夜潮图》③等题画作品,以周的为例:

烟苍苍,江茫茫,明月夜挂天中央。奔潮不尽当日恨,金波怒,卷虬龙。

长浦口,秋飞扬,鸥雁不眠声周间。风高沙涨望难到,羽翰但逐潮低昂。

窗间帘炷香,开卷有素商。何须八月上钱塘,对此秋涛生锦囊。

从题写中,似乎也能看出赵伯驹的"烟树凄迷"的构图命意。除了钱塘潮以外,"西湖"绘作的题咏也是南宋题画诗地域文化色彩的重要体现之一。如项安世的《题画扇》、袁说友的《题关都官西湖孤山四照阁图项》④,其他诗人如姚勉、真山民、吴龙翰等都有关于题画绘画题材的题咏。

南宋的山水类题画诗正如南宋的山水画一样,在延续北宋内容及思想的基础上,又有其自身发展的特点,其表现出的"山河""黍离"之感、独特的江南山水描写、"理性"参与的审美鉴赏等内容都表现出与北宋不同的艺术风格。此论将在下文中有所涉及。

三、花鸟类题画诗

南宋的花鸟类绘画发展迅速,如宫廷画工的"院体""写意"花鸟等。南宋的花鸟类绘画以理宗朝作为分界,理宗朝以前花鸟画兴盛,理宗朝后花鸟画发展相对缓慢。南宋的花鸟画以"院体"创作为主流,强调设色、工笔,水墨花鸟画在宋代形成虽形成独立画科,但南宋的水墨花鸟无法与北宋苏轼、文与可等人的创作成就和影响力相比。相对而言,南

---

① 陈野:《南宋绘画史》,上海:上海古籍出版社,2008年12月版,第291页。
② 《全宋诗》卷3027,第36065页。
③ 《全宋诗》卷2957,第35231页。
④ 《全宋诗》卷2579,第29970页。

宋的水墨花鸟居于"院体"花鸟之下。但在南宋另一个现象是，"院体"外的文人或"士人"从事绘画的人数显著增多，这在本书南宋人物类题画诗部分已经有所表述，在花鸟画方面也是如此，如曾官至国子监主簿的陈容，善画墨梅、水仙的宗室赵孟坚，以僧法长、僧若芬为代表的僧侣减笔水墨花鸟等继续以"文人画"的方式发展。

南宋花鸟类题画诗也十分可观。其数量据笔者根据《全宋诗》统计达到 442 首，约占南宋题画诗总量的五分之一，数量相当可观。其中题梅 152 首（其中梅花喜神 100 首，按一首作品计）、竹 72 首、兰 19 首、水仙 26 首。可见，传统且符合文人审美的梅、竹题材最受题画者喜爱。这也与南宋绘画史上的水墨画创作情况一致，南宋的水墨花鸟虽不及"院体"工笔设色花鸟发展主流，但较多的文人士大夫参与其中，直接提升了花鸟画的审美趣味。"从事水墨花鸟创作的，大体上以朝廷官员、文人士大夫为主力。"[1]水墨花鸟虽然深受题写者喜爱，以至于人人"水墨"，此种社会风尚与潮流的极端就是"至雅为俗"了。对此，刘克庄曾在题画诗中批评道：要识洛阳姚魏面，赵昌着色亦名家。可怜俗眼无真赏，不宝丹青宝墨花。[2]考察南宋四百余首花鸟类题画诗，笔者归纳特点如下。

（一）题画觅春景，花鸟纸缣留

在南宋花鸟类题画词中，笔者归纳一个现象：对于花鸟画的题写，在内容上多表达留春、留景之感，此种现象也存在于花鸟类题画诗当中，花鸟草虫本是生活中常见之物，又是绘画的传统之作，于微细处体现精神，本是宋人的生活品质，"惜春""留春"之意在花鸟类题画诗中表现更加突出。

　　风雨药栏西，残红落锦溪。明窗时展卷，春色任提携。[3]

上面的小诗，虽是题写北宋花鸟名家赵昌的画作，但诗中关涉画面文字很少且不主要，作者主要用意在于欣赏这幅画的感觉是"春色任提携"，南宋士大夫参与"水墨"花鸟的热情通过题画诗的形式表现出来，"留春"之情正补"惜春"之恨，体现出南宋文人的生活审美状态。"谁

---

① 陈野：《南宋绘画史》，上海：上海古籍出版社，2008 年 12 月版，第 264 页。
② 刘克庄：《赵昌花》，《全宋诗》卷 3079，第 36734 页。
③ 许及之：《赵昌芍药》，《全宋诗》卷 2455，第 28401 页。

道春归无觅处,横斜全似越溪时。"① "不道外人将短纸,一时卷去也无端。"② 从这些题画诗当中,能够感受到作者对画卷的喜爱之情,体现生活情趣。

图 3-4 赵昌写生蛱蝶图卷,纸本,设色,纵 27.7 厘米,横 91 厘米,北京故宫博物院藏

(二)菊待陶元亮,竹须王子猷

南宋士大夫参与、题写花鸟类题画诗,除了陶冶性情、表现生活品质以外,其中最重要的一点就是接续"比兴"传统,高行的梅兰竹菊,更是让题画作者品其画而思古人之崇高气节:

> 南方有高士,仁义偃王裔。家山辟幽坡,手取香草艺。秋至有黄华,采采满衣袂。客来酒盈尊,诗出语惊世。无心学渊明,偶与渊明契。静者年自长,颓龄不须制。高怀耻独乐,地远人罕诣。丹青写佳境,有目皆可睨。吾家鲜鲜径,荒芜屡经岁。儒冠误此身,挂之公得计。③

唐宋以来,无论文学还是绘画,对魏晋人物的摹写一直热情不减,宋人对陶渊明、竹林七贤等魏晋人物更是大加赞赏,于是在文学与绘画中形成了固定的模式:菊必"陶渊明"而竹则"王子猷"。这一定式审美或意象首先是在文学上完成的,进而在绘画尤其是"文人画"中得到进一步定型。

(三)洗尽丹青料,钟情水墨卷

花鸟画特别是水墨花鸟,在南宋的花鸟类题画诗当中,以"墨""水墨"的诗题达 137 首,可见南宋题花鸟类题画诗所题写的对象,多为水墨花鸟,水墨花鸟所表现的闲适、潇淡之风,适合士大夫的审美需要。

---

① 曾觌:《题杨补之雪梅图》,《全宋诗》卷 2008,第 22520 页。
② 杨万里:《跋刘敏叔梅兰竹石四清图》,《全宋诗》卷 2312,第 26602 页。
③ 王十朋:《题徐致政菊坡图》,《全宋诗》卷 2042,第 22935 页。

洗尽丹青料，清高绝点埃。数竿无韵竹，一树不香梅。与可今已矣，补之安在哉。千年好风致。唤上笔头来。①

水墨花鸟或题花鸟类题画诗表现内容最多的就是自我的宁谧与"独善其身"，但激于国家义礼与民族之大义者不然，在南宋遗民郑思肖题写的花鸟画诗中，真有一种"感时花溅泪、恨别鸟惊心"之感。如陆文圭的《题牡丹梨花手卷》②：

沉香宴罢索入扶，重向银屏睹雪虏。一知不偿千古恨，玉环当日倚兰图。

此诗读来真有郑思肖的"宁可枝头抱香死，何曾吹落北风中"之感。特别是宋末遗民俞德邻的《为孟希圣题字落鹌鹑画扇》③：

下车式怒蛙，为爱蛙有气。秋风化为鹑，乃复有斗志。丛丛槲叶边，身睨而视。虽非纪渻鸡，宛类浮图鹫。因知气苟存，百变终不慑。斯人倘若斯，似可敌王忾。云胡万夫特，甘受巾帼遗。鹑兮尔固微，或者宁不愧。

此外，花鸟类题画诗较之山水、人物、畜兽，更加贴近生活，日常所见的内容诸如"猫""鱼""花""瓜果"等经常诉诸题写笔端，如善水墨写意的僧人画家释子温，"葡萄"前人多有绘画，但"墨葡萄"却始自子温，史称"温葡萄"僧人画家释子温就将日常的"葡萄"进行题画。再如杨万里的《与子上持豫章画扇其上牡丹三株黄白相间盛开，一猫将二子戏其旁》④一诗描写也是充满日常生活气息。南宋题画诗尤其是题花鸟类题画诗，相对北宋而言，虽有追求闲适之感，但也更加融入于生活当中。有的甚至游离画面转述其他：

王君手持瑞竹图，要我作计仍自书。我书不悭诗亦易，政坐此君难位置。我欲摇毫写作双竹吟，却教数节一干非商参。我欲援琴抚作降竹曲，又见二妙同升异茕独。卜子夏，子可为我讴，一桴二米秬黍秋。清人一戟攒双矛，肥泉同本末异流。观射父，子可为我释。一少二多何卦策。以奇承耦震初爻，以耦承奇兑三索。我为二人书此言，请君持归君家看。展卷一问

---

① 胡仲参：《题墨梅竹》，《全宋诗》卷 3337，第 39844 页。
② 《全宋诗》卷 3713，第 66615 页。
③ 《全宋诗》卷 3545 第，42394 页。
④ 《全宋诗》卷 2288，第 26256 页。

青琅玕,是易是诗然不然。①

南宋的花鸟画以"院体"作为主流,其宫廷题写的角度与其他题写自有不同,宫廷中人题写的花鸟类题画诗注重表现画面的祥和,宫廷花鸟类题画诗与花鸟画一样,体现着雍容富贵,从而与士大夫之题写的表现内容迥异,兹列举两首题写徐熙"牡丹"的题画诗为例:

> 吉祥亭下万年枝,看尽将开欲落时。却是双红有深意,故留春色缓人思。②

> 寒入仙裙粟玉肌,舞馀全不耐风吹。从教旅拒春无力,细看腰肢袅袅时。③

上一首"吉祥""万年""双红"等充满长久喜庆之意,符合"院体"花鸟的风格和创作初衷,而后者以人喻花,别有一番风味,花鸟类题画诗也和此类题画词一样,善于"以花比人""虚写人实题花",但其表现最为突出的当在花鸟类题画词当中,故此处不再多笔。

四、题畜兽类题画诗

畜兽类绘画不属单独画科,南宋此类绘画亦因袭前人乃至北宋多而自我创新少,但南宋畜兽类题画诗则较北宋多有发展,其中题"马"者48题,"牛"者32题,"龙"15题,"猿"12题,"虎"9题。从题写对象看,与北宋题写相仿佛,但其具体描写内容则十分丰富。绘画上所见之"畜兽",除"龙"以外,盖都常见,人人见之、识之,绘画者于"畜兽",不可不追求写真写形,题写者或摹写所见形状或抒发所见之情。故题畜兽类题画诗发诸笔端无外乎两大类,一是生动摹形,一是阐发情感。综合其上,笔者归纳南宋畜兽类题画诗其特点有三。

(一)读此有声画,田园自可留

> 云蔽天,雪欺树。山径之蹊断来去,飞花扑面朔风吼。儿把牛索藏袖,拥鼻冲过缩其胝。茅芦咫尺且忍寒,儿归附火牛系栏。④

---

① 项安世:《十月初还潭州题王氏瑞竹图》,《全宋诗》卷2377,第27371页。
② 吴皇后:《题徐熙牡丹图》,《全宋诗》卷2059,第23220页。
③ 范成大:《题徐熙风牡丹二首》,《全宋诗》卷2265,第25982页。
④ 王灼:《题游昭画牛四图》,《全宋诗》卷2067,第23314页。

马走路,牛耕田,古代画"牛"者,不离生活气息浓郁的耕田农家,颇有田园之乐,加之道家有"老子骑牛出关"的传说,故题牧牛者,无不于浓郁的田园生活气息背后,表达一种隐逸、乐归之风。

> 将军向来马量谷,封谷劣比羊千足。浮云富贵漫夸眦,不博范叟回青目。此叟落魄水墨仙,松煤染指皆其天。奏刀浪诧牛无全,寝讹降饮二百角。身不服箱鼻不穿,縠觫肯受众目怜。高郎画遍(偏)米家船,此轴宾重一当千。老子老欲耕淮壖,簑蓑蔬满高下田。政用百尾收乌犍,刀剑纵售能几钱。展掩此画空惘然,平日幽趣终拳拳。经叟傥可作九原,画我草履麻为鞭,经挂牛角群牛前。①

笔者录该诗的目的除了指明上述题"牛"者诗中的归隐志趣外,该诗的题目为《题高梦锡指牛图》,诗中又有"此叟落魄水墨仙,松煤染指皆其天"句,题目的"指牛图"及"松煤染指"是否指诗中的范叟以"指"蘸墨而画牛从而进行"指头画"呢,若此,则"指头画"的起源或可追溯到南宋,此则美术史上一则趣闻。故兹录于此,以请教方家。

（二）天行健为马,驰骋在征场

南宋题"画马"诗近五十首,以题"韩干""伯时"之"马图"为多,正如《宣和画谱》所说,骏马有驰骋、英俊风气,画中的"马"或单骑而嘶鸣或结伴而驰骋,故其磊落潇洒与独立之精神常见于诗人豪端。北宋"题马"诗以苏黄之题为高标,二人多以老杜题诗而发引并续以画面描述与评价,其他则偏重"明皇""贵妃"之马图,围绕贵妃"宠幸"之时于"幸蜀"中途"马嵬之变"进行历史反思的题写。到了南宋,关于"马图"题写比北宋有过之而无不及。除继续留意丹青画面之外,南宋题"马"诗的最大不同在于其观"画马"而思"真马"。古代之马,除供宫廷围猎坐骑以外,良马自汉以来,一直作为抵御、守备"外族"入侵的战备之用,南宋因"战"而偏安江南,安后又"合"之不战成为社会主导思想,一些有收复之志的人如陆游在面对有驰骋之气的"马图"时,笔墨则转向马之能"战"者,即使面对图画,也有一片爱国之情:

> 国家一从失西陲,年年买马西南夷。瘴乡所产非权奇,边头岁入几番皮。崔嵬瘦骨带火印,离立欲不禁风吹。圉人太仆

---

① 陈造:《题高梦锡指牛画》,《全宋诗》卷2430,第28082页。

空列位,龙媒汗血来何时?李公太平官京师,立仗惯见渥洼姿。断缣岁久墨色暗,逸气尚若不可羁。赏奇好古自一癖,感事忧国空余悲。呜呼,安得毛骨若此三千足,衔枚夜度桑乾碛! ①

毕竟南宋国运如此,诗人也只能发出"开元四十万匹马,俯仰兴亡空见画"②的咏史悲今之叹了。

(三)山野云中物,观画若写真

"畜兽类"之在于表现其精神,画者摹以"形"真,题者追以"神"姿。以"龙"为例,《图画见闻志》:"所谓上飞于天,晦隔层云,下归于泉,深入无底,人不可得而见也。今之图写,固难推以形似,但观其挥毫落笔,筋力精神,理契吴画鬼神也"③,因"龙"不可见,所以无可"形似"描摹,只能按照吴道子画鬼神的方法,吴道子号称"画圣",其关于佛教、鬼神画像被后人赞为妙品,张爱宾对其推崇备至,论他人画为"死画",吴氏之为"活画",爱宾所谓吴氏能"守其神""专其一"而绘出"意存笔先"的"真画"。④可见,画龙要凭借想象且以前代画师传形为楷模,终其一点,"画龙"追求与前人的"形似"而有"生气"当为要务;"虎"为生活中所见,但又非常见之物,画"龙"与"虎"皆为想象之"形似",题写者所注重描写"龙"之若隐若现、"虎"之眈眈盛威。在题"龙虎"诗中,以"诗"补"画静"之不足,以"画"补诗之"言不达意"之憾。仅举楼钥《题家藏二画·二虎》⑤一例以观:

> 一虎弭耳行,一虎立而顾。猛鸷乃天资,亦尔相媚妩。媚妩尚眈眈,况复逢其怒。吾闻宣城包,今古称独步。投老笔愈精,利牙爪可怖。方其欲画时,闭户张绢素。磨墨备丹彩,饮酒至斗许。解衣恣盘薄,手足平地踞。顾眄或腾拿,窥之真是虎。捉笔一挥成,神全威不露。此其真是欤,为我振蓬户。蔡藋将不採,何止詟狐兔。

① 陆游:《伯时画马》,《全宋诗》卷2158,第24364页。
② 楼钥:《题赵尊道渥洼图》,《全宋诗》卷2358,第29373页。
③ 米田水译著:《图画见闻志》,长沙:湖南美术出版社,2000年4月第一版,第48页。
④ 参见张彦远著、俞剑华注释:《历代名画记》,上海:上海人民美术出版社,1964年一月第一版,34-37页。
⑤ 《全宋诗》卷2538,第29370页。

南宋此类题画诗中,有两点需着笔,一是题画诗中出现的"域外"绘画形象,如关于"天马"的题画诗,其《有翅天马图》[①]一诗在前文已经解读,更如楼钥的《题高丽行看子》[②];二是南宋此类题画诗也与其他类题写内容一样,诸如"猫""狗"等常见之动物入画者亦有题写,如赵孟坚的《厖蚓图》[③]等。

第三节　南宋题画词题材分类

一、人物类题画词

南宋人物类题画词共计 31 首,居于花鸟和山水题画词之间。按照行文管理,笔者将南宋人物类题画诗分为人物故实和写真两类进行分析。

(一)人物故实类题画词

南宋的人物故实类题画词相对广泛,人物涉及历史人物、道士、仙家、美人等。此类词作中,以题写"贵妃"为代表。南宋题画词与北宋题画词相比,进一步雅化,但与词体文学当时发展形势作以对比来看,这一点题画词也符合文体本身的发展倾向,如题画词中题写人物、山水、花鸟,题写范围广泛。"以诗为词"倾向进一步明显。可以说,题画词几乎与题画诗的表现渐渐趋同,如高观国的《思佳客·题太妃出浴图》[④],几与题画诗在情绪表达上无甚区别。

> 写出梨花雨后晴。凝脂洗尽见天真。春从翠鬓堆边见,娇自红绡脱处生。　天宝梦,马嵬尘。断魂无复到华清。恰如伫立东风里,犹听霓裳羯鼓声。

再如陈德武的《水调歌头·题杨贵妃夜宴归醉图》[⑤]:

> 日色隐花萼,清夜宴华晴。梁州新曲初就,锦瑟按银筝。中坐太真妃子,列坐亲封秦虢,歌笑尽倾城。百斛金尊倒,一醉

① 《全宋诗》卷 3515,第 41984 页。
② 《全宋诗》卷 2539,第 29373 页。
③ 《全宋诗》卷 3240,第 38672 页。
④ 《全宋词》第四册,第 2359 页。
⑤ 《全宋词》第五册,第 3456 页。

玉山倾。

扶上马,东小玉,右双成。绛纱笼烛高照,宫漏已三更。抱
得禄儿归去,酒醒三郎何处,忽听鼓鼙惊。可惜马嵬恨,不得寄
丹青。

考察上述两首词作,上片摹画,下片抒情并发史论,与同类题材的题
画诗主旨几无差别。但因诗词有别,同类题材甚至面对同一画卷,诗词
着眼和描绘的方式还是有很大不同的,兹举《太妃出浴图》一例,简单了
解诗词有别的特性。

百媚千娇出浴时,君王凝盼转魂迷。香肌犹恐红绡重,可
忍他年践马蹄。①

周端臣的《题杨贵妃出浴图》与高观国的《题太妃出浴图》应属同
一题材,料想画面所涉应大致相同,通过对比,我们能看出,诗重点描写
的在"意"不在"形",词描写的重点是"形意"皆张。诗是概括性的,从
大处入手,词是描绘性的,以小处着眼。这或许是题画诗词不同特征的
表现。如陈深的《虞美人·题玉环玩书图》②。在题人物故实类题画诗词
作品中,除了能够看出诗词有别以外,我们还能体察到文学与绘画的不
同特征。"可惜马嵬恨,不得寄丹青",画面的描写远远没有诗词生发的
情感丰富。这也是本书"诗画有别"观点的体现之一。画描绘的是形,
而诗词传递的是"意",只是词相对于诗来说,传递"形"的内容比诗丰
富和细腻。"诗"作为文学殿堂的主流一直有"远俗"倾向,但词无论如
何"近雅"却一直不能"远俗"。这在题画作品里表现得尤为明显。

(二)人物写真类题画词

词体文学在发展的同时依旧也保有自我文学要眇宜修的特征,在
题美人图及女子写真时保持了词体的"当行本色",如高观国的《洞仙
歌·题真》③、刘学箕的《贺新郎·午睡莺惊起》④、吴文英《望江南·赋
画灵照女》⑤等,以韩淲的《浣溪沙·题美人画卷》⑥为例:

① 周端臣:《太真出浴图》,《全宋诗》卷2784,第32968页。
② 《全宋词》第五册,第3532页。
③ 《全宋词》第四册,第2363页。
④ 《全宋词》第四册,第2433页。
⑤ 《全宋词》第四册,第2897页。
⑥ 《全宋词》第四册,第2241页。

　　一曲霓裳舞未终。玉钗垂额鬓云松。梦回金殿月华东。

　　燕子莺儿情脉脉，柳枝桃叶恨匆匆。罗襟空惹御香浓。

　　在题画词中，词人没有了题画诗中正襟危坐的严肃，借助"香软"的词体摹形写态，极尽柔妙。可见诗庄词媚在南宋已被认知接受。刘辰翁的《如梦令·题四美人图画》①更是极尽描摹之事，更显词体文学的本质属性，与题画诗相比，虽也有题美人图诗，但诗作者多不着笔画面，而词却几乎全粘画上。再如张炎的《蝶恋花·题末色褚仲良写真》②：

　　济楚衣裳眉目秀。活脱梨园，子弟家声旧。谇砌随机开笑口。筵前戏谏从来有。

　　夏玉敲金裁锦绣。引得传情，恼得娇娥瘦。离合悲欢成正偶。明珠一颗盘中走。

　　考察南宋的人物类题画词，基本可以看出诗词的明显区别，人物故实类题画词着重阐释画外旨意，而写真类题画词则保持词体文学自由的文学特性。考察南宋题人物类词作品来看，可以得出结论：人物类绘画由于相对具象，词体文学经由北宋发展，描写性大大增强，无论是对画面的描写层面还是传递画外意义，此类题画词都在进一步"雅化"的路上行进但又保持着文体的独立属性。

　　宋代的题画词相对画诗来说，数量较少，南宋虽有发展，也不过一百余首。近来，题画文学渐入学者研究范围，词体文学作为有宋一代之代表文体，题画词自然进入了研究领域，但目前关于宋代题画词的研究，似乎确立了一种范式，即以历史、文学史发展为纲，论述著名词人及题画词作，论及北宋词则必苏氏或苏门的"以诗为词"，论及南宋词则必爱国与隐逸，实则有庸俗的倾向。在南宋题画词中，以花鸟类题画词较多，占据了近整期题画题词半壁江山，所以我们将南宋题画词的重点放在花鸟类题画词上。

二、花鸟类题画词

　　在南宋题画词中，花鸟类题画词共 58 首，题画词在南宋之所以钟情花鸟，原因有二，一是宫廷因素，南宋的画坛主要有宫廷画家把持，宫廷画家除了应制一些画作以外，以写实为主的能够体现绘画技能的花鸟画

---

① 　《全宋词》第五册，第 3188 页。
② 　《全宋词》第五册，第 3499 页。

自然是他们创作的主要表现之一。而宫廷所尚，下必兴焉。其二是社会思潮，当时的南宋社会，无论朝廷还是民间，需要的都是一种祥和、平稳的氛围。正像汉学家高居翰所说："和两个世纪以前南唐李煜的画院一样，南宋画院奉职在一个永远忧惧着北方入侵的不安定朝廷下，在这种时期创作的画家们，也许感到有肯定和平与安定的必要。"①而花鸟绘画正符合了这一需求，花鸟当中的鸥鹭、雪雁、梅兰竹菊或入屏风、扇面或点缀山水，画面充满闲适。考察南宋花鸟类题画词有如下特点：

（一）浓郁的生活气息

花鸟画本身的特点之一便是极具观赏性，加之所题之对象多为屏风、扇面，既有艺术性同时又具有生活化的功能。词发展到南宋，结社、唱和现象增多，词用北宋以来的"应歌"正逐步转向南宋的"应社"属性。从题花鸟类题画词的词序来看，此类题画词多为"应社"之作，当然其"应歌"的词也还存在。如辛弃疾的《菩萨蛮·冰花的皪冰瞻下》词序云："十月十三日，宝应宰招饮，弟子常盼酒所指屏间画梅乞词"②"花鸟画"本身乃是文人清玩之物，相比人物与山水画，花鸟画更给人一种自然、天真之趣，北宋花鸟画大多为宫廷画院之作，在北宋的题花鸟画中，以鸥鹭、雪雁、鹎鸨、梅、竹居多，到了南宋题画词题写对象中，"鸟"渐飞去而独"花"盛，其中原因在于南宋盛行小幅画加之文人喜静厌动，自然"花"受到了强烈关注。题写对象花以梅花居首，次之菊花、兰花、水仙、荼蘼等。词人或题屏风或题挂轴，③颇能反映南宋文人的生活情趣。

下面一首小词，生活气息颇浓：

> 小斋幽僻，久无人到此，满地狼藉。几案尘生多少憾，把玉指亲传踪迹。画出南枝，正开侧面，花蕊俱端的。可怜风韵，故人难寄消息。
>
> 非共雪月交光，这般造化，岂费东君力。只欠清香来扑鼻，亦有天然标格。不上寒窗，不随流水，应不钿宫额。不愁三弄，祗愁罗袖轻拂。④

---

① ［美］高居翰著，李渝译：《图说中国绘画史》，北京：三联书店，2014年4月版，第82页。
② 《全宋词》第三册，1727页。
③ 一说，挂轴也是屏风的一种。
④ 胡惠斋：《百字令·几上凝尘戏画梅一枝》，《全宋词》第四册，2268页。

上片几案生尘聊就画面一枝,虽无清香但亦有标格,下片写得更加洒脱,把一枝"尘梅"写得如此可爱,虽不写闺门闲趣,但此中自有一段闲适,充满了生活气息。

笔者认为,词之题写对象若以词体文学本身而论,或许最宜题写花鸟类特别是"花"类,一则轻舞曼妙一则楚楚拟人,只是这题写"花"的词终究没有被后人认可,最后在画面上输于诗,题画词让位于题画诗。

（二）以画传情,以画"留春"

题花鸟类题画词与一般咏画词最大的区别在于其"留春"性质,其性质是由于所咏对象——绘画决定的。花木易凋,鸟亦动飞,但一经画者描摹入画面中,便达到了"春去花还在,人来鸟不惊"的艺术效果。作为空间艺术的绘画和时间艺术的诗歌,在花鸟类题画诗词中达到了时空的拼接,使诗画这一"姊妹"艺术达到了完美融合。绘画使观者停留在美好的"花鸟"景物之中,从而使词家一扫"惜春""悲春"之感,画面与情感达到了一种"补偿"机制,使词人能够徜徉在这"假真"的物象之中,无论是诗中高洁的"梅花"还是圣洁的"水仙",一旦到了词人手里变成优美词作,都没有了现实里的辞树易凋的感觉。如:

> 今岁腊前,苦无多寒色、梅花先白。可惜横斜清浅处,谁妨孤山仙客。玉勒寻芳,金尊护冷,定与心期隔。夜阑人悄,可无一段春月。怕它香已飘零,罗浮梦断,不与东君接。买得鹅湖千幅绢,留取天然标格。树老梢癯蕊圆须健,不放风骚歇。花光何处,儿孙声价方彻。[①]

上片写寻访无果的遗憾,接着下片笔锋一转,"买得鹅湖千幅绢,留取天然标格。"表明是观画而观"花",词人在观画而有感,入画面而有思,出画面而有情,显示出与一般咏"花"词的不同。"南宋十杰"之一的高观国有两首词都是描写"杏花",一对"画"而咏,一对"花"而咏,二者区别立显:

> 花凝露湿燕脂透。是彩笔、丹青染就。粉绡帕入班姬手。舒卷清寒时候。春禽静、来窥晴昼。问冷落、芳心知否。不愁院宇东风骤。日日娇红如旧。[②]

---

① 王柏,《醉江月·题泽翁梅轴后》,《全宋词》第四册,2775 页。
② 高观国,《杏花天·题杏花春禽扇面挂轴》,《全宋词》第四册,2353 页。

玉坛消息春寒浅。露红玉、娇生靓艳。小怜鬓湿燕脂染。只隔粉墙相见。 花阴外、故宫梦远。想未识、莺莺燕燕。飘零翠径红千点。桃李春风已晚。①

以上两首词,同一作者,同一词牌,几乎同一描写对象——"杏花",但第一首为题画词,第二首为一般咏"杏花"词。第一首词开篇"花凝露湿燕脂透"的描写随之说明"是彩笔、丹青染就",这才会有下片"不愁院宇东风骤。日日娇红如旧。"的说法。而第二首词则发挥词体善于从细节着眼的特性,从杏花开放的时间到杏花的花蕊等描写得极其细致。其中"小怜鬓湿燕脂染"一句,对比阅读很有别致。本来的杏花却说是"燕脂染",而看到"燕脂"画成的"杏花"反问"问冷落,芳心知否"。两首词都惯用拟人手法对描绘画面之"花"与现实之"花",但所表达的情感却不尽相同。题画词中的"留春"情感更加强烈。

(三)缠绵悱恻,比拟佳人

历来品画方家,见梅竹则论高逸,见芙蓉、水仙则曰富贵,殊不知,花鸟之画,以写真以形似者为上,即便以墨不设色之画,亦不可去形太远,或可称其为"似与不似"之间可也。关于"形似问题",笔者在此不得不老生常谈,不独当下论画者,即在宋元以后,画论、画评之论画,无不常引欧阳修"古人画艺不画形"、东坡"论画若形似,见与儿童邻"之句,自东坡以后,凡举"形似"者,便被认为是"门外汉"、不入流者。试想绘画作品特别是中国古代传统的山水、人物、花鸟三大主类绘画作品,哪一类离开了"形似"? 哪一类可不"形似"? 我们在欣赏中国画作品时,山水且不论,虽有视之而不得其名的花鸟、人物,但无有指花鸟而论猪狗者。范达明先生在《中国画:学问与研究》一书中论曰:"'古人画意不画形'的说法,不过是强调了绘画在主题审美心理定势中最终要求出现的状态或达到的境界——意,他不能不是有画之形所达到的'意',是绘画审美达到高级阶段或最高境界的表现,或许,所谓'古人画意不画形',更精确的说法是'古画画意先画形'"。②

花鸟画之重"形似"与词体相结合,加之传统以"花"比人等因素,

---

① 高观国,《杏花天·杏花》,《全宋词》第四册,2353 页。
② 范达明:《中国话:学问与研究》,杭州:浙江大学出版社,2014 年 11 月版,第 15-16 页。

在花鸟类特别是题花类题画词当中，往往将"花"喻为曼妙的美人，花易凋零与容颜易老、盼将不归等愁绪掺杂在一起，形成了此类题画词所特有的缠绵悱恻。有"词中李商隐"之称的吴文英及"二窗"并称的周密，在题花鸟类词作中，体现了上述的特点。其中以周密的两首《声声慢》为代表，举其一首，以便观之：

> 瑶台月冷，佩渚烟深，相逢共话凄凉。曳雪牵云，一般淡雅梳妆。樊姬岁寒旧约，喜玉儿、不负萧郎。临水镜，看清铅素靥，真态生香。长记湘皋春晓，仙路迥，冰钿翠带交相。满引台杯，休待怨笛吟商。凌波又归甚处，问兰昌、何似唐昌。春梦好，倩东风、留驻琐窗。

根据词序："逃禅作梅、瑞香、水仙，字之曰三香"来看，宋人画"梅"并非都是"隐逸"。整首词虽写到"真态生香"，但将三种花比作三个婀娜有情有义女子，明节义的"樊姬"、"钟情的玉儿"、凌波的"水仙"，读来真是摇曳生姿、缠绵悱恻。将画中之"花"与现实中"女子"相联系，达到一种"花人交相映"的境地，表面是比拟的手法，实际上已经是"通感"手法的精准运用了。

在如张炎的《华胥引·温泉洗罢》[①]：

> 温泉浴罢，酣酒才苏，洗妆犹湿。落暮云深，瑶台月下逢太白。素衣初染天香，寻东风倾国。惆怅东栏，迥然玉树独立。只恐江空，顿忘却、锦袍清逸。柳迷归院，欲远花妖未得。谁写一枝淡雅，傍沈香亭北。说与莺莺，怕人错认秋色。

该词词序"钱舜举幅纸画牡丹、梨花。牡丹名洗妆红，为赋一曲，并题二花"。词中化用李白《清平调》三首诗意入词，读来淡雅别致，达到以人喻花，花人交映的目的。前文已说到，题画词特别是南宋题画词采用我们熟悉的比拟方法，但将人们熟知的本体、喻体互换，采用以人喻花的写作手法，既与词体文学自身属性贴合又达到一种雅致的效果。

以上列举南宋题花鸟类题画词的三大特征，本书重要观点之一认为题画诗词与咏物诗词存在非常紧密的联系，南宋题画词无论在数量和质量都超过北宋也可以说是独步后世，其中最主要的原因不是社会外部，而是文学内部发展的进程所致。南宋词人善于咏物，吴衡照曰"咏物虽

---

① 《全宋词》第五册，第3504页。

小题,然极难作,贵有不粘不脱之妙,此体南宋诸老尤擅长"。① 本书重要观点认为题画源于"咏物","咏物"者托物寄怀,"咏物"诗词的最大特点是借物言志、抒情,有人评价擅长"咏物"词人王沂孙曾说:"中仙词最多故国之感"②"碧山咏物诸篇,并有君国之忧"③,自然,在王沂孙的题画词中也多有"故国之感",如:

> 玉婵娟。甚春余雪尽,犹未跨青鸾。疏萼无香,柔条独秀,应恨流落人间。记曾照、黄昏淡月,渐瘦影、移上小栏干。一点清魂,半枝空色,芳意班班。
>
> 重省嫩寒清晓,过断桥流水,问信孤山。冰粟微销,尘衣不浣,相见还误轻攀。未须讶、东南倦客,掩铅泪、看了又重看。故国吴天树老,雨过风残。④

根据词序,该词为题写"华光"卷,"华光"善画梅且开启墨梅画法,而相传"华光"画墨梅就是因夜晚观看梅花窗影所悟,词中上片非常巧妙地讲"华光"墨梅画法礨栝其中,读来令人或可察觉该词为题画词。下片的"东南倦客,掩铅泪、看了又重看。故国吴天树老,雨过风残。"抒发末世身世之忧。再如张炎的题写画"兰"词:

> 黑云飞起。夜月啼湘鬼。魂返灵根无二纸。千古不随流水。香心淡染清华。似花还似非花。要与闲梅相处,孤山山下人家。⑤

三、山水类题画词

笔者未对南宋山水题材的词作进行整体统计,仅根据唐圭璋编《全宋词》所录作品且根据词序(存目、有异议之作不计)对辛弃疾、姜夔、吴文英、张炎词作进行山水题材进行统计(表3-3)。

---

① 吴衡照:《莲子居词话》,唐圭璋:《词话丛编》第二册,北京:中华书局,2005年10月第二版,第2417页。
② 《且存斋论词杂著》,唐圭璋:《词话丛编》第二册,北京:中华书局,2005年10月第二版,第1635页,第1616页。
③ 张惠言:《张惠言论词》,唐圭璋:《词话丛编》第二册,北京:中华书局,2005年10月第二版,
④ 《全宋词》,第五册,3358页。
⑤ 张炎:《清平乐·题处梅家藏所南翁画兰》,《全宋词》第五册,第3497页。

表 3-3　南宋山水题材的词作整体统计

姓名	全宋词词作数量	山水词	花鸟词	题画词
辛弃疾	618（不计十首存目，一首异议）	52	48	4
陆游	143（一首待考，不计存目）	10	9	1
姜夔	88（不计存目）	10	17	0
吴文英	337	32	47	12
张炎	293	32	30	32

需要说明的是，笔者在统计的时候，主要根据词序进行山水与花鸟词的统计，盖因有序之词能反映当时写作对象时词人的状态，严谨地说，本统计是统计词人对山水、花鸟有兴而作。从上表中可以得出，山水与花鸟作为词人的写作对象基本平分秋色，山水入词确为南宋词之一大特色，这也反映出南宋词进一步承载诗之写抒功能，但花鸟尤其是"花"入词则是自"花间"以来之传统。何以在题画方面花鸟类多于山水？笔者认为，原因有二：

其一，词体文学本质属性使然，词体文学要眇宜修，"花鸟"词一直以来都有入词之传统。面对"山水"，文人更倾向于以"诗"来表达，进一步说，面对"山水画"，文人更倾向于用"诗"而不是用"词"来表达与题写。但对于"花鸟"则诗词皆可。

其二，花鸟画到了南宋时期有了较大的改变，北宋时的花鸟画多强调写生，南宋时多采用没骨、双点染、设色等手法，北宋时花鸟以宫廷画院为主，南宋的花鸟民间也开始兴盛，这和江南多见花鸟无不关系，南宋时花鸟种类更加丰富甚至独成一门，除牡丹、海棠、兰花、菊花、松竹以外，木樨、栀子、葡萄、牵牛、海棠、樱桃等与百姓生活贴近的题材进一步丰富，体现出强烈的生活色彩，进入了词人的生活。同时，花鸟画发展到南宋，由北宋的长轴渐变为南宋的册页和扇面，加之文人水墨的大放异彩，到了南宋，花鸟画相对于山水画，更加具有浓郁的生活气息，更加贴近词人的日常，花鸟画的雅致与清隽，更加容易引发词人的抒写，绘画的接续与发展，或可为南宋花鸟类题画词兴盛的主要原因，也是山水类题画词数量少于花鸟类题画词的本质原因。由于社会和词体文学本身的发展，南宋山水类题画词具备三个显要特征。

（一）国家衰废，山河之恋

南宋山水类题画词因为南宋已是"半壁江山"，朝廷与士大夫虽有"中兴之志"但无奈言多行少，"中兴"是泡影，但"议和"却是认真。《宋史》本纪二十九载两条记载：

> 十一月己亥，范同罢。……辛酉，以张浚为检校少傅、崇信军节度使、万寿观使。是月，与金国和议成，立盟书，约以淮水中流画疆，割唐、邓二州畀之，岁奉银二十五万两、绢二十五万匹，休兵息民，各守境土。诏川、陕宣抚司毋出兵生事，招纳叛亡。骆科余党欧幻四等复叛桂阳蓝山，犯平阳县，遣江西兵马都监程师回讨平之。

> 十二月丁卯，责降徽猷阁待制刘洪道为濠州团练副使，柳州安置。癸酉，命尚书省置籍勾考诸路滞狱。甲戌，罢川、陕宣抚司便宜行事。乙亥，兀术遣何铸等如会宁见金主，且趣割陕西余地。遂命周聿、莫将、郑刚中分画京西唐邓、陕西地界。……癸巳，赐岳飞死于大理寺，斩其子云及张宪于市，家属徙广南，官属于鹏等论罪有差。

绍兴十一年（1141）十一月到十二月，高宗为主的"主和"派终于占据了主流，南宋自南渡建炎以来，一直与金打打和和抗争了十有五年，终于在绍兴十一年正式割地"议和"，南宋割让京西唐、邓二州及陕西南、秦二州之半予金，双方以大散关为界。陕西半部沦为敌手，真是"中原当日三川震"！华山自然亦披胡尘。"中兴"事业的失望，反映到文人的笔下，是何等的悲愤！代表人物为陆游：

> 中原当日三川震。关辅回头煨烬。泪尽两河征镇。日望中兴运。秋风霜满青青鬓。老却新丰英俊。云外华山千仞。依旧无人问。[①]

该词的写作背景正是绍兴十一年议和之事。议和以后，作为天然屏障的"三川"之地，无疑沦为"煨烬"，再加上作者想起高宗建炎四年，南宋两河地区（河北、河东）沦陷一事，当时寸土必争与当下的苟且议和，怎能不令词人心痛！收复失地真的只能成了遥不可及的"梦想"，此时看"华山图"，真是满眼"旧山河"，一句"依旧无人问"，道出了词人心中

---

① 《桃园忆故人·题华山图》，《全宋词》第三册，1593页。

的无奈与愤懑。

（二）大厦将倾，避世消忧

现实的山河无法收拾，转而只能寄情山水。这方面以汪莘、张炎等人词作为代表的，如汪莘的《沁园春·挂黄山图十二轴》：

> 家在柳塘，榜挂方壶，图挂黄山。觉仙峰六六，满堂峭峻，仙溪六六，绕屋潺湲。行到水穷，坐看云起，只在吾庐寻丈间。非人世，但鹤飞深谷，猿啸高岩。 如今老疾蹒跚。向画里嬉游卧里看。甚花开花落，悄无人见，山南山北，谁似余闲。住个庵儿，了些活计，月白风清人倚阑。山中友，类先秦气貌，后晋衣冠。①

汪莘（1155—1227），字叔耕，号柳塘，又号方壶居士。休宁（今属安徽）人，布衣。长期隐居黄山，研究周易及佛老。宁宗嘉定年间，他曾三次上书朝廷陈述社会弊病及方法，对排兵布阵亦有新的见解，但均没有得到朝廷答复。有人想把他作为遁世隐士向朝廷荐举，但未能成功。这样的人生经历，反映到了题画词上，"向画里嬉游卧里看"，以画里山水自得悠闲，调节自遣。类似的情绪也反映到张炎的题画词里，但在张炎的山水类题画词里，多了一些现实意思，观画如入桃源，现实则实无道路，在追求闲适、避世的过程中，多少带有一丝的无奈和伤感：

> 不是潇湘风雨。不是洞庭烟树。醉倒古乾坤，人在孤篷来处。休去。休去。见说桃源无路。②

该词的词序为"题渔乐图"，虽图画山水，但多有民间生活乐趣，词中"不是潇湘风雨。不是洞庭烟树。"两句，也是南宋山水画的一个侧面写照，南宋绘画的一个突出特征便是生活化、通俗化、民间化倾向，此种倾向不是民间画家所谓，而是宫廷画家所引导。或许那些宫廷画师所表达的是一种虚构的民间太平盛世下的一片祥和，可在张炎的眼中，却是"休去。休去。见说桃源无路。"的无奈而已。

（三）感性观画，理性入画

在花鸟类题画词中我们提到，词人明显有一种"留春"之感，即在花

---

① 《全宋词》第三册，2196 页。
② 张炎，《如梦令·题渔乐图》，《全宋词》第五册，3498 页。

鸟类题画词中有一种画面与现实的"隔"感,这种"隔"感就是作者在现实与画面之间的一种潜在"理性"。这种情形在山水类题画词中也有强烈的表现。如:

> 翠嶂围屏。留连讯景,花外油亭。澹色烟昏,浓光清晓,一幅闲情。辋川落日渔罾。写不尽、人间四并。亭上秋声,莺笼春语,难入丹青。①

四时的景色的确使人流连,正当浏览满幅闲情之际,感性受到理性的限制,绘画作为"无声诗"的短板显现,"秋声""莺语"自然难以"入丹青"了。词人在观画时,并未将画中景物等同于现实景物,没有把形象当做现实。这在题画词当中是个长久被人忽视而又非常重要的特征。如"雪晴云意,丹青手,应难写。"②

上文所列举的第二、第三特征,其实是相辅相成的,山水的确给人一种远离尘嚣的暂时欢愉,但眼前的现实却不能不理性、真实地面对,尤其对面对山水画,现实与想象、感悟与理想之间的碰撞尤为激烈,这就形成了感性与理性的一种碰撞。这正是南宋社会心理的一种反映。

第四节 "雅俗结合"的南宋题画诗词审美内涵

本章主要从题材角度探究了南宋题画诗词的内容,在行文中虽对南宋的题画诗词的审美特征及艺术手法作了相关的阐释,但笔者感觉有必要进一步对南宋题画诗词的审美内涵作以探析。诗词与绘画,归结为一点实乃情感之表达。南宋的题画诗词数量又远超北宋题画诗词的数量,作者的人数与阶层也较北宋实过之。故有必要对南宋题画诗词的审美内涵作以概括,笔者在阅读考察南宋题画诗词的基础上,对其整体审美内涵作以概括为"雅俗"结合而渐趋于"俗",具体表述如下:

一、诗与词——文体上的雅俗结合

词至南宋,进一步"雅"化,题画词亦如此,如陈著的《沁园春·小

---

① 吴文英,《柳梢青·题钱得闲四时图画》,《全宋词》第四册,2931页。
② 周密,《龙吟曲·赋宝山园表里画图》,《全宋词》第五册,3280页。

枕屏儿》：

> 小枕屏儿，面儿素净，吾自爱之。向春晴欲晓，低斜半展，夜寒如水，屈曲深围。消得题诗，不须作画，潇洒风流未易涯。人间世，但此身安处，是十分奇。 笑他富贵家儿。这长物何为著意□。便绮罗六扇，何如玉洁，丹青万状，都是钱痴。假托伊来，遮阑便了，免得惊风侵梦时。何须泥，要物常随我，不物之随。①

上面所举之词，虽然在思想上体现"雅"化的倾向，但在"文体"特征上，依旧保持词体文学所特有的不同于诗的艺术特征。若将南宋题画诗词进行整体观照来看，一诗一词，一雅一俗。词体文学发展至南宋完成文体独立之使命，笔者认为题画源自咏物，词体文学发展至南宋又特以咏物见长，这或可解释南宋题画词增多的文学内在原因之一。前文在"南宋题画词题材分类研究"一节中，对题画词的所题内容进行了详细解读，在题画方面，以南宋为例，大凡诗之能题者，词亦可为之。但若对比诗词之所题内容，则有区别，以"花鸟类"为例，诗注重"动"的飞鸟而词则着墨于"静"的花；在艺术手法上，诗延续"兴"的手法较多而词则以"比"见长，题画诗中常慨叹的是"朱颜辞镜花辞树"而词则善于以"人"比"花"，当然这种手法也可看作是"比拟"。即便是二者都题咏的"梅兰竹菊"，诗则注重阐发其"人格"特征而词则更注重摹写实态。关于二者的传承影响，笔者将在下一章有所阐述。可以说，题画诗与题画词二者共同丰富了南宋题画文学，以各自的"文体"特征相得益彰，从文体角度说，南宋题画诗词可谓雅俗结合。

二、仕与隐——思想上的雅俗结合

自南渡至蹈海而亡，南宋的"战"与"和"可以说是社会思想的重要表现。目前学者论及南宋也多从"爱国"这一线索关注文学作品。诚然，爱国的主题在陆游、辛弃疾、楼玥等人的诗词中表现得格外突出。无论是面对山水还是花鸟甚或是畜兽，都能激起爱国之情。"呜呼安得壮士健马咸作使，坐令戎虏为臣仆"②，这种爱国的主题确为南宋题画诗词中一个鲜明的特征。但现实毕竟没有给这些题写者以希望反而是接连的

---

① 《全宋词》第四册，3036 页。
② 楼玥：《赋蒋螺若水番马图》，《全宋诗》卷 2539，第 29380 页。

打击。以"山水类"题画诗词为例,我们在南宋题画诗中看到的是"山河蒙尘"的悲愤,但也更要看到还有如方回等人的"寄情"山水,笔者认为,北宋士大夫寄情山水但只是"寄"而不"隐",南宋的"寄情"山水真是一种避乱或保身的"真隐"了。南宋的文人在国患与党争中,选择归隐与明哲保身的士大夫远远超过北宋。且不说被人诟病的方回,即便如朱熹、楼钥、钱选等人身上,都几乎有过"归隐"的经历,政治所迫也好,个人选择也好,都说明到了南宋,"归隐"成为一种现实的选择,由这一点看,北宋山水类题画诗所体现的山林"雅"趣到了南宋题画诗词中已经演变成了现实生活的"真实"。我们对比北宋司马光的《观僧室画山水》[①]与南宋赵番《题沈弟所作短轴》[②]两诗:

> 画精禅室冷,方暑久徘徊。
>
> 不尽林端雪,长青石上苔。
>
> 心闲对岩岫,目净失尘埃。
>
> 坐久清风于,疑从翠涧来。(司马光)

> 冥冥细雨孰黄梅,欲起看山懒又回。
>
> 咫尺忽能来万里,恍然堕我晓船开。(赵番)

司马光的题写体现的是一种面对山水的"雅兴",而赵番的题写明显是一种观画后对于现实的"慵懒"。笔者在分析南宋题山水诗部分已经指出,南宋题写者在面对"山水画"时体现的不是"林泉"之思而是"山林"之志,这一点与北宋题山水诗所表现出的"林泉"之思有莫大的区别。这是由于南北两宋不同的社会政治环境造成的。北宋虽有党争、贬谪等事情发生,但士大夫的为政热情是高涨的,南宋的党争与学派之间的争论一直没有停息甚至较北宋更加激烈。"但'国是'和党争并未终于北宋,而是随着汴京的陷落一起南渡,……朱熹则始终处于一波接一波的党争风暴中心"[③],南宋士大夫面对社会现实,真有一种"避世"之感,在题写山水画之时所呈现出的情感不是北宋的"思"而是真实的"志"。南宋的"国是"是以"和"而不是"战"为主的,正因如此,才有陆游、辛弃疾等人的无奈呐喊,也有贾似道等人的寄情花鸟,更有方回等人的

---

① 《全宋诗》卷 502,第 6082 页。

② 《全宋诗》卷 2634,第 30774 页。

③ 余英时:《中国知识人之史的考察》,《余英时文集》第四卷,桂林:广西师范大学出版社,2014 年 6 月第 1 版,第 394 页。

以"山林"之雅而掩盖现实之"俗"。如果说北宋的"山林"之思是一种文人雅趣的话，那么到了南宋时期，"山林"之志已经成为大部分或者说士大夫群体的整体认识并为之实践。到了南宋，本是"雅"趣的"山林"之思已经成了一种社会趋同的甚至带有几分庸俗气息。这一点也借助颇有文人雅致的题画作品而体现。读南宋的题画诗词，虽能看到文人的雅致，但联系到当时的社会政治环境，士大夫以"和"的"国是"为主，寄情留恋山水与花鸟，这种在北宋看来的雅趣，恰恰体现了南宋士大夫群体的"俗务"。南宋的题画诗词体现了这种看似高雅实则庸俗的思想。

三、需要与标榜——内容上的雅俗结合

对于题画文学研究，要以文学研究为基础，但也要涉及绘画史知识，若能进行对比研究，打破文学和绘画的边界，这对题画文学的研究不啻为一个新角度，兹作以尝试：南宋的绘画以"院体"为主，而院体在南宋时期创作了大量的"人物"画，"人物画"在历来的绘画中，都具有本书在绪论里所说的"画以载政"的作用，人物画的增多说明南宋对"画以载政"的需要。"画院"创作了大量的人物画，如《文姬归汉图》《胡笳十八拍图》《晋文公归国图》等，包括人物风俗画《耕植图》、马和之的《诗经图》，在创作上几乎都是"承命"而作，为的是配合当时政治形势或宫廷喜好的需要。

在统计南宋题画诗词时我们发现，南宋的人物类题画诗数量首次超过山水类题画诗。尤其是人物类中的写真类题画诗更是繁荣。这里提及两个人：周必大与方回。周必大《宋史》卷三九一有传，为人深得朝廷重任。方回，在文学史上主要有《瀛奎律髓》传世，但其阿谀奉承、首鼠两端，以梅花诗谄媚贾似道，后又大肆骂之当斩者十，元兵压境，坚论守疆而后却望风而降。二人题人物诗为最多，周必大自题写真居第一，方回题写历史人物及自我写真较多。周必大的写真类题画诗多受释道委托较多亦有后进学生、仰慕者，体现一种稳重、平淡之气，如《使臣宋千龄写平园老真求赞》①：

> 向来结绶事华勋，老去抽簪爱水云。但得松筠无异药，何妨鸟兽与同群。

---

① 《全宋诗》卷 2330，第 226807 页。

方回也有一首自题写真的诗,《会鹤臞郑高士庵为予写神走笔赋杂言》①:

> 我不羡渠乘大马食肥肉,我不羡渠寝细毡居华屋。富贵两字输与渠,奈渠未免一字俗。我有诗肠如月郎三秋,我有酒肠如海吞百渎。西湖之水足供酒一杯,西湖之山可作诗千幅。羽客写我醉吟意,雪为长髯电为目。岂知天上三台星,焉用人间九州督。仕宦不达坐多言,衰老未死缘寡欲。眉毛及须尚如漆,此为寿相万事足。莫言不智又无福,宁当忍穷勿受辱。气豪未减天外鸿,神清差似霜前菊。有人指点问为谁,云是紫阳方虚谷。欲求我者,南山之南,北山之北。

如果没有时人笔记等资料记载,单纯从诗歌内容来看,无疑认定方回为高洁寡欲之士,在方回的其他题画诗中,如题写陶渊明像、赵昌花鸟等无不有这种放弃世俗的论调,颇有渊明"宠非己荣,涅岂吾缁"的风格。类似情形如贾似道、秦桧等人亦有所涉及。用题画诗词表达自我情感、志趣,本是文人正常创作活动,但在南宋,题画诗词这一创作似乎成了个人宣告世人的一个媒介,鉴画而有题,本是雅事,但为情造文或伪情造文,就使得这一文人雅事变得庸俗。题画诗词成了个人标榜的需要,南宋的题画诗词,上至宫廷标榜,下至个人需要,将北宋以来高雅的文学之事掺杂个人鄙俗之事。此可谓真庸俗也。从南宋题画诗词的"诗题""词序"中,我们能看到,题画诗词发展到南宋成为社交或不可缺的一部分。即使如状元姚勉亦不能免俗,见他的诗《番阳张君叔振观予以其家双瑞图俾诗之叔振大参虑定公诸孙也惟忠定公政和八年魁天下某先世实隶其榜今某于叔振令子若凤为同年生世科之契也又何辞虽不能诗谨课二首》:

> 望月犀角明,涵星蚌胎聚。斯石卧龙枕,宜有蜿蜒具。龙头君家旧,有子踵高步。层云触石出,四海望甘霖。

> 堂堂忠定家,三世兰为祥。父子继科第,菲菲姓名香。双英今复然,阶庭煜生光。愿言纫佩之,百世当流芳。②

"绘画"的"画以载政"原则在人物画中表现最为显著,但到了南宋成了宫廷标榜的象征,北宋徽宗以来的"写真花鸟"到了南宋亦停滞不

---

① 《全宋诗》卷3494,第41634页。
② 《全宋诗》卷3403,第40485页。

前,北宋的文人"墨戏"到了南宋虽有扬无咎、赵孟坚等人的发挥,但与北宋在立意高度上相去甚远。绘画如此,题画诗词亦是如此。遥想当时南宋社会情景,思想上党学纷争,政治上偏安萎靡,从南宋的题画诗词的表现上,我们更能够理解陆、辛之叹了。题画诗词的高雅之事转为文人消遣、标榜之能,题画诗词之发展可谓衰矣。之于元明清之重振,亦不过文人家事,格局与北宋相比,可谓霄壤之别。

第四章　两宋题画诗词的传承与地位

　　拙文第三、四章对两宋题画诗词作了量化分析,并在此基础上进行了整体探究,上述两部分属于两宋题画诗词的文本探究过程,两宋诗词在发展与传承上存在紧密的联系,作为两宋诗词的分支——两宋题画诗词当然也存在着发展与传承。

　　在宋代文学的研究中,以往对唐宋文学继承与发展探究的比较多,重点探讨的是"唐音"与"宋调"的联系与区别。以王水照先生主编的《宋代文学通论》[①]为例,亦是围绕"宋型文化""宋诗宋调"的范围去探讨宋代诗词,而其理论基础,也是建立在分析唐宋文学的区别基础上。

　　对两宋诗的联系主要强调的是继承,而对于两宋词,主要强调的则是二者的区别,强调二者之间有优劣之争。北宋词乃歌者之词,自然率真,所谓清水芙蓉,对词体文学成为独立文体功劳甚大;南宋词讲究谋篇布局,人为自然雕饰明显,却为后人填词确立章法。于是,率真自然的北宋歌者之词与人工雕饰的南宋应社之词,孰优孰劣,历代争论不休,如朱彝尊尊南宋而周济举北宋。民国以来,学人对两宋词优劣的问题做了调停,认为各有优点但亦不免缺点。

　　如果单纯就题画诗词来看,两宋题画诗词内部传承如何? 这是一个当下学人未留意的一点。笔者在阐释两宋题画诗词传承这一问题之前,有两个问题需要厘清。

　　其一,唐宋绘画题材的转捩。题画诗词的传承离不开两宋绘画的发展,目前所见的大多美术史论著关注宋代绘画与前代的转捩和不同,北宋画论家郭若虚在《图画见闻志》中早已指出:"或问近代至艺与古人何如? 答曰:近方古多不及,而过亦有之。若论佛道、人物、仕女、牛马,则近不及古;若论山水、林石、花灯、禽鱼,则古不及近。"[②]郭若虚就绘画

---

① 王水照主编:《宋代文学通论》,开封:河南大学出版社,1997年6月第一版。
② 郭若虚著、米田水注:《图画见闻志》,长沙:湖南美术出版社,2000年4月第一版,第50页。

的题材指出了宋代与前代的区别。在题材转捩的基础上,绘画的审美风格也发生了较大的改变。北宋绘画由于宫廷赏玩及士大夫推动,山水、花鸟超人物、牛马等而居第一。

人物类绘画在唐宋以前以佛道、宫廷贵族人物居多,尤其以佛道为甚,以佛教人物为例,那些"西天"的佛祖形象是画师依据"现世"的君主、贵族形象而写成,仕女形象更不必说,其衣冠服饰、举手投足之间尽显皇家贵族风范,这也与一般普通大众相去甚远。而宋代则不然,"观音"的形象为最一般女子,罗汉等形象则更倾向一般的文人,有的甚至以"乞丐"肖写。而山水、花鸟可谓是"造物主之无尽藏也,而吾与子之所共适",相信普通大众亦对此不必陌生,想象宋代一市民,或许对宋之前之佛像、仕女不够熟悉,但对山水、花鸟一定不会陌生,何况宋代的士大夫大多在科举之前都为布衣身份,山水、花鸟与其他题材相比自然有一种天然的亲近之感。宋之前之牛马绘画题材,非真正耕田之牛与赶路之马,由此宋代绘画中的山水、花鸟题材相比于人物、仕女乃至牛马,实则是"俗"与"雅"的关系,宋代绘画完成了题材由"雅"而"俗"、由"贵族"而"平民"的转捩。

其二,两宋绘画题材的细微转变。从整体上,宋朝的绘画题材与唐乃至以前有所不同,若考察南宋之于北宋,在题材上亦有细微差别,其表现最为明显的就是南宋的绘画题材沿着"俗"的道路继续前进,这一点在北宋末期的徽宗朝已经开始,南宋的绘画题材较之北宋依然以山水、花鸟为首要题材,但两宋的山水却因时代及社会政治原因而有所不同。以山水为例,南宋的山水虽然有赵伯驹、赵伯骕的青绿山水,但表现最为强势的还是马远、夏圭、刘松年等人的水墨山水。人物画方面,体现市民生活的婴戏、田家、耕织等题材较之北宋更加繁荣,梁楷的减笔水墨人物受到时人倚重,特别如"文姬归汉""晋文公归国"等历史题材的人物画,与南宋的政治社会状况紧密联系。花鸟画方面,在南宋不再以北宋的"院体"写真为楷模,出现了大量的墨花墨鸟,如赵孟坚的水仙、扬补之的墨梅等,梅兰竹菊在南宋定型成为文人题写甚至绘画实践的画料。

虽然宋代绘画题材的转捩深层次原因也是"文治"社会发展状况使然,若论两宋的绘画实践,北宋画坛独树一帜的是苏轼、文同、李公麟、米芾等人的绘画实践,最终形成了追求意象与神似的文人绘画审美观念,并且推动了"文人画"的发展。南宋绘画虽以士人身份参与绘画的人数增加,但绘画却是以"院体"为主。但若至于寄情山水比兴闲适、隐逸,把玩花鸟比兴富贵,佛道人物肖写世俗人物、肖写现世人物,那么,宋代的文人士大夫则是绘画题材由雅而趋俗转变的重要推动力量。这一点笔者在第二章北宋人物类题画诗中有所论述。因此,作为两宋绘画题材的细微转变在题画诗词中也有明显的表现。

笔者将在本章从诗词的文学内部发展角度探析两宋题画诗词的传承,并在此基础上,阐释两宋题画诗词对后世产生的影响。

第一节 两宋题画诗词的内部传承

宋生唐后,开辟难为,南宋文人之于北宋,或也有这样的感叹。两宋题画诗词的差异反映到题画诗词上表现为:北宋的题画诗词体现诗人对社会、政治之感悟,强调"画外之音""象外之旨",而南宋的题画诗词虽也有陆游、楼钥等人的爱国之社会政治诗词,但整体上南宋题画诗词侧重表现作者对生活的感悟,抒发个人情感,这一点正与南宋绘画题材趋向生活化相联系。

一、两宋题画诗的传承

考察两宋题画诗,笔者据《全宋诗》统计,北宋有作者 182 人,题画诗 1468 首;南宋有作者 385 人,题画诗 2150 首。可见南宋的题画诗作者分布更加广泛。两宋题画诗的传承主要体现在以下几点。

（一）题材的传承

两宋在题写对象上,几乎没有变化,主要是因为两宋的绘画题材都是沿着北宋以来的题材进行渐变。在题写山水、人物、花鸟、畜兽等方面,两宋题写基本一致,南宋在题写题材上比较突出的一点是题写北宋文人绘画作品,其中以题写苏轼、李公麟、文同等人的作品为多,也包括北宋欧阳修、寇准、苏轼等人的一些画像。虽然题写的绘画题材相同但若细究还是有细微的差别。山水题材上,南宋较之北宋对地图类题写较为关注,这应该和南宋与辽金对峙的局面有关。此外出现了有地域特征的题写,诸如钱塘潮、江南山水的描写。人物类题材上,除了传统的陶渊明、李白、杜甫等像题写外,题写更加倾情于历史人物,特别在人物写真类题写中,南宋的人物写真类题写远远高于北宋。这和南宋绘画更加注重生活性有关。在此基础上,南宋的人物类题写对生活中常见的形象比北宋更加注重。这和前文提到的南宋绘画题材有"雅"转"俗"密切相关。两宋的题写从题材角度看是延续大于变革,其细微差别之处在于南宋题写的题材更加生活化、个人化。

(二)题写群体的传承

在题写群体方面,两宋的题写群体仍以"士大夫"为主,但南宋较之北宋,题写群体范围更加扩大。

1. 僧人题写群体的扩大

北宋苏轼以来,有了僧人文人化、文人居士化倾向,这在南宋进一步发展。在僧人题画作者中,北宋僧人作者 30 人共计 192 题,南宋有 36 位僧人共计 214 题,从作者及作品数量上看,两宋作家与作品数量相当,但从具体题写内容上看,北宋僧人题写佛像赞的居多,南宋的僧人题写内容除了传统的佛像画赞以外,内容涉及山水、花鸟等各种题材,如释宝昙的《为李方舟题东坡赤壁图》①、释道济的《题钱过庭梅花图》②、释居简的《赵紫芝得羌村图拉余与赵山中同赋》③《少陵画像》④《一犁春雨图》⑤ 等,其中更有释子温这样的能画能题的僧人。

2. 文人题写参与度增加

由于"文人画"的发展,文人参与绘画程度越来越高,前文已经有所论述,试看宋末胡仲弓的一首诗《子经昔有黄筌玉笋图故人陈众仲题诗其上后为人易去常追忆不已余往借观临之以归郑氏并识以诗》的"题目"⑥。今各种美术史谈及绘画款识艺术,对中国画产生于何时,都语焉不详,沈树华在《中国画题款艺术》一书中总结道:"中国画题款始于唐

① 《全宋诗》卷 2361,第 27102 页。
② 《全宋诗》卷 2655,第 31004 页。
③ 《全宋诗》卷 2790,第 33037 页。
④ 《全宋诗》卷 2790,第 33039 页。
⑤ 《全宋诗》卷 2791,第 33078 页。
⑥ 《全宋诗》卷 3332,第 39747 页。

代,以小字书于树根石罅之中;宋代开始记写年月,只写细楷一行;从苏轼、米芾始,题款用行楷,书写三五行;元后题画遂多,并且书绘并工,附丽成观"①,这已经是目前的共识。也就是元代是"书绘并工,附丽成观"的时代,我们若说的题画诗词自然是题款艺术的一种,但究竟何时题于画面之上并且作为画幅整体的一部分,目前所看到的古代绘画以元代居多,但现在不能定性元代为始,沈先生也说是"元代遂多",根据胡仲弓的诗题及诗中"玉堂修撰富才情,歌诗赞画增晶英"可以推断,至少在宋末,诗题于画面之上并且与画面融为一体。此外,我们从释子温、龚开、钱选、郑思肖等题画诗来看,南宋后期,绘画的题款已经成为画者或题写者有意为之的一部分。题画诗不单单以文学形式存在而是业已成为绘画艺术一部分了。

此外,宫廷题写人群的扩大也是重要的表现,南宋绘画以"院体"作为主流,南宋的皇帝诸如宋高宗、理宗、宁宗、孝宗、度宗、吴皇后、杨皇后等都有题写,虽然题写对象几乎都为"院体"画家,表达雍容华贵及天下太平的内容,但宫廷的题写对绘画的推动无疑是巨大的。

(三)审美上的传承

两宋题画诗的审美单纯从题材与文本角度看,似乎没有甚大区别,如山水类题画诗的"隐逸"、花鸟类题画诗的"比兴"、人物类题画诗的"咏赞"等,但两宋在政治、经济、社会等方面毕竟有所不同。如果细加考察,除了南宋的"爱国"基调不同于北宋以外,其他方面也显示有所不同,笔者在本书第二、三章已就两宋题画诗词的审美内涵作以讨论,其观点是北宋以"雅"为主、南宋以"雅俗结合"作为其总体审美特征,进而申论,南北两宋在审美的传承上是由"雅"而"俗"而递进发展的。具体来说,北宋是以"画"为"真",南宋诗以"画"为"幻",北宋是"感性"的审美,南宋是"理性"的审美。以山水类题画诗为例,北宋的山水类题画诗追求"象外之旨",讲求寄托,观画、题画如临真山真水,面对真山水,追求一种人生在市在朝的"假隐逸",南宋的山水类题画诗虽也追求"隐逸""山林"之趣,但在观画、题画时认识到这是画面是"假山水",而追求一种"真隐逸",当然,这种"真隐逸"的背后是社会、政治所造成的

---

① 沈树华编著,《中国画题款艺术》,北京:人民美术出版社,1992年2月第一版,第1页。

无奈之举:

> 好山横远碧,平野带林塘。四望耕桑地,几年云水乡。海
> 天龙上下,秋日鹤翔翔。睹物忽有感,无心住草堂。①

在南宋题画诗中,这种睹"画"而思的写法非常普遍,而这"睹思"的背后实则是"理性"参与其中。

二、两宋题画词的传承

单就文学史而论,南宋词无论作家作品数量都远超北宋。以题画词而论,北宋题画词作者 17 人,24 首题画词,南宋有作者 46 人,115 首题画词。南宋题画词是宋代题画词发展的高峰,这也符合宋词发展的历史。两宋题画词存在着传承,整体上说,南宋题画词成就高于北宋题画词,南宋题画词对北宋题画词的传承体现在"立"与"异"两个方面。

（一）立:以"雅"为主的继承

北宋题画词虽只有 24 首,但所题题材包括山水、人物、花鸟等传统绘画的三大题材,笔者对北宋题画词的艺术风格归纳为以"雅"为主又不失"当行本色"。如俞紫芝、苏轼等人的题山水、墨竹等词作,全然与诗立意及表达无甚差别,如晁补之的《满庭芳》(用东坡韵题自画莲社图):

> 归去来兮,名山何处,梦中庐阜嵯峨。二林深处,幽士往来
> 多。自画远公莲社,教儿诵、李白长歌。如重到,丹崖翠户,琼
> 草秀金坡。
>
> 生绡,双幅上,诸贤中履,文彩天梭。社中客,禅心古井无
> 波。我似渊明逃社,怡颜盼、百尺庭柯。牛闲放,溪童任懒,吾
> 已废鞭蓑。②

"莲社"为东晋惠远在庐山东林寺同 18 位贤士建白莲社专修净土法门,并与陆修静、陶渊明、谢灵运交往的故事。从晁补之词"归去来兮""远公"等语来看,其自画"莲社图"与历史故实一致。如此清雅之事,用小词写作,给人一种"雅致"之感。

北宋题画词多以墨竹、梅、扇面所题增多,突出优雅的生活情趣。在

---

① 戴复古,《题侄孙岜潜家平远图》,《全宋诗》卷 2814,第 33496 页。
② 《全宋词》第一册,第 564 页。

这一点上,南宋题画词显然有所继承,以"题扇"为例,南宋题写扇面词14首,约占其总体的十分之一。

（二）异：以"本色当行"为主

笔者认为,南宋的题画词无论在数还是在质上都高于北宋题画词。首先,从整体成就来看,南宋词的创作成就远远高于北宋,南宋题画词的创作虽不能与南宋题画诗相比,但其题画的范围丝毫不逊色于诗。这说明词发展至南宋,已经成为一种独立文体,已经成为文人的重要题写文体。而题画词在北宋虽然有所发展,但毕竟处于发展期,其成就无法和南宋题画词相比,

其次,从题写内容和创作风格来看,南宋的题画词在题材上以"花鸟"居多,而且保持着词体的"本色当行"。即使在题咏人物写真、山水等题材,依旧保持词体文学有别于诗的文体属性。关于南宋题画词的具体分析详见本书第三章有关章节。总之,南宋题画词在继承北宋题画词发展的同时有继承更有发展,"立"是继承,沿着词体"雅化"的道路继续前进,"异"的是南宋题画词在雅化的道路上保持"本色当行",确定了词体文学至少在题材上的独立性。从这一点看,宋代尤其是南宋题画词应该受到学人研究的观照。

三、两宋题画诗与题画词的传承

宋诗与宋词的关系应该是文学史上一个比较宏观的大问题,不是三言两语能够说清楚的,笔者读硕士期间曾探究宋诗与宋词的联系与区别,着眼点在于同一题材下诗词表达特别是同一作者在同一题材下诗词表达的联系与区别如何,所恨未能深入探究。本书以"题画"为范围,简单探讨两宋题画诗词的关系。

笔者从目前所能看到的资料来看,两宋题画词的出现晚于题画诗,在北宋中后期才出现,两宋的题画词总数不足 140 首[①],其中还有一些

---

① 　根据不同解读及所见资料不同, 有的学者统计宋代题画词数量亦有不同, 如刘继才先生统计为"作者 60 余位, 题画词 160 余首", 参见刘继才：《中国题画诗发展史》, 沈阳：辽宁人民出版社, 2010 年版。第 215 页。苗贵松先生在《宋代题画词简论》一文中, 统计数量与刘先生类似并进行详列。参见苗贵松：《宋代题画词简论》,《常州专科师范学校学报》, 2004 年第 2 期。笔者认为, 统计数量虽有差别, 但并不影响对题画词的整体论述。

是否为题画词有争议。盖因诗有题目,故很容易辨认是否为题画诗,但我们从词牌上几乎不能判断词作是否为题画而作,只能根据词序判断。目前已知北宋较早的题写词序的是张先与苏轼,因此之前的北宋词,我们很难判定是否为题画词,即使有词序也很容易被学人混淆,如李弥逊《一寸金》(尚书生日光州作),该词词序为:"尚书生日光州作,光州芍药甚顺,尚书为品次图之,故末句云"[①],词序中虽然有"图"字,词中有"丹青手"字样,但笔者认为这是一首祝寿词不是题画词。北宋题画词的数量很少,说明题画词在北宋还未成为题画主流,虽有苏轼及门人进行题写,但让题画词真正发展的还是从两宋之交开始到南宋时候。因此,考察题画诗词的传承问题,应从南宋题画词予以关注和考察。刘继才先生在《中国题画诗发展史》的宋代题画词部的"宋代题画词特点及与题画诗异同"一节中对题画词与题画诗的关系从"诗庄词媚"的角度作了论述。[②]在此基础上,笔者进一步阐释认为,两宋题画诗词在传承上体现同一性和相异性。

(一)同一性传承

所谓同一性传承指宋代题画诗词在题材上、审美上的趋同性。宋代题画词数量虽少,但几乎是凡是诗能题者词亦能之,如题写人物、山水、花鸟等古代传统绘画题材。其在审美上亦与诗趋同,如题写山水类的题画词表现清幽、隐逸,题写花鸟类题画词表现闲适等。限于篇幅,不再举例说明。

(二)相异性传承

笔者重点所论的是诗词传承的相异性,"词"作为独立文体虽在"雅化"的道路上渐趋于诗但毕竟有自我鲜明的"文体"特点。诗词传承的相异性表现在以下三个方面。

首先,题材侧重上。虽然诗词都可对绘画进行题写,但题画词更注重花鸟题材尤其是水墨花鸟题材的题写,在题写花鸟类时,发扬其善于描摹特征,运用比喻、拟人等艺术手法进行题写,有一种"花人交映"之

---

① 《全宋词》第二册,第1053页。
② 刘继才:《中国题画诗发展史》,沈阳:辽宁人民出版社2010年版,第226—229页。

感。此时,题画词比题画诗更能凸显婀娜摇曳之态。

其次,表现情趣上。题画词注重生活情趣的题写,关于这一点,笔者南宋题画词部分已有所论述,即使如陆游、辛弃疾、张孝祥等爱国词人,其题画词亦从小处着笔,不似其诗题写得纵横捭阖,这当然与题画词重视花鸟类题材相关。

最后,题画诗词的发展结局不同。题画诗在宋代以后继续发展并逐渐成为画面重要组成部分,但题画词却渐次衰落,这和宋元以后,绘画乃成文人绘事,而"词"又变为"案头之作"有关,从社会地位上看,画面题诗远远高于画面题词。

第二节　两宋题画诗词的地位

两宋题画诗词在文学史与绘画史上都具有重要的历史地位,其题画诗起到承上启下的作用,题画词亦为后来题画词乃至题画曲的发展奠定了基础。本节拟从两个方面对该问题进行论述。

一、两宋题画诗词在文学史上的地位

两宋题画诗词在文学史上的地位并未有专门论述,此问题需辩证看待。若从内容上看,题画诗词的内容与宋代其他诗词似乎无太大区别;若论题画诗词对文学史上的贡献可从其表现手法与地位影响两方面探求。具体如下。

(一)"自然"而非"自然"的审美

如山水类题画诗词与山水诗词、人物类题画诗词与咏人咏史类诗词之间还是有所区别。在题写山水类题画诗词中,由于作者近距离接触绘画作品仿佛身临其境而又不是出在山水之中,于是在"真"与"幻"、"虚"与"实"之间所产生的情感,即为题画诗词所产生的特有情感:可以追蹑千里而留返,以补现实之遗憾。常有"画"是"真山水"之感,而山水诗也不同,山水诗一般都是作者身临其境,总有"山水如画"之叹。举苏轼题画山水诗一首和山水诗一首进行说明:

扶桑大茧如瓮盎,天女织绡云汉上。往来不遣凤衔梭,谁能鼓臂投三丈。人间刀尺不敢裁,丹青付与濠梁崔。风蒲半折寒雁起,竹间的皪横江梅。画堂粉壁翻云幕,十里江天无处着。好卧元龙百尺楼,笑看江水拍天流。①

江寒晴不知,远见山上日。朦胧含高峰,晃荡射峭壁。横云忽飘散,翠树纷历历。行人把孤光,飞鸟投远碧。蛮荒谁复爱,秾秀安可适。岂无避世士,高隐炼精魄。谁能从之游,路有豺虎迹。②

上面的山水题画诗注重描写画面及画技,强调是人为而肖似自然,以观看的角度进行评述、审美。题画诗词的观看审美正是源于绘画的特征所致,无论山水、花鸟,其形象都不是本质意义上的"自然",而是经过绘画者加工过的"自然",或可以说题画诗词里的形象已经是经过绘画者、题写者重重认知的"第三自然"。如果说"自然"能为一般人诸如未经学习的孩子甚至不能看见的盲人感知的话,这类人感知的或许是接近"自然"的本真而又有限的信息。但题画诗词里的"自然"是经过绘画、题写者两度审美的"自然",因而传递的信息更加注重"象外之旨"——思想与评论,正是因为绘画中的"自然"与"自然"本身有所区别,这一点正是题画诗词与一般诗词的最大区别。笔者将其归纳为"自然"而非"自然"的审美。

有学者在讨论宋代题画诗词特别是山水类题画诗词时围绕"议论"的宋诗风格做文章,其实这是一种先入为主式的阐释解读。因为先有宋诗的"议论"才有宋代题画诗的"议论",正如笔者在前文所说,这种阐释颇有重复之感。正是因为题画诗词的"自然"而非"自然"的审美,"自然"的符号被赋予了社会意义。当然这种赋予是由绘画者与题画者共同完成的,甚至由于在不同历史阶段、不同题写者手中,一直被重新赋予。这一点无论在花鸟、人物,还是畜兽类题画诗词中都有所体现。正因如此,题写者面对题写对象——绘画时,已经和诗词等文学创作进行同步的审美思考并最终形成的题画诗词作品。

题画诗词这样的审美方式决定了题画诗词的独特性,关于这一点,按照上面笔者的角度,如果能对题画诗词与一般诗词进行对比的文本研

---

① 苏轼:《赵令晏崔白大图幅径三丈》,《全宋诗》卷 811,第 9388 页。
② 苏轼:《过宜宾见夷中乱山》,《全宋诗》卷 784,第 9085 页。

究,或许能得出更多结论。题画诗词的"自然"而非"自然"的二次审美方式从唐代出现到杜甫手中有所发展,但真正到宋代得以兴隆发展,最终确定了题画诗词的独特审美范式——"自然"而非"自然"。当然这种审美的方式的基础是"视角",具体来说就是——观看。其实"山水""花鸟""人物"类绘画的题画诗词的基础是绘画形象的"约定俗成",宋代的题画诗词更是将这种"约定俗成"进行固定化、范式化,从文学史的角度来说,宋代的题画诗词给后代的题画诗词确定了题写范式。这是其在文学史上最重要的意义所在。

(二)两宋题画诗词对后世的影响

两宋题画诗词的创作将题画文学推向一个新高度,正是由于两宋题画诗词创作繁荣,促成了中国第一部题画诗总集——南宋孙绍远编《声画集》的问世。其自序谓:"画有远近,诗有先后。名之曰声画,用有声画无声诗之意也。"全书八卷,收录唐宋诗人109人,作品609题,818首诗。其中多为宋代诗人,计84家,诗550题,757首。体裁主要为古体、律体和绝句。分为二十六门:古贤、故事、佛像、神仙、仙女、鬼神、人物、美人、蛮夷、赠写真者、风云雪月、州郡山川、四时、山水、林木、竹、梅、窠石、花卉、屋舍器用、屏扇、畜兽、翎毛、虫鱼、观画题画、画壁杂画。《声画集》辑集的最大贡献是使前人的一些题画诗赖此以存,作为我国第一部题画诗总集,对推动后世题画诗的创作亦颇有影响。目前关于该书的研究主要集中在美术史领域,该书辑录唐宋两代题画诗,从文学史角度也予以观照。此外,题画诗词成为文人论画、题跋的一部分,虽然题跋文学更倾向于文,但若诗词文等问题相互对比、阅读、研究,或能更深一步理解其题跋的精髓。根据俞剑华先生编著的《中国历代画论》(宋代部分)统计,文人因论画而题跋结集的有近五十余人,而专以题跋结集的就有近三十种,这对于后世来说是一笔宝贵的精神财富。

宋代以后,文人与画的结合日益紧密,题画诗词成了后世文人与画人创作的重要组成部分,并为后来题画曲等题画形式的发展树立了榜样。目前在通行的文学史表述中,并未将题画诗词或题画文学进行单独论述,确是遗憾。

二、两宋题画诗词在绘画史上的地位

两宋题画诗词除了具有较高的文学性以外,在题写的同时对绘画创作、鉴赏等方面也有莫大的推动。考察其在绘画史上的地位,主要体现在绘画理论与绘画接受等方面,具体如下。

（一）绘画创作理论对后世文人画的影响

两宋题画诗词提出了大量的绘画创作理论,对中国绘画尤其是宋以后的"文人画"影响较大。以苏轼为主的苏门创作群体,对绘画的"形意"观念进行了创造式的发挥,对于苏轼的画论研究,无论美术史还是文学史都将标举"神似"理论,对于该问题,笔者在文中进行过相关论述,对"形"与"意"、"形似"与"神似"有过相关论述,再次,笔者引用著名绘画史论大家俞剑华先生的一段话:"苏轼天才横溢,书画精能,诗文高妙,虽片词只语,隽永可诵,题跋之中,虽不专论画而深旨妙谛,发人之所未发,其论吴道子画、文与可竹犹工,至跋黄庭坚画跋,不特以两人见解之不同,尤足以见鉴画之不易,惜此种文字不多,评画者遂多片面之词,因所不见周,而名画蒙诟者多矣"[①]。俞老很是隐晦其词,但从中看出苏轼对于绘画的影响深远。由此可见其"神似"画论思想对后世的创作产生的影响亦极为重大。绘画当中追求"神似"的基础是"形似"与"修养",二者缺一不可。若是今日,一些实践者不注重"形似"的基本功,而专注于把对"神似"的追求夸张到极致,于绘画实属无益。

（二）绘画品评鉴赏具有独立的接受观念

两宋题画诗词在绘画的品评鉴赏等绘画接受方面,提出了作者自己的接受观念,如本书在相关章节考察出的梅尧臣对于文人创作绘画的消极态度,苏轼、欧阳修对绘画收藏、交易的表述,南宋对水墨画的钟爱以及对世俗题材的题写等,可以说,两宋题画诗词的发展就是两宋绘画接受的发展。这对美术史研究来说,除了观照其绘画观点——画论内容以外,对两宋的绘画接受史也应予以关注。目前的美术史基本都是按照时

---

① 俞剑华编著:《中国历代画论大观》第二编,南京:江苏凤凰美术出版社,2016年9月版,第230页。

间的写作顺序,如李霖灿的《中国美术史》①、李松的《中国美术史》② 与
20 世纪 30 年代俞剑华的《中国绘画史》③、50 年代的李浴的《中国美术
史纲》④ 以及后来王伯敏的《中国绘画史》⑤、潘天寿的《中国绘画史》⑥ 相
比,所采用资料更加丰富、翔实,论述更加严谨有力,但都未对两宋对前
代及同时代绘画的接受予以阐释。美术史大致都按照时间、朝代的写法
描绘一个朝代一个时代或一段时期的美术代表作品或风格,这是通行的
写法。笔者期待有一部绘画接受史的作品问世。而其资料的基础之一
就是题画文学资料,两宋题画诗词当然会纳入研究视野。目前关于古代
画评、画论的梳理工作已有人辛勤耕耘,但近代的相关内容还未引起重
视,如近代学人李放,其著有《八旗》画录一书,记录了三百多位"八旗"
画家并有非常独到的画论和鉴赏文字。书中内容值得进一步研究探讨。

　　总之,两宋题画诗词在文学史、绘画史上具有重要的地位,从文学角
度看,为后世题跋文学建立了写作视角,促成了文人题跋的兴盛,从绘
画史地位看,为绘画理论、绘画接受奠定了理论基础,为元明清乃至以
后的"诗画"结合奠定了基础,丰富了绘画内容和形式,并最终促成具有
"诗书画印"结合的独特中国画审美形式的形成。

---

① 李霖灿:《中国美术史》,北京:中信出版社,2018 年版。
② 李松等:《中国美术史》,北京:中国人民大学出版社,2013 年版。
③ 俞剑华:《中国美术史》,上海:商务印书馆,1937 年版。
④ 李浴:《中国美术史纲》,北京:人民美术出版社,1957 年版。
⑤ 王伯敏:《中国绘画史》,上海:上海人民美术出版社,1982 年 12 月版。
⑥ 潘天寿:《中国绘画史》,上海:上海人民美术出版社,1983 年版。

余　论

　　本书在界定题画诗词定义的基础上，论述北宋的科举制度、文人雅集、宫廷风尚等社会因素对题画诗词的影响，以"雅俗"这一宋代文化角度，采用题材分类与文本分析的方法对两宋题画诗词进行探究，以"雅致"和"雅俗结合"的角度概括北南两宋题画诗词的审美内涵，在此基础上，对两宋题画诗词的传承做了系统探究。中国画扬弃地发展至今，不得否认目前低迷发展的现实，此中关系因牵涉过多，笔者只能说现状而已。以中国画题款为例，题款艺术发展至今其低迷的状态是有所共知的，目前我们从全国美展的中国画作品中，能够看到的有题款的作品以"穷款"居多，而有"题款印"的不多，若以题画文学尤其以古诗词题款的少之又少。著名美术评论家陈履生先生、当代国画家方增先先生都曾发出慨叹并呼吁要重视中国画的题款艺术。于是我们需要郑重思考一个问题：是否需要"题款"？因为本书研究的内容是题画诗词，故该问题引申为：是否需要"题画"。对于该问题，笔者致电或当面询问过一些国画领域的画家和教师，得出的回答基本一致："题画"是中国画传统的一部分，也是美术批评的一部分，很有必要传承和实践。但同时他们也对目前中国画的"题画"方面表示了担忧，笔者针对该问题，以"当代题画艺术的反思"作为本书的结语。

一、当代"题画"的"立"与"废"

　　以拙文的研究内容来看，"题画"包括作者的自题也包括他人的题写，为了方便讨论，本节所说的"题画"特指创作过程中的"题画"，类似我们经常所说的画家"自题"。针对"题画"的废立之争，表面看静如秋水，几乎没有画家或批评家公开宣称"题画"可以从中国画的创作中去除，但实践的结果是能够自题自画的画家在当下文坛不多，更遑论以古诗词形式进行"题画"。当下"题画"的局面是无人认为"题画"可废但实际情况是"题画"创作基本"已废"。虽然有诸如陈履生、陆俨少等当代国画家依然在创作中对画面布局、营造意境、丰富画面语言方面进行"题画"实践,但"题画"的衰落形势依然严峻。

二、当代"题画""衰落"原因

针对当代"题画"形势,笔者使用"衰落"一词,并非危言耸听,究其原因,笔者归纳以下几点。

首先,当下社会氛围影响,不可否认,传统的古诗词写作,已经成为少数专业人士的案头之作,即便有爱好古诗词的人群,但终究是小众。"古诗词"与社会脱离距离较大,"古诗词"距离中文专业人士都已经很陌生更遑论从事绘画者。

其次,专业美术学院重视不够,当下美术院校国画学院(系)开设文学课程的不少,但针对题画文学的课程却几乎没有,能画不能"题"已经成为一种普遍现象,这一点从近几年的全国美展的国画作品中就能看出。

以上两点都是泛泛而谈,针对此问题,我们既不能漠视不管也不能垂头丧气,漠视不管者,认为"题画"形式乃"旧"形式,与当下审美不相符合。或认为"题画"本非必需之选,"唐"之前,"题画"不兴也,"当下"也不必"重兴"题画之事,这可谓:不为也,不能也;垂头丧气者,欲沿传统之路继续行走,期望复兴中国绘画优秀传统并为之实践,但无奈达不到前人水平,这可谓:非不为也,是不能也。"题画"形式作为中国画传统的重要内容,理应受到重视、学习并予以实践发展。当下之社会有当下之"题画"审美,不必囿于"古诗词"的内容限制,但"题画"的形式应该予以传承、发展。以上是为本节结语。

参考文献

一、古代典籍

[汉] 司马迁 . 史记 [M]. 北京：中华书局，2008.

[汉] 班固 . 汉书 [M]. 北京：中华书局，1962.

[刘宋] 范晔 . 后汉书 [M]. 北京：中华书局，1965.

[唐] 房玄龄 . 晋书 [M]. 北京：中华书局，1974.

[元] 脱脱等 . 宋史 [M]. 北京：中华书局，1985.

[宋] 李心传 . 建炎以来系年要录 [M]. 北京：中华书局，1988.

[宋] 李焘 . 续资治通鉴长编 [M]. 北京：中华书局，2004.

[清] 徐松辑 . 宋会要辑稿 [M]. 北京：中华书局，1957.

[宋] 马端临 . 文献通考 [M]. 北京：中华书局，1986.

[清] 纪昀 . 钦定四库全书总目 [M]. 北京：中华书局，1997.

[宋] 孟元老 . 东京梦华录 [M]. 北京：中华书局，1982.

[宋] 周密 . 齐东野语 [M]. 北京：中华书局，2008.

[宋] 郭若虚著，米田水注 . 图画见闻志 [M]. 长沙：湖南美术出版社，2000.

[宋] 孙绍远 . 声画集 [M]. 影印文渊阁《四库全书》本 .

魏宏灿校注 . 曹丕文集校注 [M]. 合肥：安徽大学出版社，2009.

孔凡礼点校 . 苏轼文集 [M]. 北京：中华书局，1986.

[宋] 朱熹 . 诗经集传 [M]. 长春：吉林人民出版社，1999.

[清] 陈邦彦 . 御定历代题画诗类 [M]. 北京古籍出版社，1996 年 .

[清] 何文焕 . 历代诗话 [M]. 北京：中华书局，1981.

丁福保 . 历代诗话续编 [M]. 北京：中华书局，1983.

唐圭璋 . 词话丛编 [M]. 北京：中华书局，2005.

傅璇琮，倪其心，孙钦善等 . 全宋诗 [M]. 北京：北京大学出版社，1995.

唐圭璋 . 全宋词 [M]. 北京：中华书局，2013.

王云五 . 山谷题跋 [M]. 北京：商务印书馆，1936.

[唐] 白居易著，顾学颉点校 . 白居易集 [M]. 北京：中华书局，1999.

二、研究专著

邓小南著 . 宋代历史探求 [M]. 北京：首都师范大学出版社，2015.

沈松勤 . 北宋文人与党争 [M]. 北京：人民文学出版社，2000.

萧庆伟 . 北宋新旧党争与文学 [M]. 北京：人民文学出版社，2001.

诸葛忆兵 . 宋代文史考论 [M]. 北京：中华书局，2002.

祝尚书 . 宋代科举与文化考论 [M]. 河南：大象出版社，2006.

张高评 . 宋诗之传承与开拓 [M]. 台北：文史哲出版社，1990.

陈植锷 . 北宋文化史述论 [M]. 北京：中国社会科学出版社，1992.

刘方 . 宋型文化与宋代美学精神 [M]. 成都：巴蜀书社，2004.

刘文刚 . 宋代的隐士与文学 [M]. 成都：四川大学出版社，1992.

张毅 . 宋代文学思想史 [M]. 北京：中华书局，1995.

刘师培 . 中国中古文学史讲义 [M]. 上海：上海古籍出版社，2003.

张海鸥 . 宋代文化与文学研究 [M]. 北京：中国社会科学出版社，
2002.

程千帆，吴新雷 . 两宋文学史 [M]. 上海：上海古籍出版社，1991.

孙望，常国武 . 宋代文学史 [M]. 北京：人民文学出版社，1996.

王水照 . 宋代文学通论 [M]. 开封：河南大学出版社，1997.

莫砺锋 . 推陈出新的宋诗 [M]. 沈阳：辽宁古籍出版社，1995.

周裕锴 . 宋代诗学通论 [M]. 成都：巴蜀书社，1997.

许总 . 宋诗史 [M]. 重庆：重庆出版社，1997.

张思齐 . 宋代诗学 [M]. 长沙：湖南人民出版社，2000.

李春青 . 宋学与宋代文学观念 [M]. 北京：北京师范大学出版社，
2001.

张宏生 . 宋诗：融通与开拓 [M]. 上海：上海古籍出版社，2001.

孔寿山 . 中国题画诗大观 [M]. 兰州：敦煌文艺出版社，1997.

李晖 . 历代题画诗类编（上下）[M]. 济南：山东教育出版社，1987.

于风 . 古代题画诗分类选编 [M]. 广州：岭南美术出版社，1991.

刘方 . 宋型文化与宋代美学精神 [M]. 成都：巴蜀书社，2004.

麻守中 . 历代题画类诗鉴赏宝典 [M]. 长春：时代文艺出版社,1993.

马成志 . 梅兰竹菊题画诗 [M]. 天津：天津杨柳青画社,1999.

周积寅,史金城 . 中国历代题画诗选注 [M]. 杭州：西泠印社,1998.

张晨 . 中国题画诗分类鉴赏辞典 [M]. 沈阳：辽宁美术出版社,1992.

洪丕谟 . 历代题画诗选注 [M]. 上海：上海书画出版社,1983.

洪丕谟 . 题画诗一百首 [M]. 上海：上海书店,1999.

张晨 . 中国诗画与中国文化 [M]. 沈阳：辽宁教育出版社,1993.

邓乔彬 . 有声画与无声诗 [M]. 上海：上海社会科学院出版社,1993.

冯晓 . 中西艺术的文化精神 [M]. 上海：上海书画出版社,1993.

徐复观 . 中国艺术精神 [M]. 长春：春风文艺出版社,1987.

郭味蕖 . 宋元明清书画家年表 [M]. 北京：人民美术出版社,1982.

陈高华 . 宋辽金画家史料 [M]. 北京：文物出版社,1984.

余城 . 隋唐及宋代书画研究选编 [M]. 北京：书目文献出版社,1987.

徐士苹 . 宋代山水画的创新与发展 [M]. 北京：人民美术出版社,1990.

沈树华 . 中国画题款艺术 [M]. 北京：人民美术出版社,1992.

胡道静 . 国学大师论国学 [M]. 上海：东方出版中心,1998.

薛永年 . 晋唐宋元卷轴画史 [M]. 北京：新华出版社,1993.

刘建平 . 中国美术全集贰·宋代绘画 [M]. 天津：天津人民美术出版社,1997.

傅熹年 . 中国美术全集·两宋绘画(上、下)[M]. 北京：文物出版社,1988.

刘九庵 . 宋元明清书画家传世作品年表 [M]. 上海：上海书画出版社,1997.

陈传席 . 百代标程：宋代绘画 [M]. 天津：天津人民美术出版社,1998.

徐建融 . 宋代名画藻鉴 [M]. 上海：上海书店出版社,1999.

潘运告 . 宋人画评 [M]. 长沙：湖南美术出版社,1999.

徐书城 . 宋代绘画史 [M]. 北京：人民美术出版社,2000.

俞剑华 . 中国绘画史 [M]. 北京：商务印书馆,1937.

胡蛮 . 中国美术史 [M]. 上海：新文艺出版社,1951.

李浴 . 中国美术史纲 [M]. 北京：人民美术出版社,1957.

李浴 . 中国美术史纲(上、下)[M]. 沈阳：辽宁美术出版社,1984.

阎丽川.中国美术史略(修订本)[M].沈阳:辽宁美术出版社,1984.

傅抱石.中国古代山水画发展史[M].上海:上海人民美术出版社,1960.

郭因.中国绘画美学史稿[M].北京:人民美术出版社,1981.

王伯敏.中国绘画史[M].上海:上海人民美术出版社,1982.

温肇桐.中国古代绘画批评史略[M].天津:天津人民美术出版社,1982.

葛路.中国古代绘画理论发展史[M].上海:上海人民美术出版社,1982.

潘天寿.中国绘画史[M].上海:上海人民美术出版社,1983.

金维诺,罗世平.中国宗教美术史[M].南昌:江西美术出版社,1995.

马延兵.中国美术史概要[M].济南:山东友谊出版社,1995.

李来源,林木.中国古代画论发展史实[M].上海:上海人民美术出版社,1997.

沈子丞.历代论画名著汇编[M].北京:文物出版社,1982.

赵怡元.古代画论辑解[M].西安:陕西人民美术出版社,1984.

罗元黼辑,何韫若、林孔冀注.中国历代画论画史选注[M].成都:四川人民出版社,1983.

周积寅.中国画论辑要[M].南京:江苏美术出版社,1985.

俞剑华.中国画论类编[M].北京:人民美术出版社,1986.

王振德.中国画款题常识[M].太原:山西人民出版社,2001.

张金鉴.中国画的题画艺术[M].福州:福建美术出版社,1987.

李方玉,朱绪常.中国画的题款艺术[M].北京:知识出版社,1991.

沈树华.中国画的题款艺术[M].北京:人民美术出版社,1992.

金维诺.中国美术史论集[M].北京:人民美术出版社,1982.

伍蠡甫.中国画论研究[M].北京:北京大学出版社,1983.

宗白华.美学与意境.北京:人民出版社,1987.

张懋熔.书画与文人风尚[M].西安:陕西人民出版社,1988.

张连,古原宏伸.文人画与南北宗论文汇编[M].上海:上海书画出版社,1989.

洪再新.海外中国画研究文选[M].上海:上海人民美术出版社,1992.

薛永年.书画史论丛稿 [M].成都:四川教育出版社,1992.

陈滞冬.中国书画与文人意识 [M].长春:吉林教育出版社,1992.

阮璞.中国画史论辨 [M].西安:陕西人民美术出版社,1993.

潘运告.汉魏六朝书画论 [M].长沙:湖南美术出版社,1997.

何志明,潘运告.唐五代画论 [M].长沙:湖南美术出版社,1997.

朱自清.论雅俗共赏 [M].北京:三联书店,2008.

赵宪章.文本与图像 [M].北京:人民文学出版社,2014.

赵宪章,顾华明.文学与图像 [M].南京:江苏教育出版社,2015.

李霖灿.中国画史研究论集 [M].台北:商务印书馆,1960.

何恭上.中国美术史 [M].台北:艺术图书公司,1972.

冯振凯.中国美术史 [M].台北:艺术图书公司,1986.

郭因.中国古典绘画美学 [M].台北:丹青图书公司,1986.

伍蠡甫.山水与美学 [M].台北:丹青图书公司,1987.

傅抱石.中国绘画理论 [M].台北:华正书局,1988.

戴丽珠.诗与画之研究 [M].台北:学海出版公司,1993.

黄光男.宋代绘画美学析论 [M].台北:汉光文化事业股份有限公司,1993.

范达明.中国话:学问与研究 [M].杭州:浙江大学出版社,2014.

李栖.两宋题画诗论 [M].台北:学生书局,1994.

朱玄.中国山水画美学研究 [M].台北:学生书局,1997.

衣若芬.苏轼题画文学研究 [M].台北:文津出版公司,1999.

刘俊文主编,黄约瑟译.日本学者研究中国史论著选译 [M].北京:中华书局,1992.

王水照主编,潘世寿译.日本宋学研究六人集 [M].上海:上海古籍出版社,2005.

沈文凡.唐诗接受史论稿 [M].北京:现代出版社,2014.

沈文凡.唐宋文学综论 [M].长春:吉林大学出版社,2017.

沈文凡.唐代韵文研究 [M].北京:现代出版社,2014.

木斋.曲词发生史 [M].北京:光明日报出版社,2011.

木斋.宋词体发生史 [M].北京:中华书局,2008.

闫雪莹.亡宋北解流人作家群体研究 [M].北京:中国社会科学出版社,2018.

[德]莱辛.拉奥孔 [M].北京:人民文学出版社,1979.

[美]爱朗诺著,杜斐然等译.美的焦虑——北美士大夫的审美思想与焦虑》[M].上海：上海古籍出版社,2013.

三、期刊论文

令狐彪.宋代画院画家政治地位和待遇[J].中国画研究,1981（1）.
洪丕森.宋代安徽杰出画家李公麟[J].艺谭,1981（4）.
黄仁生.唐宋题画诗简论(一)[J].常德师专学报,1982（1）.
非予.北宋山水三大主流画派略述[J].艺苑掇英,1982（15）.
葛路.宋代画论中反映的文人审美观[J].美术史论丛刊,1982（2）.
代王秀,庄辛.诗画相济[N].文汇报,1982-4-20.
张啬.两宋人物画管窥[J].美术史论丛刊,1982（2）.
费硫龄等.宋代翰林图画院和院体画艺术[J].朵云,1982（3）.
令狐彪.宋代画院内外的艺术交流——对一个论点的探讨[J].朵云,1982（3）.
令狐彪.宋代画院画家考略[J].美术研究,1982（4）.
刘汝醴.南北宋绘画的美学对立[J].艺苑,1982（4）.
孔寿山.中国第一首题画诗[J].美育,1984（4）.
殷杰.中国题画诗及其始创者[J].美育,1985（4）.
刘继才.中国古代题画诗论略[J].社会科学辑刊,1986（5）.
凌左义.风斜雨兼重,意出笔墨外：论黄庭坚的题画诗[J].九江师专学报,1986（4）.
马惠荣.诗是有声画,画是无声诗[J].徐州师院学报,1987（2）.
祝振玉.略论宋代题画诗兴盛的几个原因[J].文学遗产,1988（2）.
启功.谈诗书画的关系[J].文史知识,1989（1）.
李更.宋代画院漫谈[J].中国典籍与文化,1992（2）.
高文,齐文榜.现存最早的一首题画诗[J].文学遗产,1992（2）.
陈维.题画诗趣谈[N].人民日报,1994-2-3.
俞灏敏.漫谈唐以前的诗与画[J].文史知识,1994（7）.
孔寿山.简论题画诗[J].文艺研究,1995（4）.
陈宪年.论中国诗与中国画的融通[J].文艺理论研究,1995（4）.
卞良君.中国古代的题画诗与赏乐诗[J].延边大学学报,1997（4）.
张树天.题画诗中意境的创造[J].语文学刊,1997（6）.

衣若芬.宋代题"诗意图"诗析论——以题"归去来图""憩寂图""阳关图"为中心 [J].中国文哲研究集刊,1998（9）.

赵忠山.中国古代题画诗的空白意蕴初探[J].牡丹江师范学院学报,1998（2）.

章平.宋代人物画题材管窥 [J].淮阴师范学院学报,1999（2）.

王彦发.宋代院体绘画的发展及其影响 [J].史学月刊,1999（4）.

赵忠山,张桂兰.中国古代题画诗的空白意蕴 [J].齐齐哈尔大学学报,1999（2）.

薛和.诗化的山水精神——兼谈山水题画诗的审美特征 [J].青海师范大学学报,2000（4）.

宋生贵.题画诗的文化底蕴与审美特质 [J].广播电视大学学报,2000（4）.

张树天.题画诗的时空观念 [J].语文学刊,2000（4）.

聂振斌.中国题画诗大观 [J].文艺研究,2000（1）.

杨学是.诗画的晤对与璧合——论题画诗 [J].绵阳师范高等专科学校学报,2001（4）.

杨学是.《御定历代题画诗》匡谬 [J].乐山师范学院学报,2002（3）.

高淮生.由题画诗透视中国文人画家的人格精神 [J].中国矿业大学学报,2002（1）.

东方乔.题画诗源流考辨 [J].河北学刊,2002（4）.

张文锋.画意诗情———论古代题画诗的意境生成 [J].东北财经大学学报,2002（3）.

张思齐.从北宋看中西诗画关系学说之异同 [J].中州学刊,2000(6）.

张岩.试论中国画的题款与题跋 [J].陕西师范大学学报,2001（2）.

顾平.中国古代山水画的诗画合璧 [J].南通师范学院学报,2002(3）.

东方乔.题画诗的审美价值与地位 [J].长沙电力学院学报,2002(4）.

东方乔.题画诗艺术价值初探 [J].河北师范大学学报,2003（2）.

赵奎英.从"文""象"的空间性看中国古代的"诗画交融" [J].山东师范大学学报,2003（1）.

浅见洋二.论"诗中有画" [J].《集刊东洋学》第 78 号,1997（11）.

洪毅然.苏东坡论画诗 [J].活页文史丛刊,1981（1）.

项郁才.诗如见画画外生发——谈苏轼题画诗《惠崇春江晓景》[J].黄石师院学报,1981（4）.

刘逸生.画意诗心两相映(苏轼《书李世南所画秋景》)[N].光明日报,1981-10-25.

洪毅然.替苏东坡论画诗翻案(《书鄢陵王主簿所画折枝二首》)[J].活页文史丛刊》,1982（139）.

项郁才.论苏轼咏画诗[J].黄石师院学报,1982（4）.

程伯安.苏轼题画诗跋所表现的绘画理论[J].咸宁师专学报,1984（1）.

吴枝培.读苏轼的题画诗[J].古代文学理论研究,1984（9）.

张忠全.苏轼的题画诗[J].四川师院学报,1984（4）.

史建桥.刻貌取神情见其中——说苏轼诗《书王定国所藏烟江叠嶂图》[J].咸宁学院学报,1985（1）.

林从龙,范炯.略论苏轼题画诗[J].江海学刊,1985（1）.

汤炳能.论苏轼题画诗的丰富想象[J].学术论坛,1987（2）.

张家英.苏轼题画诗与诗画艺术[J].黑龙江教育学院学报,1990(2).

梁大和.苏轼题画诗初探[J].惠阳师专学报,1991（2）.

张子良.试论东坡题画诗的艺术成就[A].台北市立美术馆主办"东方美学与现代学术"研讨会论文,1992年4月。

叶成青.从《惠崇春江晚景》看苏轼题画诗的特点[J].语文教学与研究,1994（3）.

王玉梅.得意忘象形神兼备——浅谈苏轼题画诗的审美超越[J].辽宁教育行政学院学报,1996（4）.

张宝石.论苏轼的题画诗[J].北京教育学院学报,1999（4）.

陶文鹏.论苏轼的题画诗[A].苏轼诗词艺术论[M],上海古籍出版社,2001.

陈永绍.论苏轼《书鄢陵王主簿所画折枝二首之一》诗画关系[J].艺术论衡,2001（12）.

陈春艳.试论苏轼题画诗的写意性[J].广东广播电视大学学报,2002（3）.

黄海.人言一点红解寄无边春——苏轼题画诗解读[J].五邑大学学报,2003（1）.

陈才智.苏轼题画诗述论[J].乐山师范学院学报,2004（6）.

张宝石.东坡题画诗的文化解读[J].广西社会科学,2005（10）.

傅秋爽.试论黄庭坚题画诗的艺术特色[J].河北学刊,1986（3）.

凌左义．风斜兼雨重　意出笔墨外——论黄庭坚的题画诗 [J]．九江师专学报，1986（4）．

祝振玉．发明妙慧笔补造化：黄庭坚题画诗略论 [J]．上海师范大学学报，1988（1）．

李宪法．黄庭坚赠答、送别、题画诗品鉴 [J]．语文函授（曲阜师大），1990（3）．

钟圣生．黄山谷与他的题画诗 [J]．江西师范大学学报，1994（1）．

白化文．一首讽喻性的题画诗——说黄庭坚《题伯时画揩痒虎》[J]．紫禁城，1998（2）．

李嘉瑜．黄庭坚题竹画诗之审美意识 [J]．中山人文学报，1998（7）．

吴畏．漫谈黄庭坚题画诗的文艺评论特点 [J]．贵州工业大学学报，2004（1）．

王晋光．略论王安石写景之作和题画诗 [J]．王安石论稿，台北大安出版社，1993．

李燕新．王安石题画诗析论 [J]．大同商专学报，1998．

林秀珍．苏辙题画诗研究 [J]．中国古典文学研究，2002（7）．

李栖．梅尧臣的题画诗 [J]．中国学术年刊，1992（13）．

雷景春．杨妹子题画诗选注 [J]．十堰职业技术学院学报，1993（1）．

吴企明．论赵佶题画诗的美学价值和艺术渊源 [J]．苏州大学学报（哲社版），1995（2）．

王利民．朱熹题画诗论析 [J]．孔孟学报，2002（80）．

王述尧．刘后村题画诗论略 [J]．盐城师范学院学报（人文社会科学版），2004（2）．

衣若芬．"昏君"与"奸臣"的对话——谈宋徽宗《文会图》题诗 [R]．第四届宋代文学学术研讨会，2005．

四、学位论文

杨雅惠．两宋文人书画美学研究 [D]．台湾师大国文研究所博士论文，1992．

衣若芬．苏轼题画文学研究 [D]．台湾大学中文研究所博士论文，1995．

谢佩芬.北宋诗学中"写意"课题研究 [D].台湾大学中文研究所博士论文,1996.

潘小雪.宋代绘画美学之研究 [D].台湾师大美术研究所硕士论文,1985.

李更.宋代题画诗初探 [D].北京大学中文系硕士论文,1992.

戴伶娟.苏轼题画诗艺术技巧研究 [D].国立成功大学历史语言研究所,1993.

谢惠芳.苏轼题画文学之研究 [D].台湾师范大学中国文学研究所硕士论文,1994.

林翠华.形神理论与北宋题画诗 [D].台湾成功大学中文研究所硕士论文,1996.

林孟锋.宋代花鸟画构境之研究:兼论畜兽、草虫画 [D].台北市立师范学院视觉艺术研究所硕士论文,2000.

戴辛伊.宋代院画家风俗画之研究——兼论风俗画的社会背景 [D].东海大学美术系硕士论文,2002.

翁晓瑜.黄庭坚题画诗研究 [D].四川大学硕士论文,2003.

程碧珠.苏东坡题画诗之隐喻学 [D].台湾玄奘大学中国语文学系硕士论文,2004.